Benito Pérez Galdós

Episodios nacionales V
Amadeo I

Barcelona **2024**
Linkgua-ediciones.com

Créditos

Título original: Episodios nacionales V. Amadeo I

© 2024, Red ediciones S.L.

e-mail: info@linkgua-ediciones.com

Diseño de cubierta: Michel Mallard.

ISBN tapa dura: 978-84-1126-397-9.
ISBN rústica: 978-84-9007-315-5.
ISBN ebook: 978-84-9007-231-8.

Sumario

Créditos _____ **4**

Brevísima presentación _____ **7**

    La obra _____ 7

I _____ **9**

II _____ **15**

III _____ **21**

IV _____ **28**

V _____ **34**

VI _____ **40**

VII _____ **46**

VIII _____ **52**

IX _____ **58**

X _____ **65**

XI _____ **72**

XII _____ **80**

XIII _____ **88**

XIV _____ **95**

XV _____ 102

XVI _____ 109

XVII _____ 115

XVIII _____ 125

XIX _____ 133

XX _____ 141

XXI _____ 149

XXII _____ 156

XXIII _____ 163

XXIV _____ 168

XXV _____ 173

XXVI _____ 178

XXVII _____ 182

XXVIII _____ 185

Libros a la carta _____ 189

Brevísima presentación

La obra

Amadeo I es la tercera novela de la quinta y última serie de los Episodios Nacionales de Benito Pérez Galdós.

En su contexto histórico, esta novela de Pérez Galdós comienza con la entrada en Madrid de Amadeo de Saboya, llamado por las Cortes para ser coronado rey de España. Su primer acto es asistir a las exequias de Prim, recientemente asesinado en atentado terrorista, supuestamente en una conspiración organizada y financiada por Antonio de Orleans. El futuro rey, aunque bien recibido por el pueblo y la clase media, es rechazado por la aristocracia, en un ambiente político de gran inestabilidad en el que se suceden diversos gobiernos: el de Ruiz Zorrilla, el de Sagasta y finalmente el de Serrano. Asistimos también a una nueva insurrección carlista, seguida de una republicana y también un atentado contra Amadeo I.

Galdós viste los acontecimientos con una trama en la que seguimos la narración del republicano Proteo Liviano, periodista, gran orador y, como suele suceder en los argumentos de estos episodios, un donjuan cuyas aventuras le llevan a numerosos lances y conquistas amorosas. También ejerce gran protagonismo en la novela el personaje de Mariclío, una mujer que viene a personificar la historia de España, en un giro irónico muy propio de Galdós. El personaje utiliza a Proteo para que nos haga de observador tanto a los lectores como a ella misma. Desde el punto de vista del estilo, el relato se convierte a veces en un cuento fantástico, trastocando los conceptos de tiempo y espacio, huyendo incluso de la correspondencia cronólogica tan cuidada siempre por el autor.

I

El 2 de enero de 1871 vimos entrar en los Madriles al Monarca constitucional elegido por las Cortes, Amadeo de Saboya, hijo del llamado *re galantuomo*, Víctor Manuel II, Soberano de la nueva Italia. En las calles, alfombradas de nieve, se agolpaba el pueblo, ansioso de ver al príncipe italiano, de cuyo liberalismo y caballerosidad se hacían lenguas los amigos de Prim, que le habían buscado y traído para felicidad de estos abatidos reinos. Como los españoles no habíamos visto, en lo que iba de siglo, rey ni Roque a la moderna, más arrimados a la Libertad que al feo absolutismo, ardíamos en curiosidad por ver el cariz, el gesto, la prestancia del que nos mandaba Italia en reemplazo de los en buen hora despedidos Borbones.

Entró don Amadeo a caballo, con brillante escolta, y su persona despertó simpatías en el pueblo... Varios amigos, de quienes hablaré luego, nos situamos en la esquina de la calle del Turco, palacio de Valmediano, orilla baja del Congreso, y le vimos muy a gusto desde que apareció por el Prado y embocó el repecho que llaman Plaza de las Cortes. Saludaba con graciosa novedad, extendiendo ceremoniosamente el brazo al quitarse el sombrero. Uno de los amigos que me acompañaban aseguró que aquel era el saludo masónico en su expresión castiza, y solo por este detalle vio en el Rey entrante una esperanza de la Patria.

A todos pareció don Amadeo gallardo, y animoso hasta la temeridad. Y que el hombre tenía los riñones bien puestos y un cuajo formidable, se demuestra con decir que de una monarquía juvenil le traían a reinar en una vieja monarquía, devastada por la feroz lucha secular entre dos familias coronadas. Verdad es que España se sacudió a entrambas como pudo; pero una y otra dejaron en los repliegues del suelo cantidad de huevecillos que el calor y las pasiones de los hombres cluecos, aquí tan abundantes, habrían de empollar más tarde o más temprano. Venía el buen príncipe de un país en que el pueblo y sus reyes recíprocamente se amaban, y entraba en este, recocido en el hervor de las opiniones, amante tan solo de irisados ideales, o de vagas incógnitas que solo podría despejar el tiempo.

Y por si no estuviera bien probado el valor del *chico de Saboya*, la fatalidad le sometió a mayor prueba. Al llegar a Cartagena, diéronle, para hacer boca, la noticia del asesinato y muerte de Prim, que le había traído a reinar en este manicomio. Mostrose apenado y sereno el príncipe al recibir este jicarazo... Su arribo a España en momentos trágicos, no carecía de romana grandeza. La Historia, que aún no tenía nada que decir del nuevo Rey, señaló aquel primer paso, puesta la mano en el esforzado corazón del hijo de Víctor Manuel.

En el trayecto por ferrocarril desde Cartagena a Madrid no llegaron a don Amadeo calurosas demostraciones populares. Diéronle la bienvenida caciques inveterados en la adulación, y alcaldes de Real orden que lo mismo habrían festejado al Moro Muza si el Gobierno se lo mandase. Llegó a Madrid la Majestad saboyana, y de la estación fue al santuario de Atocha, donde visitó a Prim muerto y amortajado de uniforme entre hachones; y cuando el Rey, con mudo estupor y recogimiento, contemplaba el embalsamado cadáver, este le dijo: «Aprende de mí la inseguridad de las grandezas humanas. Vienes a reinar en España traído por Prim. Pues aquí tienes a tu Prim... Ya no soy más que un nombre, un despojo mortuorio, un tema para que algún sabio cuente lo que hice y lo que no he podido hacer. Creíste encontrar un hombre, y solo soy una leyenda... una ráfaga de gloria, un frío mármol quizás y una biografía... Arréglate como puedas, hijo. Consulta el corazón del pueblo, y al son de los latidos de este pon los del tuyo. Para poseer el arte de reinar, aprende bien antes la ciudadanía. El buen Rey sale del mejor ciudadano...»

Oído esto, o pensado (es un suponer), don Amadeo hizo su oficial entrada en la Villa y Corte con la arrogancia caballeresca que le captó la querencia y agrado de los madrileños. Después de jurar en las Cortes, siguió su camino, entre soldados y apretada muchedumbre, prodigando el quita y pon del tricornio, que mi amigo llamaba *saludo masónico*. Los que gozamos de aquel lindo espectáculo éramos cinco: Córdoba y López, federal exaltado y escritor valiente; Emigdio Santamaría, furioso propagandista republicano; Mateo Nuevo, otro que tal, revolucionario de acción, que a la idea consagraba toda su actividad y toda su pecunia: los dos restantes, inferiores sin duda en edad, saber y gobierno, nos habíamos conocido y tratado en una casa de huéspedes donde juntos hacíamos vida estudiantil. Él era *guanche* y yo *celtíbero*, quiere decir que él nació en una isla de las que llaman adyacentes, yo en la falda de los Montes de Oca, tierra de *los Pelendones*; él despuntaba por la literatura; no sé si en aquellas calendas había dado al público algún libro; años adelante lanzó más de uno, de materia y finalidad patrióticas, contando guerras, disturbios y casos públicos y particulares que vienen a ser como toques o bosquejos fugaces del carácter nacional. A mí también me da el naipe, por las letras; pero carezco de la perseverancia que a mi amigo le sobra. Ambos, en la época que llamaré *amadeísta*, matábamos el tiempo y engañábamos las ilusiones haciendo periodismo, excelente aprendizaje para mayores empresas. Y no digo más por ahora, reservándome, con permiso del bondadoso lector, el nombre de mi amigo y el mío.

Visto el paso del Rey, divagamos por las calles, recogiendo de las bocas y de las caras de la muchedumbre la impresión del suceso, y debo declarar honradamente que el príncipe italiano, traído a ocupar el trono vacío de los Borbones, había entrado en la capital del Reino *con buena sombra*. Las mujeres encomiaban al Rey forastero por su garbo y su valor sereno, y los hombres, en general, le veían como una esperanza engarzada en una novedad. Lo nuevo lleva siempre ventaja sobre lo gastado y caduco. La medicina desconocida consuela al enfermo, ya que no le cure, y el cambio de amo trae algún alivio a los que sufren miseria y esclavitud.

Los amigos que desde la tribuna de periodistas del Congreso presenciaron la sesión solemnísima de las Constituyentes cuentan que el nuevo Rey, bien plantado, la derecha mano sobre el corazón, pronunció con voz entera el *Sí juro*, sanción elemental de su investidura y primer aliento de su reinado. Respondiole con fervientes aclamaciones la turbamulta que llenaba el salón, voces que fueron ¡ay!, el estertor de las Constituyentes, pues con aquel hálito expiraron y se desvanecieron en la Historia, dejando tras sí un rastro glorioso. En el propio instante feneció también la discreta Regencia ejercida por Serrano desde que la Democracia se hizo monárquica por el voto de los más, hasta que el Principio se hizo carne en la persona del hijo de Víctor Manuel...

Al salir del Congreso, el Rey alteró la carrera y ordenamiento de su marcha triunfal, volviendo al Prado para dirigirse a Buenavista. No quería entrar en su casa sin visitar a la viuda de Prim, condesa de Reus y marquesa de los Castillejos, doña Francisca Agüero. La visita fue breve y patética, según nos contó Ricardo Muñiz en la misma tarde del día 2. Don Amadeo besó la mano de la desolada señora y abrazó a los huérfanos. Ni él pudo hablar largo por su escaso dominio de la lengua castellana, ni la viuda tampoco, porque la intensidad de su dolor le entorpecía la palabra... De Buenavista subió el Rey por la calle de Alcalá, saludando y saludado con afectuosa cortesía.

Buenos observadores éramos para saber apreciar el momento político por el adorno de los balcones de la carrera. Las irreductibles formas de opinión hablaron aquel día claramente, aquí con las profusas percalinas, allá con la ausencia de toda clase de trapos manifestantes de una idea. Un amigo muy despierto, de filiación *moderada*, Juanito Valero de Tornos, nos hizo notar que los palacios de Medinaceli y Villahermosa en lo más bajo de la plaza de las Cortes, no habían colgado sus elegantes reposteros. También faltaban los tapices en la casa de Miraflores, Carrera de San Jerónimo, y en la de Oñate, calle mayor. El veto del alfonsismo era, pues, terminante. Yo me permití decir a nuestro amigo que más significativo que aquel veto era el de los federales, bien manifiesto en innumerables balcones desnudos, y él respondió burlándose: «Poco significa la opinión de la cofradía *sinalag-mática, conmutativa, bilateral*, que muerto Prim, ya no podéis tocar pito ni flauta.» Uno de los nuestros le dijo: «Tocaremos lo que nos acomode, y vosotros el cuerno.» Y el otro replicó: «Sí, sí, el cuerno de Hernani.»

Vuelvo un poquito atrás para referir que los cinco amigotes agrupados el 2 de enero de 1871 para ver entrar a don Amadeo, formamos la misma piña el día anterior, domingo 1 de enero, en las rampas aún no concluidas del palacio de Buenavista, para ver salir y pasar tristemente el féretro de Prim. También aquel día cubrían el suelo cuajarones de nieve. El Sol se ocultaba entre nubes pardas, ceñudas. ¡Oh luctuoso día, el más triste que yo había visto desde que mis ojos pudieron observar la corriente de la Historia viva! Pasó el coche en que iba el general cuando le dispararon los tiros en la calle del Turco, rotos los vidrios, enlutados los faroles, enlutado el cochero; detrás la carroza fúnebre, lenta como el barquichuelo de Aqueronte. Vi a los que llevaban las cintas por el lado en que yo estaba: eran el general Contreras, don Manuel Silvela y don Vicente Rodríguez. Seguía la cabecera del duelo: general Serrano, don Salustiano Olózaga, un obispo, don Nicolás Rivero, Moreno Benítez... Ulloa, Ruiz Zorrilla, que se habían adelantado al Rey para llegar al entierro del grande hombre, y detrás la revuelta turbamulta, diputados y políticos de todas marcas y abolengo. Recuerdo haber visto a Castelar, a Pi y Margall, a García Ruiz, Sánchez Ruano, Becerra... Era un desfile de caras que constituían la iconografía política de aquel tiempo... Figuras del montón complejo, algunas de las cuales entraron en la Historia, y otras se quedaron fuera mirando a una puerta que se llama *del Olvido*... En marcha se puso la tétrica procesión, Prado abajo, en dirección del santuario de Atocha. Lloraba el día, lloraban los árboles desnudos, lloraba la muchedumbre negra, silenciosa, con el solo rumor de sus pisadas. Así fue llevado al sepulcro el hombre que ejerció en España durante veintisiete meses una blanda dictadura, poniendo frenos a la revolución y creando una monarquía democrática como artificio de transición, o *modus vivendi* hasta que llegara la plenitud de los tiempos.

El mismo día, tempranito, habíamos ido los cinco a los funerales masónicos que se hicieron al general en la basílica de Atocha. Aunque yo y mi amigo de hospedaje y periodismo no teníamos vela en aquel entierro, nos agarramos a los faldones de Nuevo, Córdoba y Santamaría, para colarnos en el sacro recinto y en la capilla que los atrevidos masones convirtieron por un buen rato en logia o *taller*. Nunca vi cosa semejante, alarde atrevidísimo de licencia cultural. En los tiempos que corren, aquel acto habría sido la más escandalosa de las profanaciones, merecedora de los tizonazos del Infierno. Yacía el cadáver del héroe de los Castillejos en una capilla de las primeras a mano izquierda, descubierto en su caja bronceada. De la otra parte del templo venía el tintín de campanillas, señal de misa, y se oían pisadas y carraspeo de viejas. Los masones, que eran unos treinta, pertenecientes al Gran Oriente Nacional de España, dieron comienzo a la ceremonia, sin que nadie les estorbara en los diferentes pasos y manipulaciones de su extraño rito.

Descripción del funeral. Lo primero fue hacer tres *viajes* alrededor de la caja, formados uno tras otro. El primero y segundo *viajes* iban dirigidos por los dos primeros *Vigilantes* de la Orden; en el tercero iba de guía el *Gran Maestre* (Gr.·. Mae.·. De la Ord.·.). Al paso arrojaban sobre el cadáver hojas de acacia. Luego, el propio *Gran Maestre* dio tres golpes de *mallete* (un mazo de madera) sobre la helada frente de Prim, llamándole por su nombre simbólico: *Caballero Rosa Cruz, Grado 18*. A cada llamamiento, los

13

masones, mirándose con gravedad patética, exclamaban: «¡No responde!» Después formaron la *cadena mística*, dándose las manos en derredor del muerto. El *Vigilante* declamó con voz sepulcral esta fórmula: *La cadena se ha roto. Falta el hermano Prim, Caballero Rosa Cruz. Gr. 18.* A continuación el *Gran Maestre* pronunció un breve discurso apologético, y luego leyó un *balaustre.* Así llaman a las comunicaciones o documentos que las logias de diferentes países se cruzan entre sí para restablecer la fraternidad universal. El *balaustre* era de la masonería italiana, que ponía bajo la salvaguardia de los Hermanos del *Grande Oriente Español* la persona de Amadeo de Saboya, encargándoles encarecidamente que velaran por el nuevo Rey, y le protegieran de la maldad y asechanzas de todo género.

(NOTA. Luego resultó, según me dijo Santamaría, que el *balaustre* era falso, y que Amadeo no figuraba en la masonería de su país, ni pisó jamás las *cámaras, logias o talleres.* Superchería fue de un español amante de la casa de Saboya. Con tal ardid logró un efecto de propaganda previsora, muy eficaz en la ocasión crítica de aquella traída de un rey para fundar dinastía en país turbulento y alocado.)

Observé que en la última parte del ceremonial, cuando los *Hijos de la Viuda* estaban en la plenitud de su abstracción litúrgica, asomaron en la entrada de la capilla dos o tres viejas y algunos inválidos que habían despachado sus misas. Con más curiosidad que espanto miraron y oyeron los arrumacos y el vocerío masónicos. Debieron de pensar que aquellos señores rezaban por sus muertos en una forma y estilo extravagantes; mas no veían gran malicia en ello... Sotanas de curas y sacristanes no vimos que a la capilla se acercaran, lo que demostraba excesiva tolerancia, o vista muy gorda de la superior clerecía de Atocha... Tolerancia hubo de una parte; pero la otra incurrió en el pecado de indiscreción, porque algún periódico describió la ceremonia con todos sus pelos y perendengues, sin omitir las hojas de acacia. Consecuencia de esta simplicidad periodística fue la destitución del Rector de la basílica, don Leopoldo Briones, varón docto y un tanto hereje, según oí decir; liberal sin careta, muy dado al libre pensar y a la libre crítica de personas y cosas eclesiásticas.

II

Volviendo al punto inicial de este relato, diré que a media tarde del 2 de enero nos dispersamos los cinco ciudadanos que habíamos presenciado juntos la entrada del nuevo Rey. Mi amigo el canario se fue con Córdoba López a la casa de pupilos donde moraban (Olivo, 9); Santamaría se unió a la trinca de Félix La Llave, Patricio Calleja y Nicolás Calvo, conspiradores de oficio, y se encaminaron los cuatro al domicilio del último (Olmo, 30), donde tenían su *sanhedrín*. Yo me fui con Mateo Nuevo a su casa (Montera, 11), donde se agazapaba la redacción de un ardiente periodiquillo, *El Tribunal del Pueblo*. Ayudábale yo a escribirlo, y no miento al decir que las parrafadas más libres y frenéticas eran de un servidor de ustedes. Sorprendíanos a Mateo y a mí la aurora del nuevo día enjaretando artículos y sueltos, o hablando de la revolución que a juicio de él se incubaba sigilosamente, y pronto saldría del cascarón cantando la *Marsellesa*.

Era Mateo Nuevo un hombre ingenuo y exaltado. Su fe revolucionaria, a prueba de desengaños, le inspiraba la persistente acción y el ciego impulso hacia los fines que creía tener al alcance de la mano. Los dedos tocaban los fines, y estos huían alejándose en una atmósfera de azul y dorado ensueño. Su casa era un tubo de largo pasillo y habitaciones lóbregas que empezaba en la calle de la Montera y acababa en la de los Negros, rebautizada con el nombre de *Tetuán*. En esta parte estaba la redacción, y allí teníamos nuestro club y mentidero, con asistencia de amigos locuaces, adorantes de un dogma bellísimo, dispuestos a dar toda su saliva y en último caso su sangre por traerlo a los altares de la realidad. Las noches largas de invierno se nos hacían cortas, y deslizaban sus horas entre el correr de nuestras charlas, ora utópicas, ora proyectistas, pues en el delirio de la conversación imaginábamos lindas leyes concisas que no esperaban más que el triunfo material para colmar a España de felicidad y contento. El desperezo matutino del próximo mercado del Carmen y *el ronco son* de la taberna y carbonería que caían bajo los balcones por la calle de los Negros, nos traían a la razón y al sueño. Ya era virtud el descanso. Cada mochuelo se iba a su albergue, y yo a mi *cueva*, que así la llamaba por ser en la calle de los Leones.

Mi trato constante con Mateo Nuevo y otros románticos de la política, constructores clandestinos de una España feliz, me puso en condiciones de descubrir algunos tapadijos revolucionarios y rasgar velos de conspiración, cosa muy grata a los que anhelamos libertad que nos despabile y mudanza que nos mejore. Con mi destreza en atar cabos, y algo que se le salía de la boca al bueno de don Mateo, vine a saber que existía en Madrid un organismo designado con el resonante título de *Junta Suprema del Consejo de la Federación Española*. Lo presidía don Francisco García López, diputado constituyente, estirado de palabra y de ropa, y fueron Vicepresidentes los hermanos Pierrad, y después don Juan Contreras. Mateo Nuevo figuraba como Vocal, y también Córdoba López y Emigdio Santamaría.

Tuve luego conocimiento de otros, y de los que componían las juntas de distrito, que irán saliendo conforme los reclame el desarrollo histórico. Reuníase a veces la *Junta Suprema* en la casa de mi amigo Nuevo. Por variar de sitio se congregaron alguna vez en el *taller* de Nicolás Calvo (Olmo, 30); andando días, los olfateos de la policía les movieron a recatarse más, y la guarida revolucionaria fue... lo diré aunque no me lo crean... Fue un convento de monjas.

Ello era en la plaza de Jesús esquina a las Huertas, y ocurría cuando ya llevaba largos días en Madrid el Rey saboyano. Emigdio Santamaría, que era el mismo demonio, me reveló, cuando llegamos a unirnos con mayor confianza, que él había sido el catequizador de las monjas para que facilitaran un salón de planta baja donde se reuniera la *Junta Suprema*. Mas no supo o no quiso explicarme el porqué de tal tolerancia en personas de ideas tan contrarias a las nuestras. He dado en pensar que como la conjura iba contra un Rey excomulgado, creían aquellas mujeres simplísimas que ayudando a la Federación Española, laboraban santamente en servicio de Dios. Misterios de la conciencia, misterios de la política, ¿quién os entiende, quién os deslinda, quién os baraja?

Perdóneme el piadoso público la falta de método que habrá notado en mis escritos, los cuales aparecen reñidos con el orden cronológico. Este defecto mío radica en el fondo de mi naturaleza, y sin darme cuenta de ello refiero los acontecimientos invirtiendo su lugar en el tiempo. Si nunca me ha entrado en el cerebro la aritmética, tampoco hice migas con la cronología, y sin pensarlo refiero lo de hoy antes que lo de ayer, y la consecuencia antes que el antecedente... Va siempre por delante lo que hiere mi imaginación con más viveza... Al franquearme contigo, noble y cachazudo lector, presumo que desearás conocerme, saber quién soy, de dónde he salido, y el cómo y por qué de mi metimiento, de mi colaboración en estas historias. Por de pronto diré que soy un hombre chiquitín de cuerpo, grande de espíritu y dotado de amplia percepción para ver y apreciar las cosas del mundo. Reservo por ahora mi verdadero nombre, y entre los diferentes motes que suelo usar en mi labor periodística, escojo el más adecuado, que es también el más breve: *Tito*.

Si queréis saber algo de mi ascendencia os diré que es un extraordinario ciempiés o cienramas. Por mi padre tengo sangre de los Pipaones y Landázuris de Álava, absolutistas hasta la rabia, y sangre de los Torrijos y Porlieres, mártires de la Libertad. Mi madre me ha transmitido sangre de verdugos como González Moreno y Calomarde, sangre de Zurbanos, y aun la de fieros demagogos, ateos y masones. Mi abolengo es, pues, de una variedad harto jocosa. Yo, con paciencia y saliva, quiero decir tinta, he reconstruido mi árbol, y en él tengo señoras linajudas, títulos de Castilla, que casi se dan la mano con logreros y mercachifles de baja estofa; tengo un obispo católico, un cura protestante, una madre abadesa, dos gitanos, una moza del partido, un caballero del hábito de Santiago y varios que lo fueron de industria... Soy, pues, un queso de múltiples y variadas leches. Debo declarar que de la heterogeneidad de mis fundamentos genealógicos he salido yo tan complejo, que a menudo me siento diferente de mí mismo.

En la época de este mi cuento amadeísta había cumplido yo los veintitrés años; pero declaraba veinticinco por el afán de hacerme más hombre, y atenuar la poca estimación en que, a mi parecer, se me tenía por mi rostro aniñado, casi lampiño, y mi corta estatura. Temeroso de que se dudara de mi eficacia varonil, yo aumentaba mi humanidad agregándome años, y mi talla usando descomunales tacones... Han pasado desde entonces algunos lustros: rugoso y lleno de canas, ya no me cargo años, sino que me descargo de ellos, y ni a tiros me hacen pasar de los cincuenta y nueve. La estatura es la que no ha cambiado, ¡ay de mí!... Suspiro, señores míos, porque este defecto de mi pequeñez ha sido y es la mayor amargura de mi vida. A la menguada talla debo atribuir todas mis desgracias, el fracaso de mis tentativas literarias y el estancamiento de mis ambiciones... Mi defecto era simplemente la pequeñez, pues no padecía ninguna deformidad: al contrario, mi rostro era correcto, mi cuerpo bien repartido de miembros y de notoria esbeltez, mi temperamento de gran viveza y acometividad, compensación que la Naturaleza suele dar a los chiquitines, casi enanos. Completo mi retrato asegurando con toda veracidad que en los días a que me refiero hice la mar de conquistas, como verá el que me leyere.

Una de las más rápidas y felices la intenté y llevé a venturoso término en Palacio, en la época de interinidad, poco antes de que las Cortes eligieran Rey a don Amadeo de Saboya. ¿Quién era ella? Pues una mujer picotera y bien armada de carnes, planchadora desde los tiempos de doña Isabel, esposa de un portero, que tuvo bastante habilidad y cuquería para empalmar el último reinado borbónico con el primero de la dinastía italiana. Vivían marido y mujer en una modesta habitación del piso más alto, y les protegía el intendente interino don José Abascal. A Palacio iba yo para visitar a un primo de mi madre, don José Folgueras, empleado en las oficinas. Recorriendo las alturas, topé con María de las Nieves. Pronto hallé un pretexto para entrar en su casa. Ello fue que se me hizo un tremendo desgarrón en la capa y ella me ofreció el remedio de aguja y hebra de seda. Era bajita y frescachona. Sin encomendarme a Dios ni al Diablo le planteé la cuestión de confianza. A mi primer exabrupto contestó con risas y fingidos desdenes; al segundo advertí que le había caído en gracia; al tercero fue la vencida, y quedamos amigos. El marido, Quintín González, que se pasaba gran parte de la tarde y prima noche trajinando en la reventa de billetes de teatro, era un buenazo, corpulento como un buey y confiado como un borrego de Dios.

No duró mucho tiempo aquel lío. En febrero del 71 fui una tarde a Palacio, por visitar a Nieves, sin otro fin que preparar un delicado rompimiento, pues ya me había deparado el Cielo conquista mejor. Apenas pude ver a Nieves un instante: toda la servidumbre estaba muy afanada en disponer las habitaciones para la reina doña María Victoria, que no tardaría en venir a estos reinos. El marqués de Dragonetti, caballero rubio y de buena presencia, ayudante, secretario y amigo de Amadeo I, se multiplicaba en la organización de los servicios palatinos, y en equipar con arte pintoresco la servidumbre.

A los porteros vistió de colorado rabioso. Cuando en la Puerta del príncipe topé con mi candoroso y coronado amigo Quintín González, vestido en tal guisa y armado de una cachiporra, no pude contener la risa. Bromeamos un rato. Díjome que a su mujer le gustaba lo colorado. Era Nieves muy fantasiosa y algo torera. A él no le hacía maldita gracia el traje, porque ya la gente tomaba en broma las libreas rojas de los porteros, y dentro y fuera de Palacio les llamaban los *langostas*. «Mala cosa es —dijo moviendo el testuz— que empecemos ya con el mote, el chistecito y la guasita. Yo le diría al Rey, si tuviera confianza: "Mire, señor, si los españoles le atacan con discursos, injurias y aun con armas blancas o de fuego, manténgase tieso; pero si vienen con chafalditas y remoquetes, a puede ir preparando el petate".»

Mi siguiente conquista fue romántica, pasión que venía rezagada, no de los tiempos de *Don Álvaro* y *El Trovador*, sino de otros más próximos en que privó el sentimentalismo baboso de *Flor de un día* y de *Borrascas del corazón*. La mujer soñada se me apareció en el anfiteatro del Teatro del príncipe, viendo, en función de tarde, *Los Polvos de la Madre Celestina*, obra de risa en que Mariano Fernández derrochaba su inagotable gracejo. ¡Ay!, aquellos polvos me trajeron pronto a los lodos de mi amorosa demencia. La joven que me trastornó era, como yo, chiquitina, de bellas facciones y cuerpo primorosamente formado. A esta igualdad o armonía de nuestra naturaleza visible se debió quizás la repentina inclinación de ambos, y el fogonazo de amor que no tardó en producir voraz incendio. El nombre de la menuda divinidad era Obdulia, de exquisito sabor romántico, y su talle y rostro componían la más encantadora muñeca que en bazares de juguetes se ha podido ver. Iba en compañía de otra mujer, de más edad y complexión hombruna, y desbordada entre ellas y yo la confianza, supe que la pequeña servía y la grande había servido en la casa de una empingorotada señora, la marquesa de Navalcarazo.

En el primer acto de *Los Polvos*, hicimos Obdulia y yo nuestra presentación respectiva; en el segundo declaramos la mutua simpatía, y en el tercero afirmamos enfáticamente que habíamos nacido el uno para el otro. Romeo y Julieta no se dieron más prisa. Fue casualidad picante o simbólica que la compañera de Obdulia se llamara Celestina, y confirmaron el nombre sus astutos requerimientos. A la salida de *Los Polvos* las acompañé, y en el tránsito desde el teatro a la calle del Sacramento, repetimos nuestros gorjeos amorosos, añadiéndoles ya planes y horarios para nuestras futuras entrevistas. Celestina Tirado nos dio facilidades de tiempo y lugar que me colmaron de gratitud.

Aventura tan novelesca me pareció cuento de hadas. Fue Obdulia encanto y alegría de mi existencia, y yo con mi labia y fáciles recursos de expresión, la trastorné y enloquecí. Mi muñeca dejaba traslucir constantemente el romanticismo azucarado y tonto que llevaba en su alma. A lo mejor salía diciendo con canturria: *Si oyes contar de un náufrago la historia —ya que en la tierra hasta el amor se olvida...* y lo demás de que no me acuerdo. Cuando yo le preguntaba, suponiéndome náufrago, si me olvidaría, contestaba poniendo la mano sobre el corazón: *Aquí —vivirás mientras yo viva.* A pesar de estas ardientes ternuras, tuve que darle palabra de casamiento para continuar nuestros amores. Cada día me requería con más empeño a legalizar su situación. Mostrábase celosa guardiana de los buenos principios y de la corrección legal... En verdad, la melaza romántica no se avenía con las asperezas del deber social y católico; pero yo entraba por todo, y cuando mi Obdulia salía con la tecla del matrimonio, yo le aseguraba que en cuanto me mandaran los papeles... pim... A casarnos.

Llegó un día en que mi muñeca, sin apagar sus poéticos fulgores, mostraba un admirable sentido práctico. «He confesado a mi señora —me dijo poniéndose muy seria— que tengo un novio, a quien quiero de veras... Novio con buen fin, que si otra cosa le dijera se pondría furiosa; que a nosotras las criadas no nos consienten gallos tapados, por más que veamos a nuestras señoras enredadas con este o el otro caballero, que a lo mejor es el más íntimo del marido... Pues bien: sabedora de estas relaciones, me aseguró que si vamos por el camino de la decencia y la religión, nos protegerá. ¿Te vas enterando? Sabrás que la marquesa de Navalcarazo es muy lista, que ha leído y lee libros en francés de mucha sabiduría, y que en política vale más de lo que pesa. A un cura de cuello y medias moradas, que suele comer en casa, le oí decir que las personas más sabias de España son ese Cánovas y mi señora... Bueno: pues me dijo ayer que este Rey que han traído tendrá que tomar el tole dentro de unos meses, porque en esta tierra no puede cuajar rey extranjero. Y no le vale que sea, como dicen, honrado y caballero.

Con eso y la excomunión que tiene encima su padre el Rey de Italia, saldrá pronto de aquí con viento fresco. Enseguida vendrá esa cosa que llaman la Restauración, que es como decir Alfonsito, el niño de doña Isabel, y ese día mandarán los que hoy se llaman alfonsinos. ¿Te vas enterando? Pues en cuanto eso venga, si para entonces estamos casados, tendrás un destino de doce mil reales, y de catorce mil si quieres servir en provincias mejor que en Madrid... Mi señora es cumplidora fiel de su palabra. Del empleo no dudes, que ello es pan comido, en cuanto este pobre don Amadeo se aburra y salga pitando, despedido por los tiros de los federales y los desprecios de la aristocracia. *Si oyes contar de un náufrago la historia...* Si ves que Amadeo se embarca... ya sabes... Destino al canto.»

III

Y siguió diciendo mi muñeca, o lo dijo otro día: «Sabrás que en casa se reúnen a tomar té las señoras alfonsinas. Van la Monteorgaz y la Campo-Fresco. Esta tiene, según dicen, la contrata de los chistes, porque los hace tan graciosos, que dan risa para todo el año. Es muy salada, no se asusta de lo verde ni de lo colorado; cuenta sus historias, y a lo mejor te suelta una barbaridad que canta el credo. Esa fue la que, hablando de su hijo, se dejó decir que le había llevado en su vientre como se lleva una solitaria. También van la Belvís de la Jara, la Villares de Tajo, la Villaverdeja y la de Yébenes. Esta, que según cuentan, es más *nea que Dios*, toma las cosas de política por el lado de la religión. Dice que este Rey es masón y nos ha traído acá el Infierno... Pues allí se están picoteando toda la tarde, y por la noche van algunas de ellas y muchos señores: uno que le llaman Orovio, el marqués de Molins, este... ¿cómo se llama?, Iranzo, y otros que tú conocerás... En fin, que no paran de hablar mal de este pobre Rey... Que si no piensa más que en divertirse...; que si sale a la calle como un cualquiera, encanallando la majestad; que si todas las noches se va de picos pardos con su ayudante italiano; que si le han visto en tales o cuales casas... ¡Jesús, qué cosas dicen!»

Hablome otra tarde Obdulia de su familia. Era natural de Villaviciosa de Odón, donde su madre moraba. En Madrid tenía un tío muy bestia, que diferentes veces la requirió de amores con mal fin; pero ella no se daba a partido. Temía que cuando el tal tío tan *tío* se enterara de nuestras relaciones y del proyecto matrimonial nos dificultara la boda de acuerdo con la madre. ¡Ay!, lo que nos enfadó esta idea no hay para qué decirlo. Hicimos juramento de vencer cuantos obstáculos se nos opusieran. Antes que renunciar al casorio, haríamos cuanto aconsejasen el romanticismo y el clasicismo más desenfrenados. Huiríamos, nos mataríamos con pistola o veneno si alguno intentaba cortarnos la fuga. Acordado esto solemnemente, volvíamos a nuestras conversaciones. Obdulia me dijo:

«No sabes cómo andan ahora de alborotadas las señoras alfonsinas con la llegada de la reina, que parece está ya en camino. ¡Y cómo la muerden! Lo menos que dicen de ella es que es *una buena mujer*, sin hábitos de reina. No pasa de *señora de un comandante*, lo más *de un teniente coronel*. Es algo instruida, como que ha estudiado para maestra. Su título es *de la Cisterna*. El título no puede ser más profundo. Fama de virtuosa sí que tiene. Gusta más de vivir recogida, que en las bullangas de la Corte. Eso no se puede criticar, digo yo, pero tampoco es razón para que venga aquí *a por una corona*. Una reina debe ser ante todo reina. La de Yébenes dijo: "No nos oponemos a que sea virtuosa; eso nunca. Las virtuosas reinan en sus casas. Oí que esa buena señora da el pecho a sus niños y a los niños de sus criadas. Lo mismo puede ser esto afectación que pobreza de espíritu".»

Yo advertí a Obdulia que la guerra de damas estaba prevista, porque cuando acudían a cumplimentar a don Amadeo las entidades decorativas del Estado, la Diputación de la Grandeza se abstuvo, salvo dos o tres familias. La aristocracia está de uñas... De doña María Victoria se sabe que es una gran señora, y que viene a honrar la Corte y Trono de España. Dilo así a tu ama...

«¡Qué tonto! ¿Cómo quieres que le diga yo eso a mi señora? ¡Buena se pondría!... ¡Bonito genio tiene estos días para que se le vaya con bromas! Sabrás que... Esto te lo digo con reserva... No salgas por ahí contándolo a tus amigos... Sabrás que está con un humor de mil demonios porque el *suyo* parece que anda distraído... Dícese que con la Tordesillas... Cuando yo entré en la casa, ya mi señora *hablaba* con el marqués de Uclés... Todo Madrid le conoce por Manolo Uclés. Pues ahora están de monos... A mi señora no hay quien la aguante, de la celera que tiene. Y ya no es una niña... Los cuarenta y pico no hay quien se los alivie... Y ya no te digo más; no se te vaya la lengua con tus amigos...»

—Nada importará que cuente lo que sabe todo el mundo —repliqué yo—. Esas historias son en Madrid comidilla fiambre, que pasa de boca en boca sin que nos parezca muy gustosa. Los paladares piden manjares fuertes, Obdulia.

—Llamas tú manjares fuertes al escándalo gordo, a las revoluciones... Hazme el favor de no andar tan metido con los federalotes, gentecilla fulastre... Ya sabes que tienes que hacerte alfonsino, poquito a poco para que no chillen tus amigos. Si no te conviertes, será difícil que nos casemos... Y ahora que me acuerdo: mi señora me preguntó ayer si mi novio es católico. Yo le respondí que sí, que eres muy católico.

—Sí, sí; tan católico por lo menos como Manolo Uclés, que es grande amigo de Nocedal, y da dinero para el *Pensamiento Español*, donde escribe Gabino Tejado... Si a pesar de ser yo catoliquísimo no nos dejan casar, nos suicidaremos, ¿verdad, gacela mía?

—Eso habrá que pensarlo... Cierto que es bonito morirse de amor, como aquellos de Teruel, o matarse una con el humo de un braserillo, como leí en una novela *de por entregas*. Pero la muerte más simpática es la de la dama de *Espinas de una flor*, que se va quedando muertecita en un sillón; y allí sale un cura vestido de calzón corto, que le dice al oír la campana: *es un alma que divisa —las palmeras de Sión*. Para mí, que esas palmeras son el cementerio. A mí me gusta pasearme por un cementerio, y ver los nichos, las lápidas del suelo, y pensar que debajo de ellas están descansando tan tranquilos los enamorados... En fin, chico, a ver si vienen de una vez tus papeles, que los míos encargados los tengo al secretario del Ayuntamiento de mi pueblo, sin que lo sepa mi madre... Me corre mucha prisa, no sea que... ¡Ay! Es cosa fea el salir una en estado interesante, cuando menos se piensa, y no poder ocultarlo, y que le digan a una que no es católica por no haberse casado antes de...

Yo procuré tranquilizarla, persuadiéndola de la pronta venida de los papeles, que ya estaban de camino. Pero los papeles no podían venir, ni yo los había encargado. Vino en cambio un grave suceso que torció de súbito la corriente histórica de mi vida, llevándola por torrenteras dramáticas. Veréis lo que pasó. Llegado el día de la entrada de nuestra Soberana, doña María Victoria, me planté en el Prado, por donde la comitiva había de pasar, dispuesto a referir el acto para nuestro periódico, conforme a las indicaciones de Mateo Nuevo, quien me ordenó que hablase de la señora reina con respeto, pero sin entusiasmo. Yo debía decir que doña María Victoria era atrozmente virtuosa; pero que no lograría captarse el amor de los españoles, que ya no querían cuentas con reyes, y menos si son extranjeros.

Vi la regia procesión palatina entre filas de tropas y grandes masas de gentío curioso. Pensaba decir en mi crónica que en las caras del pueblo se *combinaba la curiosidad con la indiferencia,* y que el sentimiento general era de lástima más que de simpatía. En esto no decía verdad. Oí comentarios en extremo favorables. Las mujeres, sobre todo, contemplaban a la reina con alegría, y con cierta confianza la saludaban, cual si en ella vieran la más alta de sus iguales. No sé si me explico bien. Al paso de la ilustre dama, se discutía su hermosura. Algunos la ensalzaban con exceso; otros la deprimían con esta crítica pesimista, que es la miel más grata en bocas españolas. Yo, dejando a un lado la reseña *oficial* escrita para mi periódico, daré a los beneméritos lectores de estas páginas la veraz impresión de un honrado testigo.

Era doña María Victoria de buena presencia y más que regulares carnes, que propendían a la gordura. En su rostro advertí perfil y rasgos napoleónicos, la sonrisa franca, el mirar entre melancólico y asustado. Creyérase que la dignidad real era en su pensamiento cosa prestada o postiza, y que a nosotros venía, no a ejercer un cargo, sino a desempeñar un papel. En estas ideas me afirmé después, cuando la esposa de Amadeo convertía la realeza, que le dieron entonada y rígida, en cosa blanda y doméstica. Al verla pasar en el coche de gala, a la derecha del Rey, que no paraba en repartir a un lado y otro su garboso saludo, comprendí que doña María Victoria sería muy querida de las mujeres humildes, y admirada de las de clase intermedia, que pueden ser llamadas señoras sin llegar a damas. Estas brillaron en la recepción de Palacio con todo el fulgor de su ausencia, bien campaneada por los periódicos moderados, alfonsinos y carlistas. La gente adinerada se hizo notar también por sus desdenes. *El Imparcial* señaló las casas donde no lucían colgaduras, y aludió claramente a Manzanedo, hablando de un palacio que debía ostentar en los florones de su escudo *Tabaco Virginia o Kentucky*, y *algunas motas de ébano*, representativas de la compra y venta de negros en Cuba.

En la Puerta del Sol hubo apreturas y algún calor de vivas y aplausos al paso de los Reyes; en la plaza de la Armería mayor tumulto, por el gentío que esperaba el desfile de la tropa. Salieron las saboyanas Majestades al balcón, y el pueblo desempeñó muy bien la parte de coro que le corresponde en estas partituras. Las músicas militares enardecían a las muchedumbres, y estas, a su vez, estimulaban con sus gritos al fervor de los inocentes soldados... Hallábame yo muy entretenido con aquel espectáculo pintoresco, cuando me sentí tocado en el hombro. Volvíme, y vi a un hombrejo zanquilargo, feo, encopetado con sebosa chistera que fue de moda el año 41. Con señas y medias palabras me dijo que le siguiera para hablar conmigo dos palabritas, y me fui tras él, rompiendo no sin dificultad por el primer resquicio que nos ofreció la multitud. Fuera ya del arco de la Armería y encontrándonos en sitio más desahogado, el tal, ceñudo y con áspera voz, me dijo: «Usted no me conoce.»

—Sí, señor —le respondí—. Usted es don José Malrecado, que sirve en la Policía.

—No soy Malrecado ni Buenrecado, ni permito que usted se burle de mí.

—Dispense: no me burlo —dije, observando su ropa negra y raída, con las trencillas del chaleco y levitín deshilachadas, el rostro sudoroso, el bigote lacio, los ojos de carnero moribundo.

Y él, mirándome con amenaza y cogiéndome el brazo con garra de cerní-calo, soltó la voz a estas ásperas razones: «Yo soy Aquilino de la Hinojosa... Veo que se asusta. Es natural. Por mi nombre se entera de que soy tío de Obdulia por parte de madre.»

—Aunque lo fuera usted también por parte de padre no me asustaría —respondí, sacando del pecho toda mi entereza—, pues nada tengo que ver con usted, ni me importa un bledo que sea usted tío de la Osa mayor o del Espíritu santo.

—¿Bromitas tenemos? —replicó el tío, tambaleándose en su soberbia—. Le he buscado para decirle que no se casará usted con Obdulia... que aquí estoy yo para impedir que siga trastornándole el seso a esa buena chica. Entiéndalo, y me ponga en el caso de hacer con usted una barbaridad.

—Pues le participo que me casaré con Obdulia cuando me dé la gana, y sepa que me descargo en usted y en su pastelera madre.

Hizo ademán de echarme al cuello sus manos; pero yo, que chiquitín y todo soy una fiera cuando tocan a mi dignidad, invoqué a mis tacones para que aumentaran media cuarta, y haciendo como que requería un arma en mi bolsillo, le solté esta rociada: «Si usted me provoca, no tendré inconveniente en sacarle al aire el bandullo, so tío.»

—Poco a poco —gruñó el estafermo echándose atrás—. No hemos de armar escándalo entre tanta gente. Si usted no tiene vergüenza, yo la tengo. Tiempo y lugar habrá para ver quién puede más.

Diciendo esto sacó del bolsillo una tarjeta sucia, en la que leí: *Aquilino de la Hinojosa, afinador de pianos. Cuchilleros, 3.* Yo me arranqué a decirle con mayor coraje: «Iré a buscarle a usted y le afinaré el entendimiento.» A lo que, ya en retirada discreta, respondió: «No me busque en mi casa, donde tampoco quiero escándalos. Me encontrará todas las tardes en el *Casino Conservador*... Abur... Nos veremos, caballero miniatura.»

—Cuadrúpedo, nos veremos.

Nada me sulfuraba tanto como que me llamaran chiquitín. El *miniatura* me sonó como la injuria más grosera y soez... Viendo al *tío* gandul alejarse hacia los Consejos, hice juramento mental de romperle la crisma o el hueso palomo donde y cuando le cogiera... La inesperada emergencia de aquel gaznápiro fue la mueca repugnante con que el Destino me anunciaba una reata de infortunios: al siguiente día me tocaba entrevista con Obdulia, y Obdulia no fue. Busquela en la calle del Sacramento, paseando desde las Monjas de este nombre a la plazuela del Cordón, y el eclipse de mi linda muñeca en la calle como en nuestro nido me colmó de amargura y despecho. El jicarazo lo recibí aquella misma noche en mi casa por una carta que me llevó Celestina. ¡Oh ansiedad, oh enigma fatídico! ¿Qué diría la carta? Pues la carta, con el lenguaje burlón de sus garabatos, esto decía:

«Apreciable *Mico* (apodo familiar inventado por su cariño): Tengo que decirte con sentimiento que ya no puedo casarme contigo, porque he sabido que no eres católico. Mi señora la marquesa y mi madre, que ha venido ayer, son muy católicas, y las dos me mandan renegar de ti. ¡Ay, *Mico* mío, qué pena! ¿Pero qué quieres que yo haga? Dejar de ver a Dios por ti y condenarme, no puede ser. Si me muero por esta pena, que me entierren en un cementerio bonito, con muchas flores... y que me dé sombra una palmera de Sión. Yo le pediré a Dios en la otra vida que te arrepientas y enseguida te mueras, para que allá estemos juntos mi *Mico* y yo.

»Supe que no eres católico porque me contaron que estuviste en la reunión de los federales en el Teatro de la Alhambra, y allí dijeron mil herejías ese *Pío Margallo*, el *Castelar*, el *don Roque de Barcia*, *don Marcos de Albaida*, y tú te subiste a una silla y soltastes el mayor sacrilegio, diciendo que no estabas seguro de que hay Dios, ni ángeles ni Virgen... que adorabas al Demonio y que te *descomías* en los santos... ¡Qué cosas, qué pena! No puedo ser más larga. Ya no vuelvas a verme ni a escribirme... De ti se despide hasta la eternidad la que llorando te aborrece y verte no desea. OBDULIA.»

Estrujando la carta en el puño dije a Celestina que aquello me parecía una estúpida farsa. La letra era de Obdulia; pero no el sentido ni la intención de la carta. Algún mal intencionado la obligó a escribirla, dictando quizás parte de ella. En el párrafo tocante a mi supuesto discurso en la reunión de la Alhambra, vi bien a las claras la malvada inspiración directa del siniestro mastín que había querido morderme en la plaza de la Armería. Cierto que estuve en la reunión de los federales y que pronuncié algunas palabras; mas no fueron para meterme con Dios ni ensuciarme en las imágenes de santos. Celestina, dejándome ver su blanca dentadura, se reía de mi furor y de las vulgares perfidias que lo motivaban. Confesome que la familia de la muñeca no aprobaba sus relaciones conmigo; querían casarla con un hombre de más fuste y estatura. Lo de estimar los maridos por la alzada levantó en mí una borrasca de indignación. Díjome también que Obdulia me tenía ley, y vacilando entre el amor y la obediencia, se hallaba la pobre *como una borrica entre dos piensos*.

Sospechando que la señora marquesa de Navalcarazo pudo ser causante de mi desventura, interrogué a Celestina, la cual, soltando de nuevo su reír frescachón, me dijo: «La *señá* marquesa es muy católica, eso sí, pero no se mete en los líos de sus criadas, ni se cuida de lo que ellas hacen o dejan de hacer con sus novios. La marquesa no piensa más que en *el suyo*... Por cierto que ya se ha reconciliado con el caballero de Uclés... El galán ha vuelto arrepentido cantando *la mea culpa*. La señora le ha perdonado, y tan creída está de que por sus oraciones ha vuelto el caballero, que ayer, en acción de gracias, confesó y comulgó, y a las monjas del Sacramento llevó de limosna un buen puñadito de monedas de cinco duros. Protege de largo a la Comunidad. Es beata de ley, socorre a los necesitados, y como tiene más dinero que pesa, a todos atiende: da para el culto, da para que se casen los amancebados, da para los pobres de su casa y de la casa de Uclés, y siempre le queda un buen pico para mandárselo al pobrecito Papa, que está preso, como usted sabe, en su propio palacio convertido en cárcel por esos malditos italianos... ¡Ay, Jesús!»

IV

«¡Cómo está la sociedad! —exclamé yo—. ¿Cuándo se vio pisto igual? ¿Es que Dios y Luzbel han llegado a un arreglo? Civilización de España, ¿quién te entiende? ¿Somos un país europeo, o aquel *País de las monas* descrito por un inglés de cuyo nombre no me acuerdo?» Viéndome tan triste, la bondadosa Celestina me administró estas palabras de consuelo: «Confórmese con lo sucedido, y no crea que se acaba el mundo porque se le va una novia. Mujeres hay muchas, y yo, si quiere, le proporcionaré una mejor que esa sosaina de Obdulita. Si sus negocios andan mal, y la pluma no le da para vivir, arrímese a lo católico, pues lo que es dinero no encontrará fuera del catolicismo. Si no tiene valor para meterse de hoz y de coz en el alfonsismo, no hable mal del hijo de su madre, ni le ponga motes feos, como el que le aplican ahora los que no le quieren, ni le saque a relucir al padre ni a la madre... Siga el consejo mío, que es consejo de persona que conoce como nadie el tecleo de este Madrid y su gente. Tenga juicio y *pupila*; váyase *desapartando* de los federales, familia tronada que no da más que palabrería sin jugo... No se meta con el Altísimo ni con el Papa, escriba para el Gobierno, y saque un buen destino, que si usted pega de firme a los que mandan, de ellos saldrá el amansarle con un cacho de turrón.»

Aquella mujer ruda era una sabia de tomo y lomo, y yo la estimaba y agradecía sus consejos, sin tener en cuenta su ruin oficio, del cual dijo Cervantes que era muy necesario en la república. Debo declarar que antes de oír los sesudos consejos de Celestina ya había pensado yo en gestionar una colocación. Todos los españoles adquirimos con el nacimiento el derecho a que el Estado nos mantenga, o por lo menos nos dé *para ayuda de un cocido*. Los valedores a quienes acudí fueron Llano y Persi, amigo de Sagasta, y Ramos Calderón, íntimo de Rivero y de Martos. Ambos me las prometieron muy felices; pero... había que aguardar a que pasara el periodo electoral... Pasó el funesto periodo, y por cierto que el bueno de Práxedes manejó los cubiletes con arte maestro para traer mayoría; mas no pudo impedir que la coalición de carlistas y republicanos, diabólico himeneo, trajera setenta o más diputados.

No sé si mis lectores tendrán interés en conocer el Ministerio de conciliación, presidido por el duque de la Torre. Eran los de siempre, ni mejores ni más malos que los anteriores y subsiguientes. ¿Qué hacían? Ir viviendo, ir trazando una Historia tediosa y sin relieve, sobre cuyas páginas, escritas con menos tinta que saliva pasaban pronto las aguas del olvido. Si no recuerdo mal, Martos se encargó del *Foreign Office*, Ulloa regentaba la Gracia y la Justicia, Sagasta era el gallito de Gobernación, Moret tomó las riendas del Fisco, y Beránger el timón de la Marina. Paréceme que Ruiz Zorrilla ocupó la poltrona de Fomento y Ayala la de Ultramar.

Más que el quita y pon de ministros, os interesa sin duda mi asunto personal, que a mi parecer también era histórico. Pues a ello voy. No tenía yo sosiego hasta que pudiese acometer y apabullar al ruin, al sucio, negro y desvergonzado aguilucho que me privó de las gracias de Obdulia, Aquilino de la Hinojosa. Designado el día de mi venganza, me calcé las botas de tacón más alto que en aquellas décadas poseía, cogí un roten nudoso que parecía la maza de Hércules, y me fui derecho al Casino Moderado de la calle de Atocha, donde esperaba medir mi fiereza con la barbarie soez del tío más tío del mundo.

Pronto comprendí que iba mal encaminado, porque al Círculo de la calle de Atocha no concurrían más que moderadotes de ropa limpia y elevada representación pública, como el señor Carramolino, el señor Moyano, el señor Collantes, el conde de Cheste y otros tales. Mejor orientado, me dirigí a un casinejo de reciente fundación, abierto en la calle de Jacometrezo con el mote de *Círculo popular*... No sé si *conservador* o *alfonsino*, y apenas entré en la oscura, deslucida y puerca antesala, oí la voz del cernícalo graznando en estridente disputa con otros pajarracos de la fauna reaccionaria. Con un mozo que pasaba llevando servicio de café en abolladas cafeteras, mandé recado a mi enemigo... Una visita... un señor que deseaba decirle dos palabras...

Los vocablos con que se inició la visita fueron más de dos, seguidos de réplica insolente y de un garrotazo que descargué con delicioso coraje sobre la cabeza del tío, la cual sin el resguardo del sombrero habría quedado rota en como hucha de barro que yo quería cascar para sacarle la calderilla, digo, los sesos... Al vocerío de Hinojosa y el traqueteo de los palos acudieron de una parte el mozo y conserje, de otra los compinches de mi enemigo. Unos me sujetaban, otros corrían al socorro del tío... Ya he dicho que soy un hombre terrible, y que me crezco al castigo convirtiéndome de chico en grande por la fiereza de mi embestida y la arrogancia de mis actitudes. Con presteza increíble me sacudí de los que intentaban acorralarme, y seguí el vapuleo contra todo el que por delante me caía. El número al fin pudo más que el ardimiento feroz. Uno salió al balcón gritando: ¡guardias, guardias!; otro a la próxima escalera reclamando el auxilio de los vecinos. Pude, tras ruda pelea, batirme en retirada solo contra tantos, y gané la escalera. A no ser yo quien soy, habría bajado rodando; pero no perdí pie... Felizmente, acudió en mi ayuda un amigo que a punto subía presuroso, alarmado del estruendo.

Era Telesforo del Portillo, en los viejos anales conocido con el apodo de *Sebo*, criado que fue del marqués de Beramendi, después policía, funcionario de Gobernación, y al cabo cesante cuando ya le indicaban para secretario de un gobierno de provincia. Provino su desgracia de habérsele descubierto concomitancias con el marqués de Bedmar, el de Uclés y otros acreditados alfonsinos. Su esposa, Fabiana Jaime, ex-criada de la Campo Fresco, tenía parentesco con mi madre, de donde vino mi amistad con *Sebo*, y las consideraciones que me guardaba, estimándome más que como periodista como pariente. En cuanto me vio, púsose de mi parte, diciendo con aplomo policiaco: «Paz, caballeros. Ténganse a la autoridad, que todo ello será por mala inteligencia. Vengan explicaciones leales de una parte y otra. Conmigo no valen *soterfugios*. Silencio, digo, y envainen los insultos.

Este joven es de mi familia, y será el primero en retirar sus palabras.» Algún trabajo le costó al ilustre *Sebo* imponerse, y en cuanto hubo sosegado las encrespadas olas, lo primero que hizo fue sacarme del remolino, escaleras abajo, recomendándome, como había hecho más de una vez, que pusiera frenos a mi fiereza indómita. Aunque yo había quedado airoso, por ser uno contra tantos, llevaba en mi cabeza tremendos chichones, y mataduras dolorosas en distintas partes de mi cuerpo garboso y pequeñín.

Acompañome Telesforo a mi casa de la calle de los Leones, llevándome antes a una botica, donde fue el león asistido de apósitos y tafetanes. Y véase ahora cómo se empalman y enraciman los males con los bienes en esta vida humana, complejidad eterna de llanto y de risa, de ansias coléricas y expansiones de júbilo. ¿Qué creéis que en mi casa encontré al volver a ella con bizmas y parches? Pues la credencial que meses antes había solicitado de Llano y Persi. Bendije la risueña credencial; bendije al Destino y a Dios, inspiradores del próvido Sagasta, sin acordarme de que dos días antes habíale disparado un dardo periodístico hablando de su tupé, de su frescura y otras zarandajas. ¡Cosas de la vida! La vida es pasión, contrastes, fuga veloz de corazones duros, de corazones tiernos, toma y daca de arañazos y caricias. Y el mundo marcha... y el Sol sale todos los días. Vivid, humanos, en la dulce alternativa del odiar y el querer.

Mi primer pensamiento al verme colocado fue ocultar mi felicidad a Mateo Nuevo, a Santamaría y demás amigos políticos. Luego lo pensé mejor y abominé del tapujo, que, además de ser inútil, me habría colocado en el listín de traidores o siquiera sospechosos. Franqueado con mis amigos, que conocían la distancia que la Fatalidad había puesto entre mi boca y el pan, alentáronme a envainar mi dignidad, previa declaración de que sería más federal hoy que ayer, y mañana más que hoy... El mundo marchaba y yo con él derechamente a mi bienestar, porque para colmo de ventura, me dijo Llano y Persi que yo no tenía que ir a la oficina más que a cobrar, el primero de cada mes.

Encerrado permanecí en mi leonera esperando a que fueran menos visibles en mi cara los achuchones de la reciente trifulca. Apenas puse el pie en la calle fui a ver a Llano y Persi, el cual me dijo que deseaba llevarme a la redacción de *La Iberia*. Quedé perplejo. No quería disgustar a Llano, uno de los hombres más nobles y generosos que he conocido, ardiente liberal y patriota desinteresado; no me agradaba ser redactor de un periódico rabiosamente ministerial, un cuerpo anquilosado de la opinión que solo a la defensiva funcionaba, desaborido y sermonario, sin *vis* política, ni gracia ni literatura. En tal indecisión pedí a mi buen amigo plazo de tres días para decidirme... Y aconteció que en aquella semana se acumularon sobre mí, como aluvión de un Destino caprichoso, multitud de sucesos raros y sorprendentes.

Entre aquellos halagos de una fatalidad benigna, menciono la visita del amigo citado por mí en las primeras páginas de esta relación, el excelente chico isleño con quien trabé amistad en la casa de huéspedes donde vivimos desde el 66 hasta el 70... No vino el tal a mi casa por visita de cumplido, ni por ociosa charla; vino a proponerme que fuese a trabajar con él en *El Debate*, fundado a principios del año por José Luis Albareda. La verdad, me sedujo la proposición, por el modernismo y buen tono de aquel periódico, y con esto y una sola consulta con la almohada, quedé libre de mis dudas y me desligué del pendiente compromiso con Llano y Persi... No poco se holgó el isleño de mi resolución, y al día siguiente nos fuimos gozosos al pisito bajo de Trajineros, donde estaba *El Debate*, y en otro cuarto del mismo piso tuve el gusto de hablar con Albareda, a quien yo no conocía más que de vista y fama.

Por las Once mil Vírgenes, que me fue muy simpático el caballero andaluz. Hombre más salado no he visto, y si en la primera visita me cautivó por su gracejo, cuando el trato afinó mi conocimiento, le admiré por su talento macho y por la viveza con que percibía y atrapaba las ideas políticas culminantes en cada día, y la claridad con que veía la fase de razón de esa idea, la fase de oportunidad y la fase de peligro... Inspirado por José Luis, que así le llamaban sus íntimos, escribía yo de todo: teatros, vida social, política. El fundador leía nuestros artículos, y si le gustaban nos elogiaba desaforadamente. Cuando, según él, lo hacíamos mal, nos trataba como perros.

Prevínome el isleño contra las hipérboles de Albareda. «Ni cuando te pone en los cuernos de la Luna te envanezcas, ni demasiado te aflijas cuando te trata a zapatazos.» Un día que escribí muy a su gusto una croniquilla de salones elegantes, alfonsinos y católicos, me dijo así: «Tiene usted más talento que Dios.» Al día siguiente le desagradó un suelto político, y al entrar en su alcoba, oí que decía, por mí: «A ese judío enano le voy a dar cien patadas.» Su enojo pasaba como el humo y se desvanecía en donosas ocurrencias. Nos quería, y le queríamos. Para mí era el periodista ideal. Cuando nos llamaba para sugerirnos alguna idea, con igual confianza nos recibía en su alcoba, recién dormida la mañana, que en la próxima pieza donde le veíamos bañarse en pelota, tomar ducha por regadera, y hacer luego su *toilette* de persona pulcra y elegante, todo esto hablando de lo humano y lo divino con singular donaire ceceoso, apuntando la idea política o el juicio picante de cosas y personas.

Era nuestro inspirador y Mecenas partidario ferviente de la Conciliación, y apoyaba con su periódico el primer ministerio de don Amadeo, armadijo de unionistas y radicales. Creía el buen andaluz que se hundiría el mundo en cuanto los dos concertados puntales de la situación se cayeran cada uno por su lado. Y si esto creía el maestro, o si no creyéndolo lo afirmaba, de su caletre al nuestro lo transmitía por razones de puro arte político. Yo no pensaba como él en lo tocante a la Conciliación, que infecunda me parecía, pues cada una de las dos partes a la otra estorbaba para toda labor eficaz. Pero me guardaba de manifestarlo a mi jefe, que me habría soltado el chorro saladísimo de su verbosidad andaluza. Yo pensaba en ello y me decía: «Algún motivo tendrá este hombre para patrocinar con tanto ardor la forzada coyunda de los dos partidos, y para fundar un periódico con el fin exclusivo de sostenerla.» *El Debate* araba la tierra política sin lograr la derechura del surco, porque ni el buey unionista ni el buey radical se avenían a tirar del arado con igualdad. ¿Romperían el yugo?

Lo rompieron, sí señor, bastantes días después de entrar yo en *El Debate*; pero antes de referir esto, traeré a colada otras materias para no disgustar a los devotos de la exacta cronología. De asuntos privados, confundidos con los públicos hablaré, para que resulte la verdadera Historia, la cual nos aburriría si a ratos no la descalzáramos del coturno para ponerle las zapatillas. ¡Cuántas veces nos ha dado la explicación de los sucesos más trascendentales, en paños menores y arrastrando las chancletas! Y vais a verlo.

V

Sabréis, amigos, que mi conquista de aquellos días (que no consigno por orden numérico porque he perdido la cuenta) me deparó una moza bravía y algo hombruna, morena y agitanada, más alta que yo en cuarta y media, gallardísima, de ojos bonitos y más bonitos morros, la cual me juró amor eterno y fidelidad, siempre que yo le mantuviese el pico y con decencia la vistiera, sin interrupciones de ayuno y desnudez. Trájome Celestina aquella hermosa bestia, diciéndome que era su prima, y yo le di el gobierno de mi casa y la soberanía de mi persona. Vivíamos felices. Felipa, que así se llamaba, natural de las Peñas de San Pedro, era una fuerte trabajadora en los menesteres más duros de la vida doméstica; lavaba la ropa y los suelos y toda la casa con verdadero frenesí; guisaba con abuso de especias y picantes, y hablaba con estridor de gritos y libérrimo vocabulario...

Naturalmente, mis relaciones con Felipa trajéronme nuevas amistades y trato con personas del propio jaez. Conocí a otra mujer, muy bonita por cierto, pelo rojo, figura delicada. Aunque el tipo, lenguaje y modales de Lucrecia (¿nombre verdadero o postizo?) eran tan distintos de los de Felipa, tratábanse las dos mujeres con familiar intimidad... Tras Lucrecia compareció en nuestras tertulias un hombre ordinario, disfrazado de elegante, estrenando ropa, mal carado, y hablador verboso, insustancial y cínico de asuntos que no entendía.

De esta sociedad, llamémosla así, que a mi albergue acudía, pasamos a otras, yendo Felipa y yo a tertulias amenas en casas donde conocí y reconocí caras bonitas y feas, y encontré amigos entre sujetos que veía por vez primera. No se crea que era la mansión de Celestina ni otra semejante. Algo se celestineaba allí, es cierto, por bajo cuerda, y más que algo se le tiraba de la oreja al amigo Jorge; el tono general era de semi-decencia o *medio-mundo*, y algo de *armas al hombro*. Útiles enseñanzas de la vida y del mundo adquirí en aquel extraño beaterio. Oyendo aquí y adivinando allá, vine a comprender que mi Felipa había sido criada de Lucrecia, y que el fachoso cortejo de esta, adornado con gruesos brillantes en pechera y sortijas, era jugador de profesión, y poseía en Madrid pingües chirlatas. Otras muchas rarezas vi y observé, que no cuento a mis buenos lectores porque quiero irme derecho al asunto de más interés. Una mujer entró allí, la *Tía Clío*, con mantón y delantal, arrastrando gastadas pantuflas en chancleta. Mirándola en tal guisa y desgaire, tardé un rato en reconocerla, y me dije: «yo he visto a esta vieja en alguna parte.»

Y en el mismo instante se destacó del grupo principal de la tertulia un señor inflado, calvo y herpético que me llevó aparte para reanudar conmigo una conversación entablada la noche anterior. Aquel sujeto llevaba frac, no por llevarlo allí, sino porque de allí se iba al Teatro Real. «En *El Debate* está usted muy bien —me dijo—. José Luis es listo, bien relacionado, y sabe mirar por los que le sirven, y abrirles camino para las buenas posiciones políticas. Un sueldecito regular no le faltará a usted... El periódico está bien hecho: me gusta mucho... Y vivirá: su vida está asegurada para largo tiempo. Hay dinero, amigo, hay dinero a granel. ¿Sabe usted de dónde vienen los monises?... Pues vienen de Cuba... ¿Por qué abre tanto esa boca? De Cuba, sí, señor. ¿Pero usted cree que hay en España dinero que no venga de la perla de las Antillas?... ¿Qué... lo niega usted?»

—No señor, no niego ni afirmo nada: oigo.

—Pues oiga usted más. El dinero lo mandan los ricos hacendados de la Isla para crear aquí una opinión favorable a sus intereses. Considere usted, joven, lo que son los intereses en aquel país tan rico, y tan desatendido por estos Gobiernos. Los buenos españoles de allí quieren que no se precipite el Gobierno en echarles reformas y reformas. Sobran aquí sabios, oradores, y el buen sentido se cotiza muy bajo. Quieren los buenos españoles que si se ha de quitar la esclavitud, nos contentemos ahora con *el vientre libre*, dejando lo demás para mejores tiempos. Si así no se hace, peligrará la riqueza, la propiedad, y los ingenios serán pronto montones de ruinas... Para meter estas ideas en las cabezas alocadas de acá, los hacendados desean tener aquí órganos de la opinión sensata... Hacen ellos su cuestación, reúnen una porrada de miles de pesos y la mandan acá. Ahora viene el dinero a las manos de don Manuel Calvo, que está en Madrid. ¿No le conoce usted? Vive en casa de Lhardy. Es la única persona que Lhardy aposenta en su casa... De las manos de Calvo pasa el dinero a las de don Adelardo Ayala, que lo distribuye... porque no es solo *El Debate* el que cobra por defender la buena causa. ¡No he visto yo pocos fajos de billetes pasar de las manos de don Manuel a las de don Adelardo! ¿Qué, se asusta, Tito? ¿Es usted de los españoles pacatos que tiemblan y se descomponen cuando oyen hablar de gruesas cantidades?

—No me asusto, señor —le dije—; me asombro y casi me indigno de que se suponga a mi jefe capaz de...

—¡Ay qué gracia! —exclamó el herpético rompiendo en franca risa—. ¡Pero si Albareda no pierde con ello ni un átomo de su honradez; si esto es lo más lícito, lo más meritorio, lo más...! Albareda es un amable filósofo, que se adelanta a su época. Si a él le conviene tener un periódico defensor de su política, ¿qué mal hay en recibir auxilio de un grupo de buenos españoles que miran por su patria? Me consta que el dinero pasa por las manos de Albareda sin que nada se pegue en ellas.

Aquel hombre, que, según dijo, venía de comer en Lhardy, hablaba con salpicaduras de saliva y un galopar tumultuoso de los conceptos. Creí advertir en su lenguaje los efectos de un mediano exceso en la bebida. Sin venir a cuento, sacó un largo puro habano, diciéndome: «Tome este tabaco. Es de los de regalía.» Enseguida me dio otro, y cuando yo creía que tomaba aliento para seguir despotricando, se levantó, dejándome con mis observaciones atravesadas en la boca... Le vi acercarse a las que llamaremos damas por no saber qué nombre darles, y se fue no sé por qué puerta... Acerqueme entonces a la *Tía Clío* con avidez para interrogarla, y me volvió la espalda, volteando su anchuroso cuerpo, pobremente vestido... Y al instante, sin decirme una palabra, sin dejar tras de sí otro rumor que el de sus chancletas sobre la gastada esterilla, desapareció. Mis ojos la buscaban; buscándola la perdieron de vista. En medio de la sala quedeme perplejo y apenado... Cogí de un brazo a Felipa y le dije: «Ven, vámonos de aquí, mujer, que en esta casa hay duendes.»

Me guardé bien de contar a don José Luis lo que había visto y oído, tal vez soñado. Tratando en largos días al maestro y a sus amigos, llegué a la certidumbre de que *El Debate*, como otros periódicos de Madrid, vivía de la savia cubana. Esta pasaba por las manos de Albareda sin que en ellas quedaran ni partículas del precioso metal. Todo era poco para el cuerpo y el alma de la publicación (imprenta, papel, redactores). El hombre que sostenía con fatigas y el apoyo de sus amigos *La Revista de España*, fue un grande y desinteresado propulsor de la cultura de este país. Fue el más aristócrata de los periodistas y el más elegante de los políticos. Las campañas que él inspiraba llevaron siempre el sello de distinción exquisita. En contacto constante con la gente linajuda se mantuvo fiel a los ideales de la soberanía de la Nación; era conservador a la inglesa y predicador del *self-government*. Esta fórmula y los motes de los dos partidos, fundamento y piezas principales de la máquina política, los *torys* y los *wighs*, no se apartan de su boca andaluza... Y viviendo entre millonarios siempre fue pobre, y en la pobreza se deslizó su vida, que muchos tenían por ociosa y era muy activa. Mujeriego, taurófilo y deportista, tenía tiempo para todo, hasta para demostrar con hechos que el talento fecundiza la misma frivolidad, y de ello sacan frutos preciosos la razón y el ingenio.

A propósito de ingenios quiero hablar del conocimiento que en *El Debate* hice con varios sujetos que lúcidamente han figurado en las Letras y en el Periodismo. Los que más vivos conservo en mi memoria son Rodríguez Correa y Ferreras... ¡Alto!... Déjenme volver atrás. Necesito el desorden; la estricta cronología pugna con mi temperamento voluble y mis nervios azogados. Atención. Cuando llegamos a casa pregunté a Felipa quién era el señor obeso y calvo, de frac, que me había llevado aparte para hablarme a solas. Díjome que era un mozo de café o de fonda, que se fue a La Habana y de allá volvió dándoselas de ricachón, o siéndolo de verdad. De la *Tía Clío*, por cuya procedencia y oficio le pregunté, díjome lo que a la letra copio: «Es una vieja medio loca que en el piso bajo tiene una tienda de muebles, armas y papelorios antiguos. Lejos de aquí la hemos visto vestida de señora con borceguíes de tacón dorado, y aquí se nos presenta hecha un pingajo, con chinelas que dice fueron de una tal doña Urraca. Charlotea de trifulcas que pasaron y de las que están pasando, y es una criticona que no hace más que gruñir. Se va como viene, sin saludar a nadie y diciendo no más que: *"Hasta ahora"*. Y el ahora quiere decir *siempre*.»

Hablábamos de esto medio dormidos ella y yo, por lo cual quedó en mi cerebro aquella conversación como cosa de incierta realidad, tocando en la frontera de lo mentiroso y fantástico... Y a los pocos días caí enfermo de una fiebrecilla que empezó leve, y por descuidarla hubo de parar en tifoidea, que a mí me postró por más de tres semanas, y a Felipa dio mucho que hacer y que sentir. La pobre mujer, creyendo que me las liaba, forcejeó con la muerte, y mientras esta tiraba de mí para llevarme al otro barrio, mi coima tiraba con verdadera furia para dejarme aquí.

¡Qué días de sufrimiento y qué noches de angustia! El único amigo que me acompañaba y a ratos hacía de enfermero auxiliar de Felipa, era el isleño por cuya mediación afectuosa entré yo en *El Debate*. No se concretaba su auxilio a las palabras consoladoras y a la dulce compañía, sino que, a las veces, con su corto peculio cuidaba de proveer el vacío portamonedas de Felipa... En la soporífera largura de mis horas de fiebre me acosaban las visiones de la *Tía Clío* y del hombre herpético que me contó la leyenda de los dineros de Cuba... Al fin, restablecida poquito a poco la normalidad en mi caletre, entré en convalecencia, fui tomando fuerzas, curé, y una tarde, cuando ya podía valerme y saborear la lectura y la conversación, hablé de este modo a mi buen camarada el isleño: «Por mucho que yo viva y prospere, no podré pagarte lo que en esta ocasión, la más crítica de mi vida, has hecho por mí.» Y él me respondió: «Quién sabe si algún día me presentaré yo a cobrarte esta deuda, y tú, con buena memoria, te apresures a pagarme.»

Corrió el tiempo arrastrando sucesos públicos y privados; se fue don Amadeo; salió por escotillón la República, feneció esta, dejando el paso a la Restauración... Reinó Alfonso XII; pasó a mejor vida. Tuvimos Regencia larga; se fueron de paseo las Colonias y entraron a comer manadas de frailes y monjas... El niño Alfonso XIII fue hombre; reinó, casó... Vino lo que vino: agitación de partidos, inquietud social, prurito de libertad, alerta de republicanos, guerra con moros, semanas de fuego y sangre...

Pues en tan largo estirón de la Historia, el hombre chiquitín que os habla vio caer sobre sí un diluvio de calamidades. Pasó miserias, sufrió persecuciones; trabajó sin descanso, repartiendo su voluntad entre las tareas de pluma y la conquista de mujeres, únicas empresas en que le favoreció la fortuna. Errante anduvo de un hemisferio a otro; fue empleado en Cuba, empleado en Filipinas, periodista que jamás obtuvo recompensa, escritor que no llegó a conocer el galardón de la fama. Siempre oscuro y desconsiderado, en sus retornos de América y Oceanía vivió pobre en Madrid, vegetó en diversos pueblos y poblachos de provincia. En el curso de esta odisea, alguna vez topó con su amigo el isleño; se cumplimentaron y departieron sobre la buena o mala suerte de cada uno. Pero llegó un día en que la conversación fue más larga y de mayor sustancia, como a continuación se verá.

En la Puerta del Sol nos encontramos a los treinta y siete años justos del día en que tomó el portante don Amadeo de Saboya. ¡Treinta y siete años! Muy pronto se dice; mucho se tardaría en contar lo que pasó bajo las chinelas o el coturno de la *Tía Clío* en trece mil quinientos cinco días. Yo, lejos de aumentar, había menguado de talla; los pelos que me quedaban eran hebras de plata, y rostro y cuerpo mostraban lastimosamente los zarandeos del tiempo. Mi amigo no llevaba mal sus años maduros, y su rostro alegre y su decir reposado me declaraban mayor contento de la vida que el que yo tenía. Hablamos de trabajos y publicaciones; díjele yo que había leído las suyas, y él, replicándome que algo le quedaba por hacer, saltó con esta idea que a las pocas palabras se convirtió en proposición:

«Una promesa indiscreta oblígame a escribir algo de aquel reinadillo de don Amadeo, que solo duró dos años y treinta y nueve días. Tú y yo vimos y entendimos lo que pasó y lo que dejó de pasar entonces. Tu memoria es excelente; sabes contar con amenidad los sucesos públicos. Hazme ese libro, y con ello quedará saldada la deuda de caridad que tienes conmigo. Puedes observar el método que quieras, ateniéndote a la cronología en lo culminante y zafándote de ella en los casos privados, aunque estos a veces llegan al fondo de la verdad más que llegan los públicos. Puedes entreverar entre col y col la lechuga de tus conquistas; ya sé que han sido innumerables, algunas acometidas y consumadas con temerario atrevimiento y dramáticos peligros... Por este trabajo te pagaré lo que dio Cervantes al morisco aljamiado, traductor de los cartapacios de Cide Hamete Benengeli, dos arrobas de pasas y dos fanegas de trigo, o su equivalente en moneda, añadiendo el gasto de papel, tinta y tabaco en los pocos días que tardes en rematar la obra... Dime pronto si aceptas, para cerrar trato contigo, o buscar otro plumífero con quien pueda entenderme para sacar al mundo la vaga historia de Amadeo I.»

Vacilé un instante, mirando al cielo y a los tranvías que de un lado a otro pasaban, y acepté, y con un apretón de manos sellamos nuestro compromiso.

VI

Y ya que sabéis la razón de que yo escribiese lo que estáis leyendo, añadiré para mayor claridad de este negocio, que el isleño me autorizó a contar la Historia como testigo de ella, figurándome en algunos pasajes, no solo como presenciador, sino como lo que en literatura llamamos héroe o protagonista. A mi observación de que yo tendía por temperamento y volubilidad natural a la mudanza de opinión, y a variar mi carácter y estilo conforme a la ocasión y lugar en que la fatalidad me ponía, contestó que esto no le importaba, y que la variedad de mis posturas o disfraces daría más encanto a la obra.

Dadas estas explicaciones, continúo mi cuento. En pleno verano del 71 se despegó con el calor la Conciliación, retirándose cada parte por su lado con ganas de pelea. No habían hecho nada. Al soltar sus cuellos del yugo, la emprendieron a cornadas unos contra otros: «Ya ve usted, mi querido don José Luis —dije al maestro—, lo mal que resulta el intentar que gobiernen juntos los que de su separación y diferencia sacarían la fuerza eficaz que pone en marcha la máquina del sistema. Ya que tan enamorado está usted del turno inglés, hágase la prueba de que gobiernen ahora los *wighs* con su programa y planes de reforma, y que los señores *torys* aguarden con paciencia su vez.»

Pero Albareda no daba su brazo a torcer. Hombre agudísimo, que por imposiciones de la Fatalidad tenía compromiso de abogar por el contubernio, desmintiendo su *dilettantismo* anglómano, sacaba razones de su fértil ingenio, y me apabullaba con sofismas deliciosos. Seguía yo defendiendo con mi fácil pluma el desbaratado armadijo, tratando de recoger los pedazos para volver a pegarlos con la cola de mis artículos. Pero por mi cuenta digo que los *torys* de acá eran la mayor calamidad del Reino. De cepa unionista moderada, llevaban en la masa de la sangre los vicios y las malas mañas de la rancia política y de la Administración apolillada. Con necia fatuidad aseguraban que ellos solos poseían el secreto de regir a la Nación, y que sin ellos todo era desorden y merienda de negros. Conocía yo a un señor, inveterado unionista del 63 y 64, y siempre que nos encontrábamos largábame un sermón, contrastando la omnisciencia de los suyos con la ineptitud de la gente nueva. La síntesis era esta: «Nada, nada, amigo; es cuestión de camisa limpia...» Según aquel inmenso congrio, la clave del gobierno de España estaba en manos de las lavanderas y planchadoras.

Divorciados el Ayer y el Mañana, matrimonio de conveniencia, entró a formar Gobierno el Mañana, don Manuel Ruiz Zorrilla, el más valiente y entero de los hombres de la Revolución, popular cual ninguno por mirar de frente a los intereses del pueblo, voluntad firme, corazón que ardía en el amor romántico de una España redimida. Sus compañeros de Gabinete, llamándose demócratas, gastaban pecheras tan blancas y lustrosas como las de los palaciegos mejor almidonados. No era cuestión de camisas limpias, sino de cerebros lavados de roña y telarañas.

Un poquito atrás, caballeros. Se me olvidó decir que en los tenebrosos y amargos días de mi enfermedad fue la apertura de Cortes, y en el acto solemne leyó don Amadeo el acostumbrado discurso, como todos los del ritual, enfático y pedantesco, henchido de vanas promesas y preñado de hiperbólicas esperanzas. En boca del Rey puso el Gobierno parrafillos en que este pudo vanagloriarse con sincera bravura de su liberalismo, como de su respeto a la voluntad de la Nación. Con entusiasmo loco recibió el anfiteatro estas lindas canciones, que trascendieron pronto a las calles y el corazón de los adictos... presidente de las Cortes fue Olózaga por votación no muy nutrida. Ciento diez papeletas le colaron en las urnas. La oposición era tremenda; entre federales, carlistas, moderados netos, alfonsinos de solemnidad o vergonzantes, formaban una falange de complejos rencores que iban a una contra el Gobierno, el Rey y el Verbo divino.

Adelante. Reanudo el hilo cronológico para deciros que Ruiz Zorrilla trajo a la política oxígeno abundante y frescura de reformas por las que suspiraba el envejecido ser de la Patria. Entró don Manuel con singular arranque a matar las rutinas; crujía la *Gaceta* del empuje, y el radicalismo se estrenó con un sonoro triunfo. De aquel Gobierno se dijo que era una *República con Rey*. ¡Lástima que no hubiera sido cierto, y que no durara lo bastante para que se consolidase la utopía y se hiciera verdad de carne y hueso! Los ministros que don Manuel asoció a su obra tuvieron éxitos redondos desde los primeros días. Don Servando Ruiz Gómez realizó brillantemente una emisión de 220 millones en un papel que yo no he poseído nunca, y que llaman *Billetes del*

Tesoro, y un empréstito de 150 millones; Montero Ríos dio un buen tajo al presupuesto eclesiástico; el tan modesto como entendido don Santiago Diego Madrazo ordenó las cosas de Fomento, y Mosquera intentó lo mismo con las antillanas, que eran más duras de pelar.

El verano apoyó con su calor esta vehemencia del zorrillismo, y todos íbamos viviendo... Digo mal, yo no vivía, porque no daba un paso sin pisar horrendas dificultades, por los desniveles de mi hacienda, que ya me llevaban a la bancarrota inevitable. Así como los Estados, en sus conflictos pecuniarios, acuden a los grandes financieros del mundo, yo, en mis apuros (secuela de mi enfermedad y otros excesos), llamaba a las puertas de la *Casa Rostchild*, a las de la *Casa Lafitte*. Mi sueldo y lo que yo ganaba en *El Debate* hablando pestes del radicalismo, barajando los *torys* con los *wighs*, o bien preconizando como heroica medicina de España el *self-government*, todo esto y algo más se lo llevaba la *Casa Rostchild*, un roñoso prestamista de la plazuela del Alamillo, que en diferentes crisis metálicas me había facilitado algunos millones o puñados de maravedises... Ahogado ya, puse mis paralelas a otras opulentas casas judaicas, y como estas me mandaran a escardar cebollinos, fui y qué hice, contratar un empréstito de diez duros, a corto plazo, con *Baring Brothers* de la *City* (en Madrid, callejón de San Cristóbal); mas no habiendo podido cumplir, me dieron un escándalo, y a la escandalera se agregó la *Casa Rostchild*, y entre todas aquellas casas me dejaron, como quien dice, en cueros vivos; buena moda para verano.

A estos males se sumaron otros, que por ser de calidad afectiva dolían y amargaban más, y fue que Felipa empezó a mostrarse displicente y a renegar de mi estado financiero. Aunque me adoraba, según decía, no se sentía con fuerzas para vivir del aire como los camaleones, y en sus actos y aun en la palabra, notaba yo el propósito de poner entre mi descarnada pobreza y su gallarda persona la distancia que impone el instinto de conservación. A cada momento, por un daca o por un toma, nos peleábamos... El regaño gordo vino al cabo, y la vi recoger su ropa para marcharse a vida menos ruin. Como yo observara que alguna prenda de su uso dejaba en casa, pensé que preparaba un artificio para volver... Al verla salir, tomé una actitud de dignidad severa, sin desplegar los labios ni alterar mi adusto entrecejo...

Al día siguiente supe que se había hospedado en una casa donde la honestidad no tiene su asiento... Como yo esperaba y temía, volvió... Burla burlando nos enredamos en reconvenciones, *más eres tú* y *que torna, que vira*... Con furia un tanto grotesca Felipa me cogió de improviso doblándome por la cintura en la disposición de darme lo que llaman en Cuba un boca-abajo, y con la palma de su mano dura me arreó tal azotina en semejante parte, y luego tales estrujones en la espalda y cabeza, que olvidé mi condición varonil para chillar como un niño. Concluyó el castigo poniéndome en pie y zarandeándome. «Aunque me voy, pizca de hombre —me dijo cogiendo la puerta—, no creas que te dejo campar solo... ¡Qué sería de este pobre Tito sin mis azo... titos!...»

Al siguiente día recibí por un mozo de cuerda un paquete conteniendo entre papeles un terno de lanilla de los que en *El Águila* valen cinco o seis duros. No era nuevo, pero sí en buen uso, comprado a una prendera, o en el Rastro. Debió de pertenecer a un niño de catorce años, y a mí me venía como si me lo hubieran hecho por medida. En un bolsillo del chaleco encontré dos pesetas envueltas en un papel. La procedencia del regalo ninguna duda me ofrecía. Antes que el mozo me diera las señas de la donante, reconocí a Felipa, que era una bestia muy delicada...

Pues, señor, me endilgué al instante mi trajecito, que me caía muy bien, y salí a la calle gustoso de exhibir en ella mi persona, recluida por falta de vestimenta... Y bien podría mi buena sombra depararme una conquistilla que me consolara de tantos infortunios... Después de pasear un rato por las aceras, caldeadas del Sol, volví a casa, donde reparé mi organismo con el frugal comistraje que me aderezaba la portera. Fuime después al Café Oriental, y me arrimé a la tertulia de don Santos la Hoz, Roque Barcia, Rispa Perpiñá y otros desinteresados patriotas. Solo estaba el primero, y con él me explayé hablando de la situación y poniendo la persona de Zorrilla sobre el cuerno de la Luna.

Ya sabéis que don Santos la Hoz era un curita que condenó a garrote vil sus hábitos, metiéndose de lleno en la vida laica y en el torbellino de la política, primero progresista, después republicana. Mezquino de cuerpo, ahilado de rostro, en el cual dejó crecer patillas y un lacio bigote; suelto de nervios y más suelto de palabra, don Santos ponía en la política toda la

honrada vehemencia que su alma no pudo encontrar en la vida eclesiástica...
Había cambiado de tema, de norte y de ideales; pero su estilo era el mismo,
y en los clubs tenía dejo y tonos de predicador; en el café, delante del licor
negro y humeante, movía las manos y miraba al vaso como un grave sacerdote que está diciendo misa.

«Esto va muy bien —me dijo mirando a un periódico que al lado tenía,
como si estuviera leyendo la Epístola—. Si don Manuel sigue por el camino
que ha emprendido, la democracia forzosamente ahogará la Monarquía, y
don Amadeo tendrá que volverse a su tierra diciendo: "Españoles, habéis
demostrado que merecéis la República...". La benevolencia se impone. Pi
Margall, Castelar y Barcia, que forman el Directorio, dirán a las masas en el
manifiesto que preparan: "¿Hemos de tratar con igual rigor a los que nos dan
condiciones de vida y de progreso, y a los que pugnan por quitárnoslas?".
En fin, yo estoy contento. Esto marcha... Claro es que Sagasta y el duque
pondrán en el camino de don Manuel chinitas y peñascos... pero, amigo,
todo lo vence amor o la pata de cabra, todo lo vence el principio sacrosanto
de libertad, ese rayo de Dios, esa palanca, esa panacea...»

Nos burlamos luego de los carlistas, diciéndoles ante el mármol de la mesa
del café: «Venid, echaos de una vez al campo... Así os aniquilaremos más
pronto.» Nos reímos de las damas católico-alfonsinas. Ya podéis guardar en
vinagre o en alcohol a vuestro niño. La Patria le rechaza (frase de Castelar),
como el mar arroja a la playa los cadáveres... Y dicho esto, nos quedamos tan
frescos, con permiso del calor que nos abrasaba. Don Santos pagó mi café,
y yo me fui a la calle... ¡Oh calle, única delicia y recreo del hombre tronado!

El verano se me presentaba fosco y aterrador. Casi todos los amigos que
podían aliviar mi penuria, habían echado a correr. Para mayor desdicha, la
inacción veraniega metió a *El Debate* en el pantano de las economías, y
a mí me tocó el ser uno de los licenciados hasta otoño. El isleño se fue
a Santander, Albareda a tomar los baños de Dax, y yo no tenía santo a
quien poner una vela... Ferreras y Correa, ¡ay de mí!, también levantaron el
vuelo. Lleneme de paciencia, y me vestí de la coraza del estoicismo. Hallaba
consuelo en mi fatalismo musulmán, el cual en aquella triste ocasión me
decía: «Está escrito que por desconocida senda te vendrán satisfacciones y
venturas...»

En largos y calurosos días esperé, mirando a la esfinge del Mañana. Por pasar el rato escribía gratis en *La Igualdad* y en *La Ilustración Republicana Federal*. Tenía esta su redacción en la Plaza de la Cebada, 11, y la dirigía Rodríguez Solís. En la lista de los colaboradores figuraba todo el santoral republicano, con los pontífices a la cabeza; pero los más constantes eran Roque Barcia, Roberto Robert, Ramón Cala y otros de vago y hoy olvidado nombre. Tanto como me encantaban Robert y su acerada sátira, me entristecía don Roque con su literatura bíblica y orientalesca en rengloncitos de este jaez: «Avanza, hombre loco, y dime: ¿cuál es tu sino?...»; y el hombre loco y pálido responde: «Mi sino es llorar hoy el Pasado, que no quiere volver y vuelve. —Retírate, Pasado, y no olvides llevarte tu manto de tinieblas. —Adiós, hijos del día; la luz en que vivía me daña. Adiós.» ¡Y había lectores, entre ellos mi portera, que se deleitaban con estas cosas!

En *La Ilustración Republicana Federal* me aclimataba yo más que en *La Igualdad*, pues aunque en ninguno de los dos periódicos ganaba un real, en el primero tenía de director al bueno y cristianísimo Rodríguez Solís, que solía convidarme a comer en su modesta casa, llenándome el buche para un par de días. A las veces, llevábame Roberto Robert a *Lhardy*, un espléndido bodegón que radica en los sótanos de la Plaza mayor, y tiene su entrada suntuosa por Cuchilleros, en lo más bajo de la Escalerilla. Dábannos allí cocido, judías u otro plato suculento; y amenizábamos el festín con el dulce murmurar, comentando la vida social o política. Recuerdo que en aquel *Lhardy* apuramos una tarde el tema candente de las *Cacerías de Riofrío*. No se hablaba de otra cosa. Persiguiendo venados con el Rey, Serrano conspiraba para derribar a Zorrilla, al mes de subir este al poder. No sería verdad; pero el público, ávido siempre de novedades, se hartaba de aquella comidilla... Las cacerías fueron y son los más seguros vedados para matar las grandes reses políticas.

Pero don Manuel seguía tan terne, sin que le alcanzaran los tiros, si acaso los hubo, ni cuidarse de ellos. Por aquel tiempo, si no me falla la memoria, visitó a su hermano el príncipe Humberto, heredero de la corona de Italia. Estuvo en La Granja, en Madrid y en Toledo y Sevilla. Al despedirle, nuestro presidente del Consejo oyó de labios del huésped ilustre estas palabras de felicitación, que recordaba siempre con orgullo: «Deseo para mi hermano y su dinastía diez años de gobierno radical.»

Grabada con letras de oro quedó en mi memoria esta frase, porque la oí de la boca dulce y colorada de una dama, de una mujer... que... Leed, os lo suplico, leed a renglón seguido mi nueva conquista.

VII

Doña María de la Cabeza Ventosa de San José, a quien respetuosamente inscribo con el número *tantos* en mi amoroso Registro, era una dama fresca y agraciada, de negros ojos, risueña boca, lucidas carnes, poseedora de dos tiendas de telas, una en la calle de Toledo y otra en la Concepción Jerónima, donde habitualmente residía. No diré que fuese una cabal hermosura; pero sí que tenía lo que llamamos un gancho fisionómico, un garabato facial, un mirar pillín y un fruncimiento de la boquita que a todos cautivaba, y con tal gancho a mí me pescó el alma, inspirándome una pasión que no vacilo en llamar volcánica.

¿Cómo la conocí? Pues los vaivenes de mi miseria me llevaron de nuevo hacia Córdoba y López, y Mateo Nuevo, que quiso arreglar mi complicada cuenta con la *Casa Rostchild* de *Alamillo Square*. Algo se aflojó con aquellas gestiones el dogal que me apretaba el pescuezo; respiré un poco, y por derivaciones naturales hice conocimiento con un vejete gracioso y pío, que llamaban Plácido Estupiñá, corredor de dependientes de comercio, el cual me exhortó a dejar la pluma por la vara de medir, y la literatura por la contabilidad mercantil. Intercedió noblemente con las *opulentas casas de banca* para que me dieran mayor respiro, y llevándome de tienda en tienda, di con mi persona en la de doña María de la Cabeza, que precisamente, ¡oh felicísima casualidad!, necesitaba un *chico que supiera llevar cuentas*. ¡Cielos divinos!, aquel chico fui yo. ¿Era sueño, era realidad? Estupiñá fue el alado mensajero de la Providencia que me llevó del abismo de la desesperación al pináculo de mi ventura.

Del gusto que me dio el verme admitido por doña Cabeza y aposentado en su propia casa, me puse muy malo, me entró fiebre, atacome la tos ferina con quebranto de todo el cuerpo. Me metieron en cama; mi admirable patrona y *principala* me llevaba calditos, infusiones, alguna golosina para llamar el apetito, apelando a las friegas para desvanecer los dolores erráticos. Mi gratitud hízome ver en la señora un ser divino, quizás la propia esposa de San Isidro Labrador, Santa María de la Cabeza, cuyo glorioso nombre llevaba. ¡Vive Dios, que antes que el nombre las igualaba y confundía la santidad!... Cuando me dieron de alta y me levanté, poniéndome la ropa limpia, lavada en mi nueva casa, me sentí inundado de una luz celestial y abrasado en fuego de inspiración. El alma se me quería salir por ojos y boca para ofrecerse con sublime rendimiento a doña Cabeza, como galardón de sus divinas bondades e infinita misericordia.

Yo soy un hombre que no sabe disimular sus sentimientos. Soy todo un torrente para la sinceridad, y un águila para poner en ejecución, sin perder instantes, lo que me dicta mi conciencia. Consecuente conmigo, me arranqué, como suele decirse, de una vez, y le solté a mi doña Cabeza una declaración de amor tan coruscante y ardorosa, que la buena señora se quedó asustadica, vacilante entre la risa y el asombro. Notando yo que no era la dama tan fácil al asedio, avivé el fuego de mi oratoria, echando en él llamaradas de locura, sutilezas de poesía, y conceptos que doña Cabeza oía quizás por primera vez en su vida... Y el efecto se produjo al fin. Al través de los espesos vapores que, a mi parecer, levantaba mi apasionado lirismo, observé que el rostro de doña Cabeza se ponía muy serio, que en su boca graciosa expiraba la última risa, que aparecían después unos pucheritos muy monos... y que la interesante señora, enmudecida por la emoción, me mandaba callar... ¡Ay, qué pillo!

Aunque doña Cabeza me dijo aquella tarde que se veía en el caso de despedirme de su casa, en tal forma lo dijo, y con tal mimo de *quiero y no quiero*, que me tuve por vencedor. Debo declarar que mi pasión era sincera, y que mi protectora se hacía dueña de todo mi ser. ¿Había encontrado mi felicidad y la solución de los graves problemas de mi vida? Tal vez... A los tres días de aquella mi flamígera declaración, desesperado vuelo de un alma que huye del vacío, aseguré y celebré mi triunfo. Loco de orgullo juré amor eterno, fidelidad hasta la muerte. Y cuando a este culminante fin llegaba, un desengaño enfrió mi entusiasmo. María de la Cabeza no era viuda, como presumí viéndola vestir de alivio. Por ella supe que su viudez consistía en vivir separada de su esposo, un perdido criminal, con méritos bastantes para ir a presidio. En Madrid andaba el tal: su mujer le pasaba un duro diario, y de vez en cuando le pagaba las trampas; pero antes muriera que admitirle a su lado. La riqueza, las tiendas y alguna finca rústica eran de ella. No refiero lo que Cabeza me contó del engaño y disparate de su casamiento, porque no añade ni quita interés a esta verídica historia.

Si me afligió por un lado el saber que mi dama no estaba capacitada para segundas nupcias, me agradó mucho conocer su abolengo liberal, rancio y clarísimo, como esas aristocracias cargadas de blasones. Mi señora era nieta, por parte de madre, del gran don Benigno Cordero, espejo de milicianos, que inmortalizó su nombre en el Arco de Boteros, hoy *7 de julio*; sobrina, en segundo grado, de Calvo Asensio, y en tercer grado, de don José Abascal. Parentesco lejano tenía con Mariana Pineda, y cercano con don Vicente Rodríguez y don Juan León Moncasí. Su padre, don Lucas Ventosa, fue uno de los más leales amigos de Espartero, íntimo de don Evaristo San Miguel y de don Ramón de Calatrava. En su casa, y en la de sus padres, Cabeza se pasó parte de la vida bordando banderas para los batallones de milicianos. Era la encarnación del ideal progresista, y en sus dos tiendas se refugiaron una y mil veces los cabildeos electorales y aun los tapujos revolucionarios. Toda esta tradición cálida y candorosa se fue acumulando en la cabeza de mi doña Cabeza, tan entusiasta de Prim, que lloró tres días cuando le mataron. Muerto el héroe, la idolatría de mi dama vino a condensarse en el único santo que, a su parecer, representaba las glorias del *Progreso*, don Manuel Ruiz Zorrilla.

Yo también me volví radical como el mismo don Manuel, o como su trompetero Ángel Fernández de los Ríos. Fuera de esto, yo estaba en la gloria, bien comido, bien bebido, admirablemente apañado de ropa, y satisfecho en cuantas necesidades y estímulos constituyen la vida espiritual y fisiológica. El marido de Cabeza, Serafín de San José, no me inquietaba gran cosa. Alguna vez me tocó despacharle con tres pesetas o un duro, sacados del cajón; era un cínico silencioso que a su degradación ponía máscara de prudencia. Más me inquietaban algunos parientes de Cabeza que se retraían de visitarla, reprobando así discretamente su irregular trato conmigo. Y mayor zozobra que el despego de los primos y agnados me causó la insistencia con que paseaba la calle un sujeto alto y zancudo, de color cetrino, barba negra, nariz tajante, con lentes que daban no poca impertinencia a su mirar fisgón, bien vestido, la chistera un poco ladeada. Advertí un día que al pasar le saludó Perico Luna, que solía tertuliar en mi tienda.

Interrogué al amigo, que así me dijo: «Es un tal Alberique, amigo de Madoz, empleado que fue en *La Peninsular*. No tiene hoy más oficio ni más beneficio que pintar la mona y hacer el oso.» Por algo más que se escapó a la discreción de Luna, y otro poco que me indicó Roberto Robert, sospeché que aquel tipo había sido mi antecesor en los blandos afectos de mi señora doña Cabeza. No necesité saber más para decidirme a espantar al enojoso estafermo. Elegida la ocasión más favorable, salí a la calle una mañana, y me encaré con el cargante individuo. A quemarropa le di el quién vive en la forma que cuento, y no es jactancia: «Caballero, quiero saber qué se le ha perdido a usted en esta parte de la calle, y qué motivos tiene para montarnos la guardia. Si es policía, dígalo y se le dará una propineja para que no moleste tanto.»

—Señor enano de esta venta —me replicó zumbón, ajustándose los lentes en la nariz huesuda y poniéndose en facha—, yo estoy en mi derecho cogiéndome parte de la calle o la calle entera, y usted váyase a medir percales, y déjeme en paz.

—Si usted me insulta, le diré que voy a coger la vara para medirle a usted las costillas.

—Antes me insultó usted a mí llamándome policía y ofreciéndome propina... Si usted no fuera tan chiquitín le pediría cuenta de sus ridículas arrogancias. Conozco su nombre y condición. Por si usted no sabe quién soy y cómo las gasto, ahí le dejo mi tarjeta. Como usted no trae tacones altos, y ha salido en zapatillas, tengo que inclinarme para que la tarjeta pueda llegar a sus manos.

Tomé la tarjeta, y leí: *Modesto Alberique, representante de la Sociedad Belga Constructora de cierres mecánicos. Esgrima, 3*. Y viéndole partir con aire jaquetón, le dije con el pensamiento: «Ya te daré yo a ti cierres mecánicos, farsante.» Volví a mi tienda, y nada dije a Cabeza, que estaba en el principal, en manos de su peinadora. Era tan firme mi resolución de mandarle los padrinos al infatuado virote que me ultrajó groseramente, que no pasó la tarde sin pensar en los amigos que debía escoger para función tan delicada.

Andando en esto, supe que mi rival era un poco espadachín, o que de ello presumía. Mejor que mejor. El lance había de ser duro. Mi amor propio no consentía otra solución que matar a mi contrario, y quedar yo airoso y arrogante, cantando el *quiquiriquí* en mi gallinero.

En las tertulias de mi tienda menudeaban los noticiones y las profecías políticas. Oigan lo que me dijo aquella tarde, o la siguiente, un amigo nuestro, inveterado progresista semi-fósil: «Parece que se conspira de lo lindo. ¿Qué hay de La Granja? Pues hay...» Diciendo esto mostraba un fajo de periódicos, entre los cuales vi *El Imparcial, El Debate* y *La Política*. El corresponsal del periódico del señor Mantilla contaba que la reina María Victoria había salido como escapada del Real Sitio, llevándose a su marido... Hay más: «El brigadier Palacios, comandante general del Real Sitio de San Ildefonso... ¡oído a la caja!, arrestó al joven Díaz Moreu, oficial de Marina, ayudante de Su Majestad.» ¿Por qué creerán ustedes? *Porque siguió demasiado cerca a don Amadeo.* Pero *El Imparcial* trae otra versión. Oigan: *La causa del arresto del ayudante fue que este saltó una zanja con más presteza que el brigadier Palacios.* ¿Quieren decirme ustedes qué significa esto de reina fugada, y de arrestos y zanjas? Pues el corresponsal de *La Política* salta otra vez con la cuenta de cuarenta y ocho reales que no ha sido abonada al dueño del Hotel Europa de La Granja, el señor *Davide Macchino*. ¿Qué es esto? ¿Quién me compra un lío? Hame dado en la nariz, señores, olor de barraganía... Estas cosas tan raras y esta cuenta sin pagar, y el Rey que escapa con la reina, ¿no os señalan un rastro? Seguid el rastro, seguid la pista, y encontraréis una res que dicen es hermosa, yo no la he visto... la *dama de las patillas*.

Tomó entonces la palabra don Francisco Bringas, otro de los asiduos a mi tienda, varón calmoso y sesudo, colocado recientemente por Zorrilla en una modesta plaza de Fomento. Asegurándose las gafas sobre la nariz, aquel hombre, que llamaban *Monsieur Thiers* por la perfecta semejanza de su rostro y talle con los del celebérrimo político francés, nos dijo que no era de buenos españoles sacar a colación a *la de las patillas*, ni dar aire a los malignos rumores, de que se apacienta el vulgo ignaro. El Monarca que nos regía, por obra de los 191 votos o por lo que fuere, se menoscababa en su alta dignidad, traído y llevado en lenguas de la gente ociosa. «Yo serví lealmente a doña Isabel —añadió—, y mientras comí su pan, jamás permití que en mi presencia se dijeran las atrocidades que corrían acerca de ella... Ahora, después de larga cesantía, debo un humilde destino a don Manuel, colocación que viene encabezada con el nombre del Rey. Pues yo, fiel a mis principios, no digo ni escucho ninguna cuchufleta en mengua del jefe del Estado. ¿Qué más? Ayer me vino Rosalía con el cuento de la señora patilluda, y yo le dije: "Rosalía, hazme el favor de callarte la boca". Por mi decoro de funcionario público, por respeto al primer Magistrado de la Nación, oigo esas *anedoctas* como fábula indecente. Y punto final.»

—Tiene razón don Francisco —me dijo Cabeza interviniendo en el coloquio con la bondad juiciosa que era el mayor encanto mío—. Sí, amigo Bringas, fuera cuentos que bien pueden ser falsos testimonios. ¿Qué nos importa que Su Majestad tenga un devaneo, y que la tal gaste patillas o barba corrida? No demos aire a las habladurías, y menos ahora que tenemos el *progreso* en el poder. ¡Y que está el Rey poco contento, vaya! Por lo que he contado a ustedes de las palabritas del don Humberto al despedirse, comprenderán que hay don Manuel para rato... lo que digo: ¡don Manuel para rato!

Al anochecer desfilaron los amigos, y antes de cenar di un salto al Casino Federal, para conferenciar con mis padrinos, hombres inflexibles en materias de honor: Córdoba y López, Ramón Cala... Pasaron tres días; el feroz Alberique no se daba prisa para designar padrinos. Los míos iban en su busca; no le hallaban nunca en su casa. Temimos que se lo tragara la tierra. Pero del centro de ella le habría sacado yo para vapulearle públicamente y pregonar su cobardía. Por fin dio la cara, y se concertó el duelo en las condiciones que imponía la gravedad del caso. Y en los días que precedieron al terrible lance, mi señora doña Cabeza mostró deseos de que yo escribiese en *Las Novedades*, ensalzando hasta las nubes a don Manuel, y declarándome radical monárquico, bajo el manso poder de don Amadeo I. Claro es que yo no podía negarme a tan dulces requerimientos. Escribí, pues, sin esfuerzo, hinchados panegíricos de la política radical, y el bueno de don Manuel se asfixiaba seguramente con las nubes de oloroso incienso que yo arrojaba sobre él. Llevado y traído por fatal corriente misteriosa, yo era el campeón de todas las causas. En corto tiempo enaltecí con mi fácil pluma el federalismo intransigente, el federalismo templado, la monarquía conservadora de Serrano y Sagasta, y la monarquía democrática de Ruiz Zorrilla. Era yo, pues, un caso peregrino de proteísmo; y ved, amigos, cómo esta mi voluble constitución mental venía consagrada desde mi nacimiento y bautismo por mi nombre y cognomen. Yo me llamo, sabedlo ya, *Proteo Liviano*, de donde saqué el *Tito Livio* usado en mis primeros escritos, y el *Tito* a secas que hoy merece mi preferencia por lo picante y diminuto.

Escribí, como digo, furiosos alegatos ministeriales para dar gusto a la gobernadora de mi existencia. Pero en lo más recio de mi campaña, vino el trueno gordo; las intrigas del Real Sitio dieron su fruto, y Ruiz Zorrilla con todo su radicalismo reformista se desplomó con estrépito. Y he aquí que aparecieron en el tablado, por el foro derecha, Serrano y Sagasta tapándose el rostro con el antifaz del Ministerio Malcampo-Candau.

VIII

Un poquito atrás. No se me vaya a quedar en el tintero mi épico lance con Alberique, más interesante, a mi juicio, que aquella cáfila de hombres que iban y venían, y aquellas menudencias del vivir nacional, que el Tiempo y la *Tía Clío* arrojan en el polvoriento rincón de la trastienda, donde toda antigüedad inútil tiene su sepulcro.

Acordaron los padrinos que el duelo fuese a pistola: la desigualdad de talla entre mi enemigo y yo imposibilitaba el uso del arma blanca. Los padrinos de mi contrario, Felipe Ducazcal y el teniente Luque, de quien hablaré después, propusieron el sable, arma en que Alberique se creía fuerte; pero al fin cedieron a la razón, que era la pistola. Llevamos de médico a un chico de San Carlos que en aquellos días recibió la Licenciatura. El lugar donde habíamos de tirar a matarnos era un jardín o huerta en las cercanías de las Ventas del Espíritu santo.

Las ocho de la mañana serían cuando llegamos al terreno los dos rivales, con nuestros respectivos apoderados. Alberique iba muy estirado de guantes, vestido de negro, el sombrero muy encasquetado para que no se lo arrebatase el viento que del Oeste soplaba. Por no cansar, suprimo los pormenores. Partido el campo y cargadas a conciencia las pistolas, nos pusimos frente a frente. Sin ninguna jactancia, debo hacer constar que yo estaba sereno ante la faz del drama, como lo estoy en el momento de referirlo. Yo he nacido para las ocasiones críticas, para los actos que se desarrollan en raudos minutos, decisivos entre la vida y la muerte. Tocó a mi rival disparar primero. No me acertó. Disparé yo... Nada... En su segundo disparo, Alberique afinó la puntería. Yo dije: «¿Sí? Pues ahora verás.» No era yo tirador; afiné con toda calma..., ¡pim!, le metí la bala en el costado derecho... ¡Alto!... La herida de Alberique era de pronóstico reservado. Terminó el lance. No me presté a reconciliaciones ni saluditos, y me retiré con tranquilidad augusta.

O mucho me equivocaba yo, o todos los que se cruzaron con mi coche en la carretera de Aragón me miraban con respeto admirativo, quizás, quizás con respeto medroso. En mi casa me declaré a Cabeza, refiriéndole con terroríficos detalles el lance y sus antecedentes y motivos. Oyome atenta sin mostrarse demasiado orgullosa de mi serena valentía, y contra lo que yo esperaba, me salió con esta desentonada cantinela: «Has hecho mal, Proteo, en tomar las cosas tan por lo caballeresco, porque ese majadero de Alberique es casado..., casado y con cinco hijos. Figúrate que se muere de la herida. Pues tú le has matado, y por tu quijotismo quedarán huérfanas esas pobres criaturas... Todo por el honor. ¡Dichoso honor, que solo existe en las lenguas de los que no lo tienen! Dime, Proteo querido, ¿dónde tienes tú el honor? ¿Lo has traído tú a casa, o estaba aquí ya cuando llegaste?... Hazme el favor de no hablarme a mí de esas pamplinas. No hay más ley que el amor, el trabajo, la libertad y el progreso, y todo lo demás es *verso* y tonterías. ¡Ah!, se me olvidaba: también es ley de vida la buena contabilidad y el arreglo de los negocios, y respetar el tuyo y mío. Como me llamo Cabeza, que esto creo y no creeré otra cosa si mil años vivo.»

Quedeme de una pieza oyendo estas razones, y ellas habrían bastado a quitarme el sosiego, si Cabeza no me mostrara su cariño y confianza en terreno que no era el ideológico. Adelante: Como decía, cayó Zorrilla cuando se le creía más seguro. El terremoto político que llamamos Crisis, se produjo por la elección de presidente de la Cámara. El candidato ministerial, Rivero, obtuvo 110 votos, y a Sagasta, candidato de los unionistas, progresistas templados y carcundas, le votaron 123 padres de la Patria. Esta se quedó turulata viendo que por corta diferencia de votos se cambiaba el Gobierno. Pero tal era el sistema, mal traducido del inglés, tal la bastarda imitación de aquel *self-government* con que Albareda y yo andábamos a vueltas en *El Debate*... Malos ratos debió de pasar el Rey con este *self-desbarajuste*.

¡Sorpresa, escándalo, furor! La Tertulia Progresista se echó a la calle con un pendón morado. Salieron los estudiantes de Farmacia y San Carlos a ventilar su ardorosa juventud, fatigada de la estrechez y disciplina de las aulas. Madrid ardió en alborotos, vocerío de vivas y mueras. Restallaban de boca en boca los dicterios contra Sagasta, y hasta las verduleras designaban a las fracciones políticas contrarias al Radicalismo con los viles apodos usuales: *fronterizos, cangrejos, calamares, palomos, tomadores...* Mi Cabeza me mandaba que fuese a meter ruido en las manifestaciones, y a enfoguetar los ánimos con mi briosa elocuencia.

Obediente a mi dulce tirana, acudí al bullicio, y entre la turbamulta encontré a muchos federales que se agregaban al progresismo radical, para hinchar el coraje público y armar camorra con los agentes de la autoridad. Ramón Cala me aseguró que antes de dos meses tendríamos la Federal con todo su complejo tinglado de pactos y cantones; Rodríguez Solís comentó el retraimiento cada día más significado de la sangre azul y del dinero amarillo. Las únicas damas de alcurnia que iban a Palacio y acompañaban a la reina, más por lástima y respeto que por adhesión verdadera, eran las duquesas de Fernán-Núñez y de Tetuán, la condesa de Almina y otras poquitas más. Y Luis Blanc opinó cándidamente que la Grandeza, con la sorda y persistente conspiración del desaire, nos estaba haciendo el caldo gordo a los republicanos. Yo, que si en letra de molde, por dar gusto al dedo, falsifico donosamente la verdad, soy esclavo de ella cuando hablo con mis amigos, les dije que nosotros éramos los que hacíamos el caldo gordo a las elegantísimas damas alfonsinas y catolicoides, ayudando a convertir en palabras vacías los tres rotundos *jamases* del general Prim.

La implacable cronología, de la cual quiero hacerme esclavo, me lleva en los primeros días del Ministerio Malcampo a referir una nueva y peregrina conquista...; digo mal, porque en realidad no fui yo conquistador, sino conquistado. Ved qué cosa más rara. Una tarde, terminado el trajín de la tienda (que fue, por más señas, harto engorroso: recibir el género de invierno, anotar precios según factura, precios de venta al vareo), salí a desentumecerme y proveer de aire fresco mis pulmones, y cuando pasaba junto al callejón de la Concepción Jerónima, salió de este una muchacha, que puso en mi mano una cartita y apretó a correr. Pronto la perdí de vista. «Aventura tenemos» pensé yo; y antes de que abriera la esquelita, comprendí, por el color del papel y el perfume que de él se desprendía, que era carta de fémina. No creí prudente leerla en mi calle, y seguí hasta la plaza del Progreso, donde satisfice mi curiosidad. Ved la carta, que me sorprendió tanto por su contenido como por su excelente escritura y ortografía, mejor que las que gastan las mujeres bonitas... y aun las feas.

«Caballero: Reciba usted la entusiasta felicitación de una señora desconocida para usted... Sentime ¡ay!, inundada de alegría cuando supe que había castigado al infame y presumido Alberique, y mi júbilo habría sido completo si hubiera usted dirigido su puntería al costado izquierdo en vez del derecho, para que quedase partido aquel corazón donde jamás anidó un sentimiento noble... He sabido con satisfacción que se agrava la herida de ese bigardo insolente. Lo celebro con toda el alma. Yo soy así, implacable con los que me han ofendido. Sé querer; no sé perdonar.

»En usted veo al hombre honrado que, cuando el caso llega, sabe proceder con vigor y arranque, comprometiendo su vida. Mis plácemes y vítores entusiastas al héroe. ¡Arriba los hombres de ánimo grande y corta estatura!... Cuando me han enterado de que el héroe es chiquitín de talla, he sentido por usted admiración más viva. Séame lícito decir que de niña jugué con muñecas más tiempo del que mi crecimiento permitía; que de mujer me agradan todas las variedades de muñecos. Entre lo pequeño y lo grande hay una escala de gratas sensaciones. Ya sabe usted que *per troppo variar Natura è bella*.

»Y no digo más por hoy. Deseo conocerle, mas no es ocasión. La ocasión llegará... En tanto, valiente caballero, admita los sinceros plácemes de su amiga —*Graziella*.»

Leí por tres o cuatro veces la carta, y ni con veinte lecturas habría salido de mi confusión. Por la gramática no parecía carta de mujer. ¿Sería obra de algún amigo maleante? No... La corrección gramatical y la ortografía revelaban quizá las manos y pensamiento de mujer neurótica, de superficial cultura. No desconocía yo la suma extravagancia mezclada con el sumo donaire que constituyen el ser de algunas almas del reino femenino, entendimientos desequilibrados que fluctúan entre la sutileza del ingenio y los desvaríos de una razón desmandada. Por su nombre y la cita italiana, la tal declarábase compatriota del Dante. Nueva confusión mía mezclada de ardiente curiosidad. ¿Por qué me dejaba, como quien dice, a media miel, revelando su nombre y guardándose la dirección de su casa? ¡Pues de saberlo, no iría yo poco contento a darle las gracias y rendirme a su fineza y bondad!... Rompí la carta en los pedacitos más chicos que pude obtener, cuidando mucho de que alguno de ellos no se me quedase pegado a la ropa, porque...

Ya lo comprenderéis. Cabeza era muy celosa, y además mujer de grandísimo talento. Por algo se llamaba Cabeza. No ignoraba mis aficiones al bello sexo. Mi fama de galanteador afortunado le quitaba el sueño, y a mí me ocasionó sofoquinas. En sus ataques agudos de celera, mi dama se levantaba de puntillas, a media noche, para registrar mi ropa, buscando alguna carta que su encendida imaginación sospechaba y temía. Y cuando entraba yo en casa de dar un paseíto o evacuar alguna diligencia mercantil, me olía las solapas, la corbata, el cuello, buscando algún aroma que delatase mi supuesta infidelidad. La tarde de marras, al llegar a la tienda después de rotos y aventados los pedacitos de la carta de Graziella, me asaltó el temor de que el papelejo hubiese dejado en mis dedos algún resto de su intensa fragancia. Subí corriendo a lavarme las manos, mas ni aun con esto estuve tranquilo, ni vencer pude el terror que me causaban los ojos inquisitivos de Cabeza y el venteo de sus narices.

Advertí en los siguientes días a Cabeza más pensativa y fisgona que nunca lo estuvo. Parecíame que su mirada, al fijarse en mis ojos, los atravesaba para sorprender los pensamientos míos replegados dentro del cerebro. Y en este no habría encontrado más que una infidelidad puramente mental. Yo pensaba en la italiana. Su imagen revoloteaba dentro de mi caletre como un insecto alado que cambiara de luz y colores a cada instante. Por las noches, mi cara mitad me tenía prisionero en casa, no permitiéndome ni quince minutos de expansión en el café Oriental o en el de las Columnas, donde yo encontraba los amigos de mi mayor aprecio. Vedme, pues, forzado a soportar la insípida tertulia casera, formada por dos viejas regañonas, que se dormían cuando no jugaban a la brisca, y de tres o cuatro sujetos soporíferos, entre ellos un primo de Rojo Arias, que no hacía más que hablar pestes de Sagasta y de los amigos de este, Abascal, Muñiz, don Zoilo Pérez, y un inspector de arbitrios municipales, que proponía como única solución política *la traída de Espartero.*

El Ministerio Malcampo-Candau seguía pasando el rato con un enredoso debate parlamentario sobre *La Internacional.* Pero el interés político no estaba en el Congreso, sino fuera de él, en los conciliábulos y recíprocas embajadas de los dos feroces bandos que se disputaban la primacía. Rompieron en terrible pelea zorrillescos y sagastorros. Cada uno de los jefes de estas dos revoltosas taifas dio al país su manifiesto. Leílos yo, y la verdad, no encontré gran diferencia entre una y otra soflama. No era obra de romanos concordarlos y hacer de los dos uno solo, que fuera cimiento en que fundar honrosas y duraderas paces... Los padres de las criaturas, que parecían mellizas, Zorrilla y Sagasta, se avinieron a nombrar un Jurado o comisión de arbitraje que examinara los dos manifiestos, y desarmándolos y volviéndolos a armar en un solo cuerpo de doctrina y conducta, creara el progresismo único y de una sola pieza, amplio terreno dogmático en que pudieran vivir y comer todos los caballeros de la orden setembrina. ¡Qué cosa más sencilla, ¡vive Dios!, y qué facilísima dificultad!

Apoderados de don Práxedes fueron Calatrava, el marqués de Perales y don Cipriano Montesinos; de Zorrilla, Fernández de los Ríos y Moya (don Javier). A estos, por si eran pocos a discutir, se unieron luego otros cuantos, que no me tomo el trabajo de citar, pues para lo que hicieron vale más dejarlos recostaditos en el almohadón del olvido... Conque, manos a la obra, caballeros. Un día se reunían aquí, otro allá, y vengan consultas, vengan ponencias, vengan... Y no sigo, pues me urge decir que cuando comenzaban los finos dedos de los señores jurados a tejer aquella tela de *Pentecostés* (como decía un general de la época queriendo decir *Penélope*), recibí segunda carta de la italiana, más perfumada y más pequeña que la primera. Diómela la misma criadita en el mismo sitio, y yo, poseído de zozobra, escapé a leerla lo más lejos posible, y no pareciéndome bastante segura la distancia de la plaza del Progreso, fui a dar con mi cuerpo y mi epístola olorosa... Más abajo de Antón Martín.

¡Oh, *Tito*, afortunado mortal! ¡La incógnita dama te indicaba calle y número... y hora para recibirte! Aventura tan bonita y novelesca no se presentó jamás a ningún nacido. Esto pensaba yo cuando me acercaba, tímido y dudoso amante, a la gruta en que la diosa se ocultaba. La misma duda aumentaba el encanto de amor. ¿Sería Graziella una hermosa ninfa, o un culebrón espantable? Pronto había de verlo.

IX

Ni culebrón repugnante ni hermosura radiosa. La llamada Graziella, italiana o española, debiera ser clasificada en el tipo vulgar de la escala femenina, si no le dieran valor estético las llamaradas de sus ojuelos negros, su graciosa movilidad de ardilla, y el libre chorro de su lenguaje atrevido y pintoresco... En mi primera visita, que hubo de ser corta, como simple acto informativo, de puro reconocimiento, no pude adquirir la identificación completa de mi nueva conquista, nombre, familia, lugar de nacimiento. Diome en la nariz que el nombre de Graziella era postizo, la nacionalidad dudosa, la mujer un misterio, una cifra oscura de interpretación imposible. La gruta de tan singular ninfa estaba en barrio muy distante del mío, allá por Monteleón o Maravillas. El interior era reducido y pulcro: pocas y bien arregladas estancias, gabinete coquetón y alcoba rosada. Sorprendiome el adorno de paredes, donde descollaban panderetas pintadas entre láminas de Santos y Vírgenes de distintas advocaciones, Pilar, Desamparados, Sagrario y Paloma. En peana y entre flores vi a San Antonio, el frailecito amable, indulgente patrono de las enamoradas. En la heteróclita casa vi a la mozuela que me llevara las cartitas, y mujerona que se escurría por los pasillos sin otro rumor que el de toses y carraspera. Era un anchuroso bulto de vieja, o una elefanta en dos pies cubierta de refajos...

En nuestra conversación inicial, la enigmática hembra puso algo de sordina en su expresivo parlar de amores y en su liviano propósito de entenderse conmigo. «Ya ves, Tito —me dijo con donaire—, que la franqueza es mi Norte y mi Sur, mi Este y mi *Aquel*. Si te dijera que soy honrada, te echarías a reír. Tráeme una honradez que me dé de comer, y tendrás que santiguarte al entrar en mi casa. Yo he admirado en ti al caballero valiente, vengador de la virtud ultrajada. Eres chico y grande... Me gustaste por tu hazaña, y más me gustas ahora que te conozco... Pero entendámonos. Tú eres pobre. A mí no me hace maldita gracia la pobreza... No soy hermosa; pero no soy pava... Soy de esas feas que dan la desazón y revuelven medio mundo... Como no quiero perjudicarte, lo primero que te digo es que no dejes a tu tendera lozana y rica... La engañas un tantico, y nada más. Yo no engaño... Vivo en libertad... protegida por la Corte Celestial... Entre los santos que cuelgan de estas paredes, hay uno, que no se ve, y es mi *Santo Gusto*... Por el reverso de los santirulicos, andan mis diablillos, quiero decir, mis rencores y malos quereres... Has de saber que uno de mis mayores odios ha sido ese ladrón de Alberique... Algún día te contaré la trastada que me hizo, y que no pagará con cien vidas.»

Tras una pausa grave, siguió así: «Ya me irás conociendo; soy voluble, caprichosa y un demonio de travesura... Tengo una virtud, digo, muchas virtudes... Vas a saberlas: 1.ª, que el que me la hace me la paga; 2.ª, que todo lo que digan de mí me sale por una friolera; 3.ª, que soy larga en tomar dinero, y más larga todavía para darlo al que lo necesita... Si tú hicieras comedias y quisieras sacarme en una, deberías titularla: *La deshonrada más honrada.*»

Volví a mi casa un poco aturdido. Pensando en mi aventura, hice propósito de proceder con cautela. No me convenía dejar lo cierto por lo dudoso, ni sacrificar lo positivo a lo de puro pasatiempo y fantasía. Tuve la suerte de que mi señora Cabeza no estuviese aquel día tocada de celera, y sacudiéndome el perfume, salí pronto de mi cuidado. Al día siguiente tuve ocupaciones en casa; pero al otro, que fue viernes, me entendí con un amigo progresista radical para que me escribiese llamándome a una entrevista con Zorrilla, que quería encargarme un trabajo de pluma urgentísimo. Con este sutil engaño, en que fácilmente cayó mi Cabeza (que si en amores era la misma suspicacia, en política tenía tragaderas para cuanto se le quisiera echar), me fui a la gruta, donde pasé toda la tarde con la endiablada ninfa, recreándome con su grácil salero, y disfrutando en su compañía variedad de esparcimientos, algunos, créanmelo, del orden espiritual...

Del ingenio y del libertinaje de la diabólica italiana (me aseguró aquel día que era hija de un cardenal) saqué no pocas enseñanzas para mi estudio y conocimiento del mundo. Ratos pasé de alegría, ratos de confusión y perplejidad. Si mi huésped empezó la tarde con dulce temple, luego le sobrevino de súbito la racha de las diabluras, y me fastidió de medio a medio al acercarse la hora de separarnos. «Tito, *mio caro* —me dijo cuando me disponía para la retirada—. Me ha picado la tarántula, y esta noche quiero darte un bromazo... y otro a tu doña Cabeza.»

—¿Qué dices, Graziella?

—No pongas esa cara de tonto. Esta noche no vas a tu casa. Yo lo he determinado así. ¿No me has dicho que soy una ninfa hechicera? Pues prepárate a pasar la noche en mi gruta.

—Graziella, por San Antonio bendito, que te custodia, no gastes bromas trágicas.

—Aquí estaremos los dos divirtiéndonos con la idea de lo que ha de rabiar doña Cabeza. ¿No me has dicho que es celosa y que te huele la ropa y te registra los bolsillos? Pues yo detesto a las personas celosas, y me divierto aplicándoles al corazón un hierro encendido al rojo. Yo soy así.

Protesté indignado... Pero Graziella, con infernal risa, me dijo que me había escondido botas, ropa y sombrero, y que estaba cautivo, sin que por ningún medio pudiera evitarlo. Omito, por no fatigar a mis lectores, los gritos que proferí, ahora coléricos, ahora suplicantes; las vueltas que di por toda la casa, descalzo y en mangas de camisa, buscando mi ropa; los extremos de ira y desesperación; los ruegos y amenazas; el último recurso de mi desesperación, que fue lanzarme escaleras abajo, escaleras arriba, llamando al portero, a los vecinos para que me sacaran de aquel aprieto. ¿Dónde estaba la policía, dónde el alcalde de barrio, dónde el sereno que ampararan a un honrado cliente de la nefanda Antarés, diosa del quinto Infierno?

Nada me valió. Con risueña frescura Graziella contemplaba mi sufrimiento; la muchacha reía, y la vieja elefanta deforme y carraspienta se mofaba también de mí.

Dieron las ocho, las nueve, y cuando sonaron las diez me rendí... «Ya no te atreverías a ir a tu casa si yo te soltara —me dijo la hechicera—, porque Cabeza te sacaría los ojos. Vale más que esta noche prepares aquí tranquilamente el lindo embuste con que podrás aplacarla mañana. ¿No le diste el pego con una fingida carta de Zorrilla, llamándote para escribir con él un papelón político? Pues date prisa: escríbelo aquí. Yo te ayudaré.» Esta donosa superchería me consoló un tanto. Audaz era la idea; pero no despreciable para soslayar el peligro y gravedad de mi situación. En esto pusieron la mesa para cenar. Cuatro cubiertos vi: sin duda comíamos juntos las criadas,

Graziella y yo. ¡Oh, burlesca democracia y confusión de clases! La cena fue sustanciosa: estofado y frituras, hojaldres y polvorones, todo ello ingerido con el estímulo de un vino blanco, excitante y traicionero, que a los pocos tragos me puso perdido de la cabeza, alterándome la justa percepción de las cosas. Advertí que Graziella tragaba como si no hubiera comido en tres días, y que la vieja elefanta, sin dar paz a los dientes, rezongaba conceptos ininteligibles. El recuerdo más claro de aquella noche fue que, después de cenar, me cogieron en vilo las tres mujeres, y con gran chacota y fiesta me arrojaron sobre la cama como un fardo insensible.

¡Noche de fiebre, de un girar vertiginoso en torno de mi propio pensamiento! La primera sensación de la mañana siguiente fue que una de las tres, no sé cuál, me llevó en brazos a la salita que comunicaba con el gabinete. Yo me sentía más chiquitín; no pesaba ni abultaba más que un nene de cinco años. Desgreñada, pálida y pitañosa, Graziella me sirvió café con leche y tostadas. Me entoné con el brebaje caliente... Junto a la butaca donde mi menguada persona yacía, pusieron un velador con papel en cuartillas, tintero y pluma, y la ninfa me dijo: «Aquí tienes los avíos de escribir. Tómalo con calma. Fácilmente podrás enjaretar el *turri-burri*, que supones dictado por ese don Manuel, para dársela con queso a tu cara mitad. ¡Pobre Cabeza... Destornillada! Dará gusto verla con el adorno de la vistosa cornamenta que le has puesto. Siento que mi peinadora no sea la suya. Yo le diría: «Cuando arregle a esa señora, lleve serrucho en vez de peine. ¡Ay, Tito mío chiquitín!... Eres lindo y perverso: así me gustas.»

En esto, entró la matrona corpulenta trayéndome de la calle todos los periódicos del día y de la noche anterior: *Iberia, Correspondencia, Novedades, Eco de España, Tiempo, Pensamiento Español, Universal, Discusión* y alguno más. «Ahí tienes hilaza —me dijo Graziella—. Ya puedes hilar y tejer cuanto quieras.» Viendo salir a la vieja pregunté su nombre, condición y empleo que en la casa tenía, a lo que respondió mi tirana: «Es la tía *Mariclío*, comercianta de antigüedades y papeles viejos, que ha venido a menos. Yo le doy albergue, y me hace servicios menudos y recados. Tú la conoces: no te hagas de nuevas... No se ha podido averiguar la edad que tiene. Hay quien asegura que nació un poquito después del principio del mundo. No siempre está en el mal pergenio en que ahora la ves. Si en tales o cuales días viene a menos, en otros sube a más, y se pone unas botas al modo de borceguíes de cuero carmesí, con tacones dorados, y de gordiflona y ordinaria se te vuelve esbelta y elegante... Sabe más de lo que parece, y cuando escribe lo hace con primor. Llámala para que te ayude, y te dará buena cuenta de lo mucho que ha visto, y te alumbrará las entendederas para que sepas ver lo que ahora pasa.»

Oí estas advertencias de la diablesa como si sus palabras fueran rum rum de mis propios oídos. Yo no estaba en mis cabales. Sospeché que aún me duraba el efecto del vinazo ardiente que aquellas hechiceras, brujas o lo que fuesen, me dieron en la cena de la noche anterior. Fuese Graziella, reclamada por su peinadora, y yo me puse a leer periódicos... Largo tiempo, a mi parecer, invertí en la lectura, que fue irregular y nerviosa, saltando de uno en otro papel, y fijándome en todos antes que en ninguno de ellos. ¿Qué decían? Que si el Jurado encontraba la fórmula, que si la fórmula resbalaba cual anguila en las manos de aquellos respetables majaderos... De pronto vi a la vieja sentada frente a mí. No supe cuándo ni por dónde entró. Apoyaba sus robustos brazos en el velador, y me acariciaba con su mirada complaciente. Sus cabellos, que antes me parecieron blancos, tenían irisaciones y reflejos que en las ondas del rizado tan pronto eran oro como plata. Su rostro se había tornado apacible, tirando a hermoso, y el volumen de su cuerpo quedaba reducido a las proporciones de una mujer de medianas carnes.

Antes de que yo le hablara, acercó sus dedos al rimero de periódicos, y con voz que de ronca se había trocado en blanda, me dijo: «Pobre Tito, si para sortear la furia de tu mujer engañada has de fingir un alegato dictado por el bueno de Zorrilla, puedes empezar diciendo que los del Jurado no acabarán de encontrar la fórmula de avenencia hasta el momento preciso en que suenen las trompetas del Juicio final. De estos hombres que ponen en la mediocridad el límite más alto de sus ambiciones, nada puede esperarse. Ya ves. Empezaron por decir que no veían gran diferencia entre los dos manifiestos. Se les dice: "A ver, a ver. Reducid las dos monsergas a una sola", y empiezan a quitar o poner esta o la otra palabra, y aquí doy un toque, allá otro toque.»

—Ya, ya... Y luego vienen las consultas... «¿Qué les parece?...» «Nos parece —responden de allá— que ahora debe atenuarse aquel verbo, y poner aquí un adjetivo de más color.»

—«Está bien», dicen los otros... —prosiguió Mariclío zumbona—. «Pero antes conviene discutir la cuestión previa, para fijar la forma y manera de proceder en este negocio.» Y en la cuestión previa se pasan días y días, noches y noches.

—Llegan al artículo de *La Internacional*... ¡Ah!, es indispensable poner algún freno a ese monstruo disolvente.

—Sí, sí... Pero ¡ah!, no toquemos a los derechos individuales, inalienables... Sistema preventivo... No, no, represivo... Pues hagamos un bello maridaje de lo represivo y de lo preventivo...

—Viene la cuestión de Cuba. ¡Ah!, ante todo la *integridad del territorio*... Cuestión elemental, cuestión previa.

—Pero ¡ah!, las reformas se imponen... No puede España permanecer divorciada de la opinión universal.

—Sí, sí... Reformas, aire nuevo... Pero ¡ah!, alentemos la abnegación y el patriotismo de los Voluntarios de Cuba, salvaguardia del honor de España, y de la integridad, etc.

—Por encima de todo, los derechos ilegislables, por ser naturales, inherentes a la personalidad humana... Pero ¡ah!, medios ha de tener siempre el Gobierno para castigar, sin salirse de la Constitución, todo acto político de carácter inmoral o delictivo...

—Otra cuestión a debatir: *La Internacional*, ¿es moral o inmoral? Que sí, que no... Por fin, tras largas disputas enredosas, declaraban que entre el programa de Sagasta y el de Zorrilla no había un comino de diferencia... Pero ¡ah!...

Rompimos en franca risa los dos, mirándonos sin pestañear. Y ella fue la primera que convirtió las notas picantes de su risa en palabras donosas.

—¡Ay, Tito, no sé cómo me río hablando de estas cosas que son, ¡vive Dios!, tan tristes! ¡Que un país, donde hay sin fin de hombres que discurren con juicio, y sienten en sí mismos y en conjunto el malestar hondo de la Patria; que una Nación europea y cristiana esté en manos de esta cuadrilla de politicajos por oficio y rutinas abogaciles, hombres de menguada ambición, mil veces más dañinos que los ambiciosos de alto vuelo! Si algo pudiera contra ellos, los barrería como barro esta sala, regándolos antes para no levantar polvo, y mezclados con serrín los metería en su más adecuado sumidero, que es el eterno olvido.

—Pues anda, anda... En este periódico veo que después de inútiles conferencias, alambicando palabras, y evacuando consultas... iridículas diplomacias!, salimos con que todos se sacrifican... No hay avenencia... ¡Ah!, yo me sacrifico... No quiero ser obstáculo... Y salta otro por allí sacrificándose...

—Sacrifiquémonos. Eso dicen cuando se ven cogidos en la última maraña de sus enredos... Si creen que debe sustituirse en el manifiesto la palabra *pitos* por la palabra *flautas*, hágase en buen hora; pero ¡ah!, mi dignidad no me permite...

—Y por allí salta otro diciendo que su *Credo* es tal o cual cosa, y que no puede quitar ni una tilde de su *Credo*. ¡Valientes *Credos*, valientes *Salves* las que rezan estos farsantes! Riámonos de su indigna dignidad y de sus interesados sacrificios. Si no se avienen a vivir juntos en una sola Iglesia con un solo *Credo* y un solo *Gloria patri*, es porque en caso de avenencia solo serían ministros las cabezas más visibles...; mientras que dividiéndose en hatillos o cofradías de corto personal, irían todos entrando en el comedero, y hasta los gatos serían ministrables. La ambición de estos hombres raquíticos y de cortas luces se limita, como ves, a la vanidad de ser ministros, sin otros fines que darse tono, repartir empleos, y que la señora y los niños paseen en coche galonado. Ello les dura poco tiempo, y salen del Gobierno en completa virginidad política. Lo más que han hecho es *estudiar* los asuntos que allí se quedan para que los *estudie* el sucesor. Esta caterva de *estudiantes* debiera ser mandada, ¡voto a Sanes!, al Limbo de las eternas vacaciones...

Esto dijo la vieja *Mariclío*, a quien diputé por persona sagaz y de mundana picardía. Salió para entrar de nuevo, y durante su ausencia me visitó Graziella en un intermedio de sus abluciones. Aún le faltaban toques de afeite y compostura, y el pelo lo traía suelto... La peinadora, que podía pasar por hombre público, según lo que charlaba y peroraba, lucía en el cercano gabinete la soltura de su lengua. La tía *Mariclío* volvió a mí con un libro viejo, que abrió sobre el velador sentándose en postura de escribir. «Aquí voy yo anotando... Mira, mira —me dijo risueña, escribiendo con un estilete que a cada momento se llevaba a la boca para mojarlo con su saliva—. Obligada estoy por mi Destino a mencionar todo lo que hace esta gentezuela; pero escribo sus nombres con una saliva especial que me dio mi padre para estos casos.»

—¿Qué casos?

—Esta saliva tiene una virtud preciosa. Lo que con ella escribo se lee hoy, se lee mañana; pero luego se borra y no llega a la posteridad.

X

Ignoro cómo tracé, con rápido mover de pluma, lo que suponía dictado por don Manuel Ruiz Zorrilla; pero hablando en conciencia, no puedo afirmar sino que me lo dictaron los mismos demonios. En mi escrito, que no tiene principio ni fin, ensalcé el radicalismo puro, única receta para sacar a esta Nación de su atonía y somnolencia mortíferas. Si don Manuel se sentía con redaños para obra tan grande, bastárale plantarse en firme, y dar grandes voces diciendo: «Cortes y Rey, caterva de políticos intrigantes y ociosos: Convocad a la Nación con verdad y honradez, y ella os dará un criterio de gobierno. ¿No queréis hacerlo? ¿Teméis que os manden a todos al corral? Pues aquí estoy yo para esa hombrada... ¿Que yo tampoco me atrevo? Pues al corral con vosotros... Venga un hombre, un tiazo que hable poco y sepa sacar la voluntad nacional de las teorías pedantescas a la realidad viva... O perecemos como nación, o hay que rehacerla desde el cimiento. Justicia, Ejército, Administración, Trabajo, Igualdad ante la ley, Libertad de la conciencia. Que todo sea nuevo, de flamante material y hechura... Que todo sea tan sólidamente construido que no podamos volver atrás, y que si cuatro carcundas o cinco sacristanes intentasen remover las viejas ruinas, sean hechos polvo, y el polvo aventado por los espacios infinitos...» Estos y otros disparates escribí con mano febril, dejándome arrastrar de mi ardiente imaginación, y de mi odio a las repugnantes rutinas y ficciones que forman el entramado político y social de nuestra existencia.

Tres, cinco, seis pliegos emborroné, cual máquina que obedece a un impulso extraño y superior. En mi delirio llegué a trazar planes y programas de orden jurídico, financiero, social: Presupuestos, Organización de tribunales, Mecanismo electoral, Espectáculos públicos, Relaciones entre el Municipio, la Provincia y el Estado; Ley de Servicio militar, Catastro, Minas, Código de Comercio, y mil y mil disposiciones que en surtidor inagotable salían de mi cabeza... Y en los pasajes más afluentes de mi inspiración metía paréntesis imperativos: «Don Manuel, ánimo; don Manuel, atrévase; don Manuel, ahora o nunca...» La presencia de Graziella, ya peinadita y acicalada, contuvo un tanto la velocidad de mi rotación cerebral. Leyó algo de lo que yo escribía; lo alabó sin entenderlo, y yo le dije: «Espérate un poco, ninfa hechicera. Déjame acabar. Aún me falta lo de Culto y Clero, Instrucción Pública...; ahí es nada... Receta contra frailes y monjas...

—Con toda esa monserga que llevas a tu casa, doña Cabeza quedará desenojada. El toque está en que sortees la primera embestida de la fiera celosa...

—Déjame acabar. Pongo la última razón: «Don Manuel de mi alma: o sois el salvador de España, o quedaréis perdido en el montón gregario, donde se os pondrá un cencerro y pastaréis tranquilamente en el presupuesto...»

Concluido mi trabajo, me sentí satisfecho, y hasta cierto punto conforme con la esclavitud que la hechicera me imponía. Ya me inquietaban menos los temores y el deseo de volver a mi casa. Hallábame un si es no es alelado, como si obraran en mi voluntad los efectos de un licor o esencia de extraordinaria virtud aplanante. A ratos dormía, y en mi sueño me asaltaban visiones placenteras, me arrullaron lejanos cantos eróticos de ninfas, entre cuyas voces distinguí la de Graziella con agudas notas humorísticas... Desperté, y halléme solo en la casa, la puerta cerrada con llave... Entraron luego la italiana y su criadita, que me traían dulces, cigarros y más botellas de aquel delicioso y somnífero vino que me apagaba la voluntad, y me encendía la imaginación con ardores resplandecientes... No pedí a mis carceleras que me devolviesen la libertad. Dulce pereza me familiarizaba con la atmósfera tibia y perfumada de aquel presidio. Pasó todo el día sin que me aliviara de la holganza, y vi llegar la noche sin que me asustase la idea de pasarla blandamente en la serena gruta.

En mi segunda noche, no vi a *Mariclío*. Pregunté por ella, y dijéronme que había ido a la Academia de la Historia (calle de León), donde cobra la menguada pensioncilla de que vive. En aquella casa venerable, suele entretenerse ayudando al conserje en el barrido de la biblioteca y en quitar el polvo a los estantes. Si le anochece en esta faena, suele quedarse a dormir en la portería, y por la mañana le cepilla la ropa al gran don Marcelino, por quien siente ardoroso cariño maternal... Prosigo contando que yo dormitaba, y Graziella, junto a mí, escribía cartas en el velador. Y a cada renglón que trazaba se interrumpía para celebrar con risas lo que había puesto en el papel.

«Estás en ascuas —me dijo— viéndome escribir y reír juntamente. Es que cuando estoy aburrida, me entretengo escribiendo anónimos... Verás... Escribo a las damas católicas y alfonsinas, que andan en intriga contra el pobre don Amadeo y su mujer... En mis cartas figuro que soy también católica, y que para traer al Alfonsito ofrezco todo el *parné* que tengo... En esta he firmado la *Marquesa del Congosto*, y en esta otra la *condesa de Pata del Cid*... No creas, algunas las pongo con tan lindo artificio que no parecen de burlas. Otra voy a poner diciendo que a mis *tes* viene todita la crema de Loeches. Me divierto la mar. Les digo que cuenten conmigo para todo, y que vino a verme Zorrilla para ofrecerme la plaza de Camarera de doña María Victoria, y yo le respondí: «Para ese cargo pongo a su disposición cualquiera de mis criadas...» Voy a escribir otra en que me planto título de duquesa, y digo que en mi palacio se han reunido ayer el obispo de la diócesis y el Clero castrense, sor Patrocinio, el fiel de fechos y dos generales invictos, manifestando todos a una que están decididos a pronunciarse por Alfonso y a dar el grito un día de estos, con la fresca...»

Leyendo y comentando los disparates con que amenizaba sus ratos de ociosidad, me entretuvo la diablesa toda la prima noche... Me maravillaba que, en largas horas de mi permanencia en la gruta, no fuera esta visitada de hombres... A mis dudas contestó, poniéndose un poquito seria, lo que literalmente copio: «Aquí no vienen hombres, Tito... Porque has entrado tú, no vayas a creer... que esta casa es un tranvía para el Infierno... Infierno no digamos... En fin, lo que sea. Yo vivo amparada por un señor, por un caballero..., te lo diré claro, por un sacerdote que podría ser mi padre..., y por su comportamiento conmigo lo es. Créelo, Tito, aunque lo oigas de estos labios míos, que te parecerán mentirosos; puedes creerme que persona como esa no existe en el mundo, y que si entre tantas virtudes no tuviera la flaqueza de quererme, sería un verdadero santo, mejor que muchos que se han encaramado en los altares. El nombre no te lo diré; lo venero y guardo por respeto... Es bueno para todos; es humano, caritativo, y no se asusta de nada. En su oficio de cuidar de las almas cumple como el primero... Reprende todos los vicios; pero hay uno en que a mi buen cura le falta valor para incomodarse..., y abre la mano... Lo que él me ha dicho mil veces: "Por esta debilidad, que es imperio de la carne, no se va al Infierno. Se va por la crueldad, por el no socorrer a nuestros semejantes cuando están necesitados, por levantar falsos testimonios, por la usura, la ira y la soberbia".»

—Me dejas atónito, Graziella. ¿Y cómo has encontrado ese mirlo blanco, ese espejo de los caballeros, más digno cuanto más tonsurado?

—¡Ay, no fue poca mi suerte al dar con él! Perdida andaba yo, cuando una casualidad me deparó su conocimiento. Hará de esto diez años. Me recogió y amparó... Prendose de mí; le cautivaba el fenómeno de que, siendo yo lo que era tuviese el poquito de ilustración que se me pegó en Italia. Él también estuvo en Italia. Era familiar de un cardenal español, y fue con él al cónclave en que eligieron Papa a Pío IX. Cuenta cosas muy interesantes del cónclave y de fuera de él. En Roma perdió la fe... Ya sabes: *Roma vedutta, fede perdutta.*

—¿Y no quieres decirme...?

—No, no, Tito; el nombre no me lo preguntes... Es persona muy conocida, muy apreciada en Madrid... Puedo alabarle, puedo contarte lo bueno que es...; pero la boca se me cierra al querer pronunciar su nombre. Si algún día lo sabes, te lo callas, guárdate de decir que es mi protector, y que viene a verme una o dos veces por semana... Antes venía más a menudo; ya no puede... Está viejo, achacoso...; las piernas le flaquean... Ya no dice la misa todos los días... Sale poco de su casa... Y ninguna falta le hace trabajar en el oficio de cura, porque es rico. Tiene fincas allá por Toledo, y dinero en el Banco.

A propósito de la riqueza del santo varón, dije a la ninfa que bien podría contar con una parte en la herencia, si no había sobrinos o amas con mayor derecho, y Graziella me aseguró que no tenía pizca de ambición en lo tocante a intereses. De aquí derivó la conversación hacia el terreno moral, y no pude ocultar a la moza mi extrañeza de que no guardara fidelidad a un protector tan generoso y bueno. Delicada era la cuestión. Graziella supo sortearla con sutil razonamiento y gracia... Harto sabía el caballero sacerdote que su protegida era de la piel del diablo, alocada fantasía y temperamento inflamable. Tolerante y filósofo, no había de exigir que... Sin manifestarlo claramente, dio a entender a su amiga que podría tomarse una libertad relativa..., evitando todo escándalo. Mil veces le había dicho que no era pecado... Sino en tanto cuanto... Ni Graziella encontraba la fórmula racional para cohonestar sus pasatiempos licenciosos, ni yo podía dar mi conformidad a tan absurda ética.

Con nuevos pormenores adornó la ninfa su peregrino cuento. La razón de su odio al farsante Alberique era que este malvado, furioso porque ella desatendió sus requebrajos, cometió la villanía de abochornar públicamente al cura, una mañana, a la salida de la parroquia de San Marcos. De aquí provino el entusiasmo y alegría de ella cuando supo que yo le había metido una bala en el cuerpo, y el felicitarme y hacerme por escrito amorosas carantoñas, llamándome valiente caballero y un poquito héroe... Otro detalle: el buen presbítero era muy aficionado a los estudios históricos; poseía copiosa biblioteca, y mataba sus largos ocios escribiendo una obra de mucha miga, titulada: *Historia del Clero Mozárabe en la diócesis de Toledo*. «Y para que te enteres, Tito —añadió Graziella poniendo toda el alma en sus ojos—, aquellos benditos clérigos no eran *solteros*, y todos tenían sus lindas barraganas. De su gran obra, ya lleva el señor publicados tres tomos...; la venerable *Mariclío* que has visto en casa, sabe de estas cosas más que yo. Ella te contará...»

Esto y algo más que hablamos completó en mi mente la figura extraña de la hechicera, que en su gruta me alojó tres días. Al tercero salí, más que por impulso mío, por un suave empujón de ella, que así me dijo: «Ya es hora, Tito, de que vuelvas a tu casa. Anda; muéstrale a tu consorte el programa pistonudo que te ha dictado don Manuel. Tres días y dos noches te ha tenido en su casa sin dejarte salir... Entiendo yo que al verte llegar, Cabeza te recibirá de uñas, bramando improperios y rugiendo amenazas. Pero en cuanto se entere de lo que rezan esos papeles, se irá trocando de frenética en razonable, y de dura en tierna. Si así no fuere, aplícale unos cuantos bastonazos en las partes blandas, con que la sacudas bien el polvo sin hacerle daño. Verás qué pronto se le aplaca el genio... Anda, hijo mío; no lo pienses más. Ánimo, y a la *Cabeza*.»

Salí de la gruta con flojera de piernas y desmayo de mi corazón, y en todo el largo trayecto desde aquel lejano barrio al mío, fui pensando en la catástrofe que esperaba y temía. Al dar en mi calle los primeros pasos me detuve a pensar si no me convendría más volverme atrás y emprender definitiva y veloz carrera en sentido contrario. La imagen de María de la Cabeza Ventosa de San José se me ofrecía en el pensamiento como la de una espantable hidra... Por fin, anteponiendo a todo mi dignidad de varón, avancé hacia el peligro y me metí en la tienda... Las caras de los dependientes me dieron la impresión de estupor, de miedo y lástima... Yo les dije: «¿Qué hay de nuevo por aquí...?» Y como no me contestaran, quedándose ante mí cual estatuas de hielo entre percales y lanillas, les dije otra vez: «¿Qué hay por aquí...? ¿Y de ventas qué tal?» El mayor de ellos respondió: «Así, así... ¿Y a usted cómo le ha ido por esos mundos?»

—¿Qué mundos ni qué carneros?... ¿Cabeza no está?

—Creo que ha salido. Suba usted y le dirán...

Subí medio muerto de sobresalto. Salió a recibirme Jesusa, la criada vieja que a Cabeza servía desde tiempo inmemorial. No esperó a escuchar el metal de mi cortada voz para decirme: «Cabeza no está. Se ha ido a casa de su tía doña Florencia.»

—¿Pero no vendrá pronto?

—No... Pase usted por aquí. Tengo que darle un recado.

Llevome a la que había sido mi habitación, y con seca voz me dijo señalando mi baúl: «Aquí tiene usted su ropa..., lo mismo la nueva que los pingajos que trajo acá... Puede usted retirarse. Cabeza me ha dicho que le diga..., vamos..., que no volverá a su casa... hasta que usted no se haya ido, llevándose su ropa.»

—¡Jesús, Jesusa! —exclamé yo—. Eso no puede ser... Necesito explicar a Cabeza... ¿Ve usted estos papeles que traigo? Pues aquí está la explicación... Don Manuel Ruiz Zorrilla... ya sabe Cabeza que...

—Cabeza no sabe nada de eso. Por don Ignacio Rojo Arias mandó recado al señor Ruiz Zorrilla preguntándole... Total, que ni ese señor le llamó a usted, ni usted ha parecido por la casa de él, y que todo es inventorio de usted. Ya se lo dije yo a Cabeza: «¡Ay, Cabeza, Cabeza; ten cuidado con esa sabandija que has metido en tu casa!»

—Pero yo necesito explicar, dar mis razones... Este papel... ¡Oh! Me harán pedazos antes que retirarme sin que Cabeza se entere de... Dígame, Jesusa: ¿las personas que aquí suelen venir han hablado desfavorablemente de mí..., han supuesto que yo...?

—Algo han hablado, por mi fe. «Es mucho Tito este», decía el señor de Bringas. Según don Roque Barcia, usted se había perdido en los laberintos federales. Ni don Mateo Nuevo, ni don Roberto Robert, ni ningún otro dieron razón. Y todos a una decían: «Perdido está entre faldas...» ¡Ah!, se me olvidaba... Llegó ayer una carta... La firmaba una marquesa... A ver si me acuerdo... *La Marquesa de Pata del Cid*... Decía que el señor Tito se había puesto al servicio de las damas católicas y alfonsinas, y que con ellas pasaba el día y la noche... Ya se vio que era broma. Pero detrás de las bromas salen las verdades... Conque a despejar pronto... Cabeza no vuelve a su casa, ya se lo he dicho, ¡caramba!, hasta que usted no se haya perdido de vista.

—Pues, ea, me voy al otro mundo —dije avergonzado de la ultrajante despedida—. Me llevo mis papeles... Ella se lo pierde. A ver, a ver, Jesusa: llame usted a un mozo de cuerda, para que me lleve el baúl. Y diga usted a Cabeza que la perdono. Ella se lo pierde... Ella es la reacción; yo soy el progreso; pero *el progreso indefinido*... No lo digo yo. Lo dice Ruiz Zorrilla en estas páginas que han de ser inmortales... Ea... Con Dios.,, Abur... Conservarse. ¡Oh, qué país! Al español honrado no se le hace justicia hasta que se muere... Pues venga la muerte, y tras de la muerte vendrá la justicia, vendrá la apoteosis.

Y así, empleando los tonos patéticos al emprender mi forzosa retirada, salí de aquella casa, donde mi vida tormentosa gozó algunos días de regularidad placentera. Mandé el baúl a la portería de mi antigua casa de la calle de Los Leones, y me lancé a una divagación callejera, dando libre vuelo a mi desolado pensamiento. ¿Dónde me guarecería? Felizmente tenía cinco duros que me había echado en el bolsillo al salir para mi aventura loca. Por una noche y un día, podría creerme potentado. En el café de Las Columnas, me convidé a comer una tortilla y un bistec, seguidos de café con leche... Abreviaré mi relato, diciendo que aquella noche me dio albergue Mateo Nuevo, mi consecuente y bondadoso amigo, y que al siguiente día, mis pasos se fueron solos, por inconsciente magnetismo, hacia el barrio de Maravillas, donde tenía su encantadora gruta la diablesa causante de la soledad en que me veía...

Entré en la calle, y como a primera vista no reconociera la casa, fui mirando los números, y atontado anduve de abajo arriba sin encontrar el 16 que buscaba. Aturdido pregunté a una mujer que parecía portera: «¿No es este el 16?» Respondiome que era el 14... «El siguiente será 16», dije yo; y la maldita vieja, que me miraba con sorna, tomándome por demente o borracho, pronunció estas fatídicas expresiones: «El número que sigue es el 18. En la calle no hay 16. Lo hubo. ¿Ve usted esa valla de madera que sigue? Pues en ese solar estuvo el 16..., si usted no manda otra cosa...» No pude menos de hacer una juiciosa observación: «Anoche debió de ser derribada la casa, porque ayer estuve yo en ella. Y si así no es, habré yo confundido el número. Dígame, ¿no vive en este 14 una señora que llaman doña Graziella? Si no es aquí, será en el 18.» Oído esto, la portera me dio la contestación más inconveniente y soez: «¿Sabe lo que le digo? Que si viene usted dormido, aquí tengo yo el palo de la escoba para despertarle... Y váyase pronto a que le den el amoníaco.»

En mi confusión y azoramiento al ver desaparecida o tragada por la tierra la gruta de la maga, me retiré sin saber por dónde iba. El incierto rumbo de mis pasos me llevó a la calle de Fuencarral; por esta me metí en la de San Mateo, y al promedio de ella vi que hacia mí venía una persona..., un hombre, en quien creí reconocer a uno de mis amigos más queridos. Dudé; desconfiaba de mis ojos, que en tales días padecían quizás la dolencia de ver visiones. Avanzaba el sujeto... Su talla y andar, su rostro, su larga perilla rubia no podían engañarme. Era él, era él. Cuando a mí llegó con los brazos abiertos, mis dudas se extinguieron en este grito de alegría: ¡Estévanez... Nicolás Estévanez!

XI

Bastante más joven que él era yo, y por la edad, como por el respeto, solía llamarle *don Nicolás*. Él me devolvía la fineza llamándome burlonamente *don Tito*. Abrazados todavía me dijo que acababa de llegar de Cuba, por vía muy larga y tortuosa... ¡Qué viaje, qué fatigas! Aún llevaba el pantalón blanco de hilo que usan los militares antillanos. Con él salió de La Habana, con él andaba en Madrid por no tener otro. ¡Y estábamos en pleno invierno! Por solo este detalle, me movió a grande admiración la sublime pobreza del héroe... Así le llamo, porque por tal le tuve y le tengo.

«Yo no poseo más que cincuenta reales mal contados, don Nicolás —le dije—; pero con esa suma, le convido: almorzaremos juntos.» Aceptó, y nos fuimos en busca de un cafetín. Por el camino y dentro del local modesto donde almorzamos, me explicó los motivos de su inesperada vuelta de Cuba, cuando le suponíamos allá bregando con los insurrectos... Hallábase en Madrid de reemplazo a fines del 71. No deseaba la situación activa, porque en ella se habría visto en el caso duro de tener que combatir a los republicanos. Puesto en el dilema de faltar a sus deberes o a sus arraigadas creencias, pensó en abandonar la carrera militar... Sus modestas ambiciones se verían colmadas con un destino civil. ¿Cuál? Desde niño soñaba con desempeñar plaza de torrero en un faro. Era su ilusión *vivir entre las olas, con los pies en tierra, gozando la inefable ventura de no tener vecinos.*

Ignoro si había llegado Estévanez a pretender la plaza de torrero, que era su ensueño. Soñando vivía cuando se pensó en destinarle a un regimiento, y aquí vino el conflicto: o mandar soldados, cuya misión entonces no era otra que pegar a los republicanos, o abandonar la carrera. No teniendo otro medio de vivir que su paga de capitán, salió del paso pidiendo el traslado a Cuba con el propio empleo. Otros iban con ascenso; él no aspiró a tal gollería. Embarcó en octubre; llegó el 2 de noviembre, día de los Difuntos; se presentó a las autoridades; no se le dio ocupación activa, ni en guarnición ni en campaña. Su único trabajo era pasearse en la acera del *Louvre*, y charlar con los amigos en el café, del mismo nombre.

Ocurrió en el curso de aquel mes que se alborotaron los Voluntarios por no sé qué broma, ligereza o travesura de los estudiantes de Medicina. Contaba don Nicolás que no dio importancia al suceso, y que cuando oyó en el café que se había formado consejo de guerra para juzgar a los estudiantes, creyó que era también ligereza o broma de la infatuada tropa de Voluntarios... Una tarde, al entrar en el café, lo encontró casi vacío. En las calzadas y paseos próximos no se veía un alma. ¿Qué ocurría? Pues nada... «¿Pero qué ocurre?» preguntó a un mozo del café.

—¿Qué ha de ocurrir? *Que los están fusilando.*

—¿A quién?

—A los estudiantes.

Contándolo, el rostro de Estévanez se transfiguraba... parecía otro... «Nunca, ni antes ni después —me dijo—, en ninguno de los trances por que he pasado en mi vida, he perdido tan por completo mi aplomo. Grité, me descompuse, pensé en mis hijos, creyendo que también me los fusilaban... No sé lo que me pasó... Ahora mismo no puedo explicármelo.» El horror de la brutal tragedia, la indignación, la idea del oprobio que caería sobre España y su Ejército por tal acto de barbarie, le pusieron en un estado congestivo, privándole de conocimiento. Fue menester sangrarle. Amigos cariñosos le llevaron a su casa... En una noche de insomnio y horribles pesadillas, ator- mentado por la idea y visión de que le arrancaban de cuajo el alma y con ella los sentimientos más arraigados, Estévanez pasó por todas las formas de la demencia; y cuando esta fue declinando hacia la serenidad, surgió la inquebrantable resolución de abandonar la Isla.

Hombre de tal temple, enardecido desde sus años juveniles en la devo- ción de la Humanidad, de que se derivan las ansias de Libertad y Progreso, no podía vivir en aquel campo de fieras discordias: por un lado los enemigos de la Patria, por otro los que, llamándose hijos de ella, la deshonraban con sus violencias y crueldades; allí la soberanía del honor militar; aquí el imperio de las ideas... Imposible residir en Cuba sin tirar el uniforme o tirarse al mar...

¿Pero cómo volver a España? Amigos fieles facilitaron a don Nicolás la salida de aquel cráter: se solicitó del Capitán general licencia y pasaporte para la Península, y conseguido esto, ya solo faltaba esperar la salida del primer vapor. Pero a Estévanez se le hacían siglos las semanas, los días... Ansioso de partir, como si en ello le fuera la vida, tomó pasaje en una goleta llamada *Estrella*, que salía para Nueva Orleans con cargamento de madera... El relato que me hizo el hombre de su viaje en aquel barcucho, ponía los pelos de punta. Fue un viaje de incidentes y trabajos que recordaban la primitiva navegación en los mares de América.

Zarpó la goleta al anochecer, y a las pocas horas se inició en su bodega un incendio. Echaron el bote al agua, y en él se embarcaron precipitada- mente tripulación y pasajeros. Estos eran dos: don Nicolás y un chino. El capitán de la goleta, un yanki de mala catadura, les puso a remar, y al fulgor de las llamas que devoraban el barco, emprendió el bote la penosa navegación por un mar nada tranquilo. Sospechaba mi amigo que el incendio no había sido casual: capitán y tripulantes dieron fuego al barco con un fin de piratería. Provocaban un siniestro para estafar a la Compañía de Seguros... Esto sospechó Estévanez. Confirmaron su presunción las maneras y actitud del capitán y marineros.

Rema que te rema, los dos infelices pasajeros veían cercano el momento de ser asesinados o arrojados al mar. Parecía novela de navegación por aguas de piratas o caribes. El miedo que pasaron fue tal que a otro que Estévanez le habría durado toda la vida. Así transcurrió la noche, y en tan horrorosa incertidumbre llegaron los náufragos al nuevo día. Felizmente encontraron un vapor yanki que los recogió y los llevó a Cabo Haitiano. De Cabo Haitiano partió mi amigo a Santomas, y allí, descansado de tan hondas angustias, no pensó más que en dar realidad legal a la situación que se había creado. Al abandonar la Isla de Cuba, devolvía resueltamente a la Nación la espada que esta puso en sus manos. En cuanto pisó tierra de Santomas, fue al Consulado de España, y entregó al cónsul un pliego en que solicitaba del Rey la licencia absoluta.

«Lo hice con pena —me dijo grave y melancólico—. Yo no tenía más carrera que la militar: era capitán del 59, con el grado de comandante; pero me había persuadido al fin de que no se puede pertenecer a la milicia cuando se antepone la propia conciencia a todas las leyes, a todas las ordenanzas, a todos los prejuicios de profesión y de escuela...» Siguió refiriéndome que por hallarse muy escaso de dineros, tomó pasaje de tercera en un vapor francés, que a Europa venía con escala en Santander. Recaló el vapor en el puerto cantábrico en día de furioso temporal del Noroeste, y suprimida la escala, siguió a Saint-Nazaire. Desembarcó don Nicolás, y con los pantalones blancos de La Habana, en pleno invierno, y la misma ropa veraniega estuvo en Nantes... Prosiguiendo en ferrocarril su odisea, pasó la frontera y se plantó en Madrid.

Esta breve y pálida referencia no puede dar a mis lectores idea, ni siquiera remota, de la precisión, elocuencia y donaire con que el héroe, que tal nombre debo aplicarle, relataba su dramático viaje de las Antillas a España, y las tremendas causas que lo motivaron, y el admirable tesón cívico que vigorizaba su alma generosa. Oyéndole, saboreaba yo una gallarda página histórica, que él solo puede y debe escribir, como su propio creador o cosechero.

Del cafetín fuimos, corriendo calles, a la busca y captura de amigos de él y míos, y por el camino le enteré de las extrañas cosas que aquí pasaban. Se maravilló y enojó de que los republicanos estuvieran divididos en Intransigentes y Benévolos, y me dijo que por esta castiza propensión al divorcio, estábamos tan lejos del advenimiento de la República. No había en España voluntades más que para discutir, para levantar barreras de palabras entre los entendimientos, y recelos y celeras entre los corazones... Puedo afirmar con plena convicción que de cuantos amigos tenía yo, ninguno me cautivaba como aquel hombre inflexible y *de una vez*, dicho sea vulgarmente.

Perdónenme ahora si me acuso de una nueva licencia cronológica... Caigo en la cuenta de que mi destornillado caletre ha invertido los hechos, pues mi encuentro con Estévanez fue bastantes días después de mi violenta salida de la casa de Cabeza, y de la misteriosa desaparición de la gruta (número 16 de cierta calle) en que visité a la ninfa graciosa y endemoniada. Se me apareció el gran republicano ya bien entrado enero del 72, y lo compruebo con un dato político. Hablamos don Nicolás y yo del Ministerio Sagasta, y precisamente en aquellos días don Práxedes derribó con un simple codazo al Gobierno de Malcampo para subirse al pescante y coger las anheladas riendas.

Sagasta era otra vez el gallo de nuestro corral político, y con su arrogante cresta o tupé, su *quiquiriquí* tribunicio y el irisado plumaje de su simpatía personal, dominaría las olas que socavaban el trono de Amadeo I. Del caído Ministerio conservó a Malcampo y a Angulo, y completó el retablo con estas figuras: De Blas, Groizard, Topete y Gaminde.

En los propios días, ¡oh lector mío bonachón!, esa misteriosa fuerza de los hechos menudos que llamaré *onda social*, me apartó del trato y compañía de Nicolás Estévanez para llevarme a la vera de mis antiguos camaradas de *El Debate*. ¿Fue caso providencial, o una nueva virazón de mi voluble destino? Pues una noche, dadas ya las once, me encontré a Ramón Correa que del príncipe venía muy embozado en su capita. Del teatro solía ir a sus tertulias de gente de tono, y después se zambullía en el Casino hasta el amanecer.

Me paró; hablamos con expresiva confianza; quejose de mi retraimiento... «¿Pero dónde te metes, Titillo? Ya sabes que te queremos... Vete por mi casa...» Le prometí visitarle, y él puntualizó la cita, diciéndome: «Vete pronto. Ya sabes...; a la *hora a que me levanto*. Abur. ¡Qué flaco estás!»

La hora a que me levanto era, en el reloj de la vida de Correa, las siete de la tarde. Hombre más nocturno no he visto nunca. Vivía en un pisito bajo de la calle de Claudio Coello. Retirábase al despuntar el día. Despertaba de doce a una; se incorporaba, y sus criadas le servían un buen almuerzo en una mesilla de patas muy cortas, construida *ad hoc* para formar un plano sólido sobre las telas del rebozo. Después de bien almorzado, seguía durmiendo hasta las seis y media o las siete. Era la hora de recibir a los amigos, y lavándose y vistiéndose charlaba con ellos hasta que salía para la casa rica en que había de comer. Tal era el vivir de Ramón Correa, que se pasaba meses y años sin conocer al Sol más que de oídas. En la noche social resplandecía la luciérnaga de su grande ingenio. Por ser Correa cubano, debo decir *cucuyo*. De noche brillaba más que de día, y hablando más que escribiendo, pues la indolencia ponía diques a su talento para mostrarse en la literatura escrita. Su gracia, su exquisito gusto literario y su inmenso saber de cosas mundanas corrían sin tasa en los raudales de la conversación.

Desde que iniciamos la nuestra, todo lo que me dijo mi amigo, acabado de salir de la cama, iba encaminado a catequizarme para que me hiciese sagastino. Con burlas y razones quería convencerme de mi estulticia, y alabó a don Práxedes y al duque de la Torre, presentándolos como los únicos hombres que podían traer a España la paz, el bienestar y la cultura. Era Correa un espíritu liberal metido en la armadura de un eclecticismo elegante y conservador, como Albareda y demás políticos procedentes de *El Contemporáneo*. Con el buen gusto y la pasta de un positivismo del mejor tono adornaba sus argumentos. Pero con todo su donaire y amenidad no lograba convencerme.

«Mire usted, amigo Correa —le dije—. Yo, bien lo saben Albareda y Ferreras, escribo fácilmente, ajustándome a las ideas que se me piden. Escribo en republicano, escribo en conservador y hasta en *neo* si fuera menester. Pero esto es, como si dijéramos, producción inconsciente de mi ser, un chorro con variados criterios, que brota de mí sin más valor que el de un juego de palabras. Dentro de mí quedan mis convicciones inalterables. Si se me piden parrafadas anónimas, dispuesto estoy a darlas; pero si me quieren afiliar públicamente al sagastismo, o como se le llame, no accederé nunca, aunque usted me ofrezca posiciones, destinos y jamón con chorreras. Vendo por un pedazo de pan mis tiradas de prosa política; mis ideas no las vendo por ningún tesoro.» Sin pensarlo me ponía yo en la cuerda paradójica en que él con gracioso balancín sabía moverse y bailar.

«Todos guardamos en nuestra alma, querido Tito, un depósito grande o chico de convicciones, que vienen a ser nuestro equipaje para el siglo que viene. Pero no cambiemos de siglo antes de tiempo. La vida presente nos tira del faldón cuando queremos lanzarnos hacia un lindo porvenir, y nos dice: "Detente, amigo, y no corras hacia las fechas de 1910 o 1915, que aún están vacías". Tiéntate el estómago, y tu estómago te dirá: "Estoy como caño de órgano. Échenme algo pronto, que si no, me muero y te mueres".»

De broma en broma fui a parar a mi grave profesión de fe política, diciéndole que yo no quería cuentas con Sagasta, el cual era el escepticismo, el aplazamiento, el *ya se verá*, y yo aceptaba de lleno el programa de don Manuel Ruiz Zorrilla, la reforma inmediata, radical, concluyente... Libertad de cultos, Enseñanza totalmente laica, Derechos inalienables, imprescriptibles; Igualdad social, Reparto equitativo del bienestar humano, Supresión del voto de castidad, Desamortización de conciencias, Ejército cívico, Autonomía municipal y provincial. Fuera títulos de nobleza; fuera cruces y calvarios... No más pena de muerte; no más quintas; no más frailes, no más gandules presupuestívoros; no más colmenas para zánganos administrativos... En mi exaltación, me dejé decir aturdidamente que tal programa me lo había dictado *el propio cosechero*, y en mi poder lo tenía para darle publicidad... Mirábame Correa con asombro, poniéndose las gafas, después de lavarse... Dudó de que yo estuviera en mis cabales; soltó la risa... Volví yo entonces de mi fugaz desvarío, y sujetando la burra que se me quería escapar, rectifiqué. No me lo había dictado Zorrilla... Obra mía fue la nueva Constitución, en noche fantástica, hospedado en la gruta de una hechicera Circe, barragana de un cura loco.

Contagiado el gracioso cubano de los escapes flamígeros de mi pensamiento, aseguró que él iba más allá, y que dentro de un par de siglos levantaría la simpática bandera de la supresión de todo gobierno que es como decir *anarquía*. La entidad Gobierno es la negación de la paz pública... Y de aquí, con gradaciones airosas, iba a parar a este dilema: O yo me afiliaba públicamente en el *Sagastismo*, o se me ofrecería celda gratuita en Leganés, ya que no se habían creado aún los *tonticomios* que reclama el considerable aumento de la necedad... Una vez que endilgó su frac, como feliz comensal de casa grande, salimos juntos, y por la calle repitió sus bondadosos requerimientos para redimirme de la oscuridad y solitaria pobreza en que yo vivía. Díjome al despedirme que si él no lograba convencerme lo haría Ferreras, que también me distinguía y honraba con su afecto...

A buen paso me fui a mi domicilio, que a la sazón era una casa de huéspedes, calle del Amor de Dios, de mediano trato y no muy lucido aspecto, donde en días de penuria grande me metí, por los motivos y circunstancias que a renglón seguido contaré. La horripilante situación de mi erario me lanzó nuevamente a la busca y captura de la *Casa Rostchild*, la cual, echando los bofes, encontré reencarnada en un varón seco, duro, agrio, que se llamaba don Francisco Torquemada y vivía en la calle de San Blas, zona baja de Atocha. Enorme cantidad de saliva gasté, y sin fin de escalones subí para conseguir de aquel perro algún alivio de mi necesidad. Pidiome garantía del Banco de España, o la firma de Manzanedo, y cuando ya llegaba yo a los extremos de la ira, llegó él a los de la piedad, y salí de su casa contento, aunque desplumado para una fecha no lejana. Al despedirme quiso mostrarme su protección recomendándome una casa de huéspedes buena, limpia y económica. Acepté por hallarme a la sazón muy mal alojado, y por dar gusto a Torquemada. Sin duda la casa de pupilos era suya, o de algún cliente con quien iba a la parte.

Mi patrona era una pobre mujer derrengada y envejecida por el trabajo, con la carga de cuatro hijos y la impedimenta de un marido que no le servía para nada, en el orden de la industria huesperil. Llamábase Nicanora, y Rosita la mayor de sus niñas, que era muy mona y algo bachillera. El esposo, don José Ido del Sagrario, había sido maestro de escuela. Aquejado de cierta frialdad del cerebro, hubo de abandonar el noble oficio de desasnar chicos; mas no con el descanso pudo recobrar la salud, ni siquiera un mediano *gobierno* de su máquina muscular y nerviosa. Quedó, pues, en situación de esqueleto vestido de fláccidas carnes; no resistía ningún trabajo fuerte, físico ni mental; ocupábase tan solo en repartir entregas de una Casa Editorial, reduciéndose a un corto callejero, y en hacer recados a los huéspedes, que eran conmigo tres estudiantes de San Carlos. El trato de Ido me agradaba; era hombre que no carecía de luces, aunque solían brillar tan solo por ráfagas intercadentes, lívidas llamaradas de alcohol. Tristeza y goce me causaban a la par mis conversaciones con aquel hombre inocente y bueno, cerebro que yo comparaba a la celda de una cárcel, en que hubiera estado preso un filósofo. Este se había fugado dejando en las paredes efluvios de su espíritu.

A poco de entrar en la casa de doña Nicanora, tuve amores con una princesa... Déjenme explicar. Era una tiple que había estrenado en los Jardines del Retiro el airoso papel de la *Princesa Colibrí*, farsa medio lírica, medio bailable. Por la interpretación libérrima y desahogada de aquel personaje mímico y cantable, quedole entre el vulgo teatral el mote de *La princesa*. Su nombre auténtico era Pepa Hermosilla, sobrina carnal de dos guapísimas hembras de la generación pasada, *las Hermosillas*, comúnmente llamadas *las Zorreras*, por ser hijas de un fabricante de zorros. Vierais en Pepa una mozuela linda y desfachatada, bailarina más terrestre que aérea, tiple ligera, ligerísima.

XII

Sí; tan ligera, que la conocí antes de media noche en el escenario, y a la madrugada estábamos ya casados requetecivilmente... No debería yo contar estas cosas; pero allá van para descargar mi conciencia, mostrando a mis lectores la locura de aquellos años juveniles. Confieso mis pecados con la mira saludable de que en ellos se vea la procedencia de mis fieros quebrantos y desdichas, y de ello tome ejemplo la juventud para que se aparte de los caminos que no conducen a la moral... Pues, señor, llevaba yo media semana en las alegrías de *príncipe consorte*, cuando una tarde me encontré en la Plaza de Matute con aquella Lucrecia de quien ya hice mención, bonita y vaporosa rubia bermeja amiga de Felipa..., la que conocí asociada a un jugador de oficio que llevaba la pechera y los dedos cuajados de brillantes. Al jugador le había salido la mala, y se lo llevaron los demonios.

Lucrecia se me presentó desolada. La compadecí, le prodigué los consuelos que mi alma generosa me sugería, y por último, observando que su pena no tenía más alivio que el contármela a mí, decidime a protegerla; hablamos, nos entendimos, y punto concluido.

Mi doble juego de amor fue descubierto a los pocos días por las dos apasionadas hembras, a quienes yo engañaba y entretenía con toda clase de sutilezas o equilibrios. El resultado fue que estalló el conflicto una mañana... Encontrándose en la calle de Santa Isabel se acometieron, se arañaron, se dijeron cuanto dos bravas mujeres pueden decirse en caso tal, y se arrancaron recíprocamente mechones de sus respectivas cabelleras, negra la una, rojiza la otra. El culpable de aquella mujeril trifulca, que los periódicos narraron como un caso de risa y festejo, fue el bendito chiflado don José Ido, a quien entregué dos cartas, una para cada cual, y el desventurado filósofo las trabucó y... Ya comprendéis lo demás... Cuando enterado de la zaragata increpé al mensajero por su descuido, me respondió con fría y angelical serenidad: «Francamente, naturalmente, yo pensé, señor don Tito, que usted, en vez de regañarme, me agradecería la equivocación, porque así, enzarzadas la una con la otra, se ve usted libre de las dos, y quedará en franquía para mejor arreglo con una sola.»

No dejé de apreciar en su justo valor esta sutil filosofía; pero, ¡ay!, del lance mujeriego no me resultó el beneficio que el candoroso Ido presumía, sino todo lo contrario... Sucedió que cuando se hallaban Lucrecia y Pepita en lo más recio de su pelea, acudió a separarlas y a poner paz una señora que con su criada venía de hacer la compra en el mercado de los Tres Peces... Logró el armisticio entre ellas; oyó las razones de cada cual, y con humanitaria diligencia vino a mí para gestionar avenencia y concordia con una de ellas, ya que con las dos no podía ser. Y cómo se arreglaría la desconocida señora en su arbitraje, que de las sucesivas conferencias resultó que llegué a un *modus vivendi* con las dos separadamente, y luego me entendí con la mediadora, que era mujer agradable, viuda en buena edad y de no poca sal en la mollera... Yo no sé qué tengo, señores que me leéis, no sé qué tengo... Lo mismo es hablar yo con una mujer, que esta se pone tierna y no tarda en enloquecer por mí... No sé lo que tengo, repito, no sé...

De lo que acabo de referir, salió, como podréis suponer, mayor desventura mía, y el trabajo hercúleo de tener que triplicarme con diarias fatigas y combinaciones. La más amada de las tres era la que fue mediadora. Trataba yo de que fuera la única; pero tales dificultades y trapisondas me salieron al paso en mi tentativa de moralidad, que hube de seguir bailando, como decía el otro, *en el triple trapecio de Trípoli*, hasta que la desdichada derivación de tales hechos dio su funesto resultado... Antes de que pasaran dos semanas de este horrible trajín, Lucrecia fue asesinada por el empresario de timbas que había sido su amante, y aunque no me alcanzaba ni alcanzarme podía culpabilidad en el crimen, por el lugar y ocasión en que fue perpetrado, no me libré del espanto y consternación propios del trágico suceso. Pocos días después descubrió la *princesa* mi triple juego, y alborotada se plantó en mi casa, y cual furiosa rabanera, vertió sobre Nicanora y el pobre Ido las más groseras injurias. Lo que me dijo a mí me está escociendo todavía... Y por último, compasivo lector, mi *tercera*, que yo tenía por primera, no pudo menos de abrir sus enamorados ojos a estos escándalos, y me despidió de su trato, ya que no de su corazón, derramando lágrimas amarguísimas.

Era una viuda tierna, bastante supersticiosa, tirando a mística. Llamábase Delfina. Su padre fue un excelente confitero que tuvo gran parroquia en Madrid. Su marido fundó y disfrutó la más elegante Funeraria de esta Corte, industria que la viuda traspasó, mediante *conquibus*, al que había sido primer dependiente del fundador. Con este provecho y lo que heredó de su padre, Delfina disfrutaba de un buen pasar; vivía holgadamente, y daba socorros a parientes pobres, suyos y de su marido... Entendía yo que aquellas granjerías tan diferentes en forma y fondo habían dejado en la infancia y juventud de la buena señora la impresión de las cosas familiares adheridas a la existencia. Por esto decía de ella mi amigo Roberto Robert que era *dulce y tétrica*..., y que en su carácter veía un ataúd lleno de yemas y tocino del cielo.

Algo de verdad había en estas paradojas. Mi amiga era suave y borrascosa; con solo minutos de diferencia mordía y acariciaba. Ferviente devota de San José, a quien pedía todo lo que anhelaba, creía mil profanos disparates. Cuando en misa sacaba el cura casulla verde (lo que solo en contados días se ve), doña Delfina se llenaba de terror, y de la iglesia salía persuadida de la proximidad de grandes daños y calamidades. Creía en el mal de ojo y en las recetas para impedir sus terribles efectos, y era fuerte en fórmulas cabalísticas para conseguir de la Santísima Trinidad la pronta cura de tercianas y cuartanas.

Refiriendo a mi persona estas extravagancias, diré que la viuda me quería y me apartaba de su trato; tan pronto era la benigna divinidad que por mí se interesaba, como la fiera sacerdotisa que arrojaba sobre mí siniestros augurios y maldiciones... Termino el retrato con estas noticias que, si por el momento no interesan, podrán tener algún valor en lo que más adelante relataré. Delfina Gil era natural de un pueblo próximo al que tuvo el honor de verme nacer. A no pocas personas de mi familia conocía, y huroneando en el pasado sacaba remotos entronques de sus antecesores con el claro linaje de los Livianos.

Adelante con mi cuento. Las resultas de la referida borrasca mujeril, y la extraña doblez del carácter de Delfina, mi benéfica protectora por un lado, por otro mi fiscal implacable, me llevaron a un estado de intensa melancolía. Vagaba yo mañana y tarde por los barrios extremos y las afueras de Madrid, hablando a solas, o pronunciando discursos férvidos ante la soledad agreste. El casual encuentro con algunos amigos me sacó del pozo de mis meditaciones, llevándome a la política, que es eficaz medicina de tristezas. El trajín de las opiniones propias y ajenas, que en mil casos no nos llegan a lo hondo del ser, nos restablece a una normalidad vividera, y al suave pasar de las horas y los días... Sin saber cómo llegué a verme metido en el hervor de la campaña electoral. Corría febrero, marzo le siguió en aquel afán; yo, avispado o embrutecido, que esto no lo sé, por la propaganda, me metí más en ella. No era que yo pretendiese la diputación; pero amigos míos pedían sus votos al pueblo, y quise poner en la lucha todos mis esfuerzos, interesándome particularmente por Nicolás Estévanez, que presentaba su candidatura en uno de los distritos de Madrid.

En aquellos días de ciego furor sectario, quedó formada la magna Coalición o piña electoral para derrotar al Gobierno. Componían la *Junta Mixta*, o si se quiere, el pisto manchego, tres individuos por cada uno de los cuatro partidos de oposición: por el carlismo tres neos hidrófobos; por el alfonsismo tres reverendos caballeros de los de alba camisa, únicos poseedores de lo que se llama *dotes de gobierno*, esto es, planchado con brillo; por los radicales tres añejos progresistas, y por los republicanos los más culminantes del partido. Omito los nombres para no contribuir a que llegue a la generación venidera el fuerte olor del vinagre en que se hizo esta ensalada o gazpacho...

Menudeaban las reuniones, las prédicas y las asambleas. Yo fui a las que celebraron los republicanos en el teatro de la Alhambra, y sin hacerme de rogar, por impulso instintivo y comezón declamatoria, en todas hablé... Me oían con vivo interés, me aplaudían a rabiar. Luego, mi ardor y los aplausos me llevaron a la exageración de mi énfasis, a emplear argumentos retorcidos y dislocados y a burlarme de la lógica. Una noche defendí el contubernio electoral, y a la siguiente lo combatí con saña... Sin saber cómo, se me salían del pensamiento a la boca las ideas de aquel fantástico programa que supuse dictado por Ruiz Zorrilla en la hechizada gruta de Graziella. Todas las zarandajas de mi Credo radicalísimo iban cayendo de mis labios sobre el auditorio, como lenguas de fuego sobre el montón de combustible. Una noche, a la salida, Santamaría y Luis Blanc me dijeron: «Chico, no hables más. Te exaltas demasiado. Procura serenar tu entendimiento.»

Estas suaves reprimendas de mis amigos, y otras más agrias de algún primate de los que ocupaban la mesa, conminándome con no concederme la palabra si seguía por aquel camino, me redujeron un triste silencio. Salíame yo por las tardes a los barrios del Sur y de allí a las afueras, y dondequiera que veía un grupo de seis o siete personas, me detenía y les predicaba... No tardé en encontrar prosélitos; llevaba tras de mí una pandilla de hombres y mujeres que me incitaban a que les arengase, y yo, diciendo para mí *aquí que no peco*, soltaba el surtidor de mi desordenada oratoria. No ponía ningún freno a mis ideas, y lo menos que les decía era que el mejor Gobierno era el no-gobierno... Cuando a mi casa me retiraba fatigado y ronco, y en la soledad de mi cuarto con fría reflexión pensaba en mis discursos, me asaltaba la sospecha de que en mi cerebro había ocurrido alguna conmoción, que desmontara o por lo menos sacara de sus quicios las piezas del mecanismo pensante. Y cavilando más en esto cada noche sobre el agasajo de las almohadas, creí dar con la razón de tales sinrazones. Si en efecto yo iba camino de la demencia o de la chifladura, la causa no podía ser otra que el desequilibrio en que estaba mi ser por la interrupción de mis conquistas y de los dulces efectos de ellas, o sea, el trato con el bello sexo.

Firme en esta tesis, me propuse volver a las amenidades amorosas. Sí, sí; el amor es la vida, y además la razón, y el perfecto funcionar armónico de nervios, sangre, masa encefálica, estómago, pulmones, *etc...* ¿Qué hice? Visitar a Delfina Gil y abordarla bruscamente con arrumacos sentimentales, suaves arrullos, miradas incendiarias, y sobre todo ello puse las *florituras* y *fermatas* de un vocabulario de seducción que, dicho sea sin falsa modestia, sé manejar como nadie... Pues Delfina no me hizo caso. Hallábase en un estado de espíritu incompatible con mis malvadas pretensiones. Sufría el ataque de virtud furiosa y empedernida, que solía durarle diez o doce días y a veces meses enteros. Seria y desdeñosa, me dijo que llamase a otra puerta, y al verme salir, me retuvo para echarme esta suave *indirecta del padre Cobos*: «Estás mal de la cabeza, pobre Tito. He notado el desorden de tus razonamientos. Tus amigos se alarman oyendo los disparates que dices en los *metingues*. Será preciso aislarte, tenerte en encierro y observación hasta que entres en caja. Escribiré a tu familia, enterándola de tu mal. Allá dispondrán si vienen a buscarte y te llevan al pueblo, que sería lo más acertado, o me autorizan para ponerte en cura.» Yo me reí... «Adiós, adiós...»

Al pie de la letra tomé el *llama a otra puerta*, y de la calle de la Magdalena me fui tan campante a la de Tabernillas. Sabía que en aquellos barrios moraba mi antigua socia Felipa, que aún me guardaba ley, demostrándomelo en repetidas ocasiones con recaditos de amistad y aun con menudos obsequios... Busca buscando, la encontré en la calle del Águila, más negra y agitanada que antes, por efecto del negocio de carbón a que se dedicaba en compañía de un hombre robusto, tiznado y carbonífero, llamado Bernabé Díaz. A mis halagos contestó Felipa que no contara con ella para nada contrario a la fidelidad que a su Bernabé debía. Hallábase, pues, en pleno periodo de virtud; era feliz, trabajaba de Sol a Sol, y no cambiaba su actual vida de activa tranquilidad por otra de escándalo y deshonor. Pregunté si se casaría con Bernabé, y me dijo: «En eso andamos. Las damas catoliconas nos están trabajando el casorio. Yo lo deseo. Me espanta la idea de llegar a vieja sin tener un arrimo y vivir en ley...»

Ya me iba cargando tanta virtud... ¿Por ventura tendría yo que hacerme también virtuoso para recobrar mi equilibrio?... De la carbonería pasé a la taberna próxima, donde tuve la satisfacción de encontrarme a mi amigo y casi pariente, *Sebo* por mal nombre, rodeado de toscos ciudadanos, entre los cuales estaba el tal Bernabé, presunto esposo de Felipa. Trataban de la elección por aquel distrito (Latina), el más republicano de Madrid. *Sebo*, agente electoral de la Coalición, recomendaba la candidatura de Estévanez, que era predicar a convencidos, pues en aquel barrio pobre, liberal y entusiasta, gozaba don Nicolás de gran predicamento. Metí yo al instante mi cuarto a espadas en la reunión, haciendo del candidato el más fogoso panegírico que aquellos hombres inocentes habían oído. Y fue grande mi satisfacción oyendo lo que a la salida de la tasca me dijo Telesforo: «Mi antiguo señor, el marqués de Beramendi, me ha mandado que apriete de firme para sacar a Estévanez, pues aunque no le trata ni le ha visto nunca, le tiene en gran estima por su honrada convicción, y por lo derecho y firme que va camino del Progreso, sin mirar atrás.»

Desde aquel día, me metí en el trajín electoral, y tuve la dicha de oír de los autorizados labios de don Nicolás, en las reuniones del teatrito de la calle de Las Aguas, parrafadas y apóstrofes tan tremendos como los que a mí me valieron poco menos que la excomunión de la Asamblea del partido... Si a mí me tuvieron por loco, no lo estaba menos Estévanez, y esto me consolaba. O ser revolucionario de verdad, o no serlo. Si nuestra sociedad reclamaba, con su hondo malestar, renovación completa, nada se haría si no demolíamos el vetusto y apuntalado edificio para reconstruirlo con nuevos planos, nuevos materiales y arquitectos nuevos. Sacáramos estos de la nada, no del personal existente... Antes de crear un nuevo mundo, hiciéramos un delicioso caos.

No canso a mis lectores refiriendo al detalle una campaña electoral en que apenas hubo pelea, por la excelente disposición del popular distrito y el arranque del candidato. Sin gastar una peseta le sacamos, con 8.000 votos de ventaja sobre el contrincante sagastino. Los electores eran gente sencilla, proletaria, que no ambicionaba destinos ni prebendas, voz y voluntad auténticas del pueblo soberano. La Coalición triunfó en Madrid, con dos republicanos, Estévanez *(Latina)* y Galiana *(Hospital)*; cuatro radicales, Montero Ríos

(Palacio), Ruiz Zorrilla *(Centro)*, Martos *(Congreso)* y Becerra *(Audiencia)*; el único ministerial que tuvo acta fue el general Beránger *(Hospicio)*. En provincias, los amaños de Sagasta dieron a este una mayoría gregaria; mas no pudo ahogar el empuje de las minorías. Solo el carlismo trajo treinta y cinco puntos... Y estos sí que eran puntos negros.

Seguí en relaciones de cordial amistad con Estévanez, que no se envanecía de su triunfo, ni creía que en el futuro Congreso pudieran hacerse campañas eficaces para la idea republicana. En nuestras charlas, tuve el gusto de oír de su boca las apreciaciones más exactas de la realidad política en aquellos días. La revolución estaba muerta por haber perdido en gran parte la savia progresista que le dieron los trabajos del 67 y el triunfo del 68. Los alfonsinos habían ganado terreno con la traída de un Rey extranjero; contaban a la sazón con lo más florido de la oficialidad del Ejército. Todo cuanto veíamos despedía olor a muerto. Los Gobiernos de don Amadeo no salían de la norma y pauta somníferas de los Gobiernos anteriores a la Revolución. Los vicios se petrificaban, y las virtudes cívicas no pasaban de las bocas a los corazones. Administración, Hacienda, Instrucción Pública, permanecían en el mismo estado de quietismo y pereza oriental. No salía un hombre que alzara dos dedos sobre la talla corriente. Hacía falta un bárbaro, como Pizarro, que sin saber leer ni escribir, creó un mundo hispano en la falda de los Andes.

Estas ideas me cautivaron. Sí, hacía falta un bárbaro que creara otro mundo hispano. Pero aquel bárbaro no era yo, que poseía regular cultura, sabía escribir, y echaba sin ton ni son discursos elocuentes... Hacía falta un mudo, que hablara con los hechos y con la piqueta, demoliendo los viejos muros, sin pedir permiso a las letras de molde; un mudo, sí, que entendiera de cirugía política, y supiera leer lo escrito con caracteres de fuego en el alma de la Nación... Debajo del pesimismo de mi gran amigo, latía, como es de ley en todo ser superior, un fuerte optimismo. No desconfiaba de la idea, sino de los hombres que en el telar político, llamándose ministeriales o de oposición, tejían la misma tela frágil y descolorida, tan fea y tan mala por el derecho como por el revés... En suma, que la oposición republicana, aliándose con los *Nocedales* y *Barzanallanas*, se contagiaba de esa legalidad indigesta que siempre resulta infecunda, y cándidamente hacía el juego a sus naturales enemigos. Los arañaba; pero no supo darles, como debía, muerte y sepultura... Mientras más lecciones de estas cosas me daba mi amigo, más me enamoraba su carácter. Lo que aún tengo que decir de él quédese en remojo todavía, pues me urge contar un suceso de importancia, que a mi ver cae dentro de la fase humorística de la Historia. Sígame, si gusta, el benigno lector desde este capítulo al que inmediatamente le sigue.

XIII

No cesaba yo de interrogarme así: «¿Estaré un poco demente, o siquier tocado de tenaces manías, la manía de mi proteísmo, que consiste en escribir con distintos criterios y aparente convicción, la manía de mi esencial criterio inmanente, de tendencias atrozmente revolucionarias?» Y otra cosa pregunto a los que me leen y a mí mismo: «¿Todo lo que cuento es real, o los ensueños se me escapan del cerebro a la pluma y de la pluma al papel? ¿Las amorosas conquistas que me sirven de trama para la urdimbre histórica, son verdaderas o imaginarias? ¿Creo en ellas porque las imagino, y las escribo porque las creo?...» Mientras con ayuda de mis indulgentes lectores dilucido estos puntos, seguiré contando... A ver si me acuerdo... Ya, ya he cogido el hilo... Pues Felipa, después de repetida por décima vez la proclamación dogmática de su virtud, me aconsejó que viese a Celestina Tirado, y a sus buenas disposiciones me encomendara.

Pero... El demonio lo hacía..., encontreme a Celestina también atacada de monomanía virtuosa, y en vías de abandonar su vil industria, dándose de baja en el escalafón del Infierno. Tenía una hija, criada en el campo, ya grandecita. Celestina la llevó consigo, sedienta de cariño maternal, que apenas había gustado en su vida liosa. Enterose de ello la marquesa de Navalcarazo, y queriendo apartar a la pobre niña de todo influjo maléfico, obligó a la madre a ponerla bajo la guardia y custodia de unas monjitas de la calle de San Leonardo. Accedió Celestina, movida de un vago prurito de corrección espiritual, y las mañanas pasaba en la iglesita del convento, o en la fronteriza parroquia de San Marcos, entretenida en rezos y otros actos de devoción. Hablando de esto, me confesó que hasta las oraciones más elementales, *Credo* y *Padre nuestro*, se le habían olvidado, y en aquella ocasión las aprendía de nuevo, sintiéndose volver a sus años infantiles.

En estos contactos con la vida eclesiástica, la antes pecadora, y después reformada Celestina, echose también su director espiritual, y tuvo la suerte de topar con un sacerdote ejemplarísimo, llamado don Hilario de la Peña. Hablando de él la pícara convertida no agotaba el filón de las alabanzas. Tales cosas me dijo, que me entraron vivas ganas de conocer al bendito clérigo. Y una mañana, en que mis divagaciones callejeras me llevaron a la de San Leonardo, me deparó mi suerte el encuentro de Celestina, que del convento salía con su reverendo amigo y capellán don Hilario, y ambos iban hacia la parroquia de San Marcos. Presentome la pícara como periodista y cultivador de las Letras, y apenas hablé diez palabras con el buen señor le diputé por hombre bueno, tolerante, y de no común cultura.

Metiose Celestina en la parroquia, y yo seguí con el cura hasta la puerta de su casa. Era viejo, de gran talla y al parecer gotoso. Aliviaba su cojera con un grueso bastón. Lucio y carilleno, pareciome hombre que se había dado buena vida. Su afable sonrisa y sus ojuelos vivarachos delataban el amplio conocimiento del mundo y el hábito de la preciosa indulgencia. Mostrose complacido de hablar con un escritor, y juzgándome con benevolencia cortés, por desconocer mi escasa valía, me reveló que él también plumeaba, por pasar el rato, y sin pretender el galardón de la fama. «Soy aficionado a los estudios históricos —dijo con modestia—, y he consagrado mis ocios a escribir la *Historia del Clero Mozárabe en Toledo*, de la cual llevo ya publicados tres tomos. Es obra de pura erudición, árida, como centón de documentos.» Mi cortesía correspondió a la suya, diciéndole que conocía parte de los tres tomos publicados, y haciendo del contenido de ellos un ardiente elogio. Al darme las gracias advertí en él un amable escepticismo. No creía en mi entusiasmo por su obra... Con recíprocos plácemes y cumplimientos nos separamos, pidiéndole yo la venia para visitarle, pues me honraría mucho su trato y buena amistad.

Y no pasaron tres días sin que me personara en la casa del cura. Me recibió en su biblioteca, que era copiosa y algo desordenada, como toda biblioteca en que se trabaja. De lo que habló don Hilario, saqué en limpio que era rico, que por no abandonar en absoluto su ministerio religioso, desempeñaba la capellanía de las monjas vecinas. Algún trabajo le daba el delicado gobierno de las conciencias de aquellas santas señoras, que por no tener nada que hacer, inventaban pecadillos, y apuraban la paciencia del confesor para lavarlos y restablecer su inmaculada pureza... Deseaba el señor Peña ocasión para zafarse del enfadoso lavatorio y planchado de las monjiles conciencias... También me dijo que le amargaba el sentimiento de no poder terminar su obra. Herido de la gota y otros desgastes del organismo, solo contaba ya con un par de años de vida, o poco más...

La persona del venerable clérigo trajo a mi cabeza espantosa confusión. Antes de tratarle, tenía yo noticia de él (ignorando el nombre) y de su magna *Historia del Clero Mozárabe*. Intentaba yo por mañana y tarde descifrar aquel enigma, y desvanecer mi perplejidad. No sé cuántas veces me llegué a la calleja, entre Monteleón y Maravillas, y con ojos inquietos buscaba el 16 de marras, sin perder la esperanza de que la casa de aquel número hubiera salido de las entrañas de la tierra. Pero lejos de ver que esta devolvía lo que se tragara en días ya lejanos, mi barullo mental aumentó con sucesos más contrarios a la lógica y al sentido común.

Acudiendo una mañana de abril a mi tercera visita, encontré a don Hilario en la calle, yendo yo por la de los Reyes. Nos paramos, y después de los recíprocos saludos, me dijo: «Tengo que ir a Palacio. Si no tiene usted que hacer acompáñeme, y por el camino le contaré el porqué de ir yo a la Casa Grande, novedad para mí extraordinaria, pues solo una vez estuve en ella, cuando a doña Isabel le dio por hacerme obispo, y yo rehusé. No recuerdo la fecha. Ello fue cuando Pío IX concedió a doña Isabel la *Rosa de Oro*. Vamos, hijo.» Andando, siguió así: «Pues esta buena señora, doña María Victoria, sale ahora con que quiere nombrarme capellán de ese Asilo que ha fundado para las lavanderas... Ello habrá sido idea del conde de Rius, intendente de Palacio, y gran amigo mío. Usted le conocerá: es yerno de Olózaga, que también me honra con su amistad. Sea de quien fuere la iniciativa de mi designación, voy a decir que nombren a otro. Yo declino ese honor, yo no sirvo para nada. Busquen para las lavanderas un clérigo mozo. Yo no estoy ya para ninguna función que reclame el vigor juvenil...»

Charlando con voluble intercadencia de veras y bromas llegamos a Palacio y entramos en la Intendencia, que está, como sabéis, en la planta baja, plaza de la Armería. En una antesala nos detuvimos; salió el intendente, conde de Rius, a quien yo solo conocía de vista; el cura me presentó a él como un amigo que le acompañaba en clase de rodrigón o *lazarillo de su cojera*, y pasaron los dos al despacho próximo, donde a mi parecer trataron de la Capellanía de Lavanderas. Quedeme solo en aquel aposento, donde no veía más que estantes llenos de legajos, y algunos cuadrotes deslucidos del tiempo y del humo del gas, y que representaban edificios o campiñas de los Sitios Reales. A poco de estar sumido en tal soledad, sentí hormiguilla en brazos y piernas, y zumbar de mis oídos, cual si a ellos llegaran las ondas de un lejano son de bronces vibrantes. Convirtiéronse aquellos sonidos en voz humana, demasiado dulce para ser de hombre, demasiado grave para ser de mujer. Volví la cabeza... y vi que por escondida puertecilla entraba un bulto... Mi primera impresión fue de una señora gorda y ajamonada... Al acercarse a mí se volvió esbelta sin gran merma de sus carnes lúcidas. Vestía elegante traje negro de seda, a la última moda... ¡Ay, Dios mío! Que me llevaran los demonios si no era la *Mariclío*, con sin fin de años menos de los que representaba cuando anteriormente la vi, y muy apersonada y peripuesta.

«Hola, Tito —me dijo con graciosa confianza, arrastrando un pesado sillón para sentarse frente a mí—. ¿No me habías conocido? Vengo ahora un poquito transformada. Yo me pongo más fea o más bonita según los lugares por donde paso y las diligencias que traigo entre manos. Estamos en lo que los periodistas llamáis *el regio alcázar*, y cuando aquí entro, procuro adecentar mi facha y traje por si me sale en estas alturas del Estado algo decoroso que pueda llevar a mis archivos.»

Diciendo esto, alargó hacia mí uno de sus pies, con la mayor desenvoltura, sin cuidado de que yo le viera la pantorrilla. Calzaba en aquel pie un lindo borceguí colorado, con tacón de plata. Y viéndome suspenso, sin saber qué hacer con el precioso y bien engalanado pie, me dijo risueña: «Parece que estás tonto. Haz el favor de descalzarme. ¿Tanto te asusta una vieja compuesta? No es el coturno lo que ves; es un zapatón de media gala. Me lo he puesto para venir a esta casa, y ya me pesa. No lo merecen...» Le quité el borceguí con todo el respeto que me inspiraba, y al instante sacó, no sé de dónde, una blanda zapatilla, que por su propia mano se calzó sin esperar mi auxilio. Antes de repetir la operación en el otro pie, levantose muy ligera, y dio paseos airosos por la estancia, un pie con medio coturno y el otro con zapatilla. Esgrimiendo la que le quedaba en la mano, decía:

«Con este escarpín azotaría yo las posaderas de los desgraciados y ridículos hombres que arriba he visto. Pide a tu Patria que tenga un arranque y los mande a donde fue mi amigo el reverendo *padre Padilla*.»

Dicho esto, volvió a sentarse; la descalcé y calcé del otro pie, y quedose meditabunda un mediano rato, mientras yo discutía mentalmente con mis ojos sobre la realidad o ficción de lo que veían, y les acusaba de burlarme con alucinaciones infantiles... Y ellos me contestaban que no era culpa suya, sino de doña *María Clío*, hechicera y juguetona. Esta terminó sus meditaciones diciendo: «Mal andan allá arriba. Ministros y Rey han rivalizado en torpezas. Al Rey le disculpo. Sagastinos y zorrillistas le traen mareado con sus necias enemistades por un quítame esas pajas. Los 191 votos que dieron la corona a la casa de Saboya, ¿qué se hicieron? Hanse dividido en dos bandos; viven tirándose a la cabeza todos los trastos de la Constitución. Como don Amadeo no se imponga a esta tropa, ya puede preparar sus equipajes... Figúrate, hijo mío, que los llamados constitucionales se dividen a su vez, y por la combinación de generales andan también a repelones... El sábado, día de Consejo en Palacio, se presenta Sagasta en la Cámara Real, y dice al Rey que no se celebrará Consejo, porque no hay asuntos de qué tratar. No le valen al camerano sus marrullerías, y Amadeo, con acento más firme del que suele usar, le contesta: *Si el Gobierno no tiene hoy nada que decirme, yo tengo cosas muy serias de que hablar al Gobierno. Cite usted ahora mismo, y aquí quedo esperando...*

—Ya sé lo demás, señora mía —repliqué yo—. Lo traen los periódicos.

—Cada periódico cuenta el caso a su modo, y con el aderezo y salsa que cada bandería suele gastar en sus guisos. Óyelo de mi boca, que no miente. Mi único guiso es la verdad... Azorados reuniéronse los ministros en Consejo, y ante ellos desenvainó el Monarca un papel que leyó con buena entonación. El documento era declamatorio y enfático, como los que escribías tú en *El Debate*, recomendando el específico de la Conciliación. No admitía el Rey nuevas disidencias, ni que el partido llamado *Constitucional* se partiera en mitades, que en la política general resultaban cuarterones. La intención expresada en el papelito era buena, el modo de señalar y el estilo vulgarotes a no poder más... Los ministros fueron desde aquel momento pintorescos personajes de ópera cómica. ¿Dimitían o continuaban después de rascarse las partes de sus cuerpos azotadas por el papelito? De sus reflexiones resultó que debían quedarse, con ligero cambio de personas. No hay cosa más desagradable que dejar vacías las poltronas para que otros las ocupen... La gran escena cómica de hoy en la Cámara regia y piezas inmediatas es de tal modo bochornosa, que me he quitado los coturnos por zafarme de la obligación de contarla. Para dar noticia de lo que hoy he visto, heme puesto estos borceguíes traídos y viejos... Figúrate que los sagastinos y unionistas han arreglado su guisote de crisis con salsa de *calamares*, y hoy se han presentado a jurar.

—Juran y perjuran poniendo su mano al revés sobre un falso Evangelio.

—¡Anda, que del indecoroso plantón que les dio el Rey, se acordarán mientras vivan! Yo le dije a Sagasta: «¿No te sientes humillado? ¿Eres un cochero que viene a pedir plaza en las Caballerizas?» Y él, rascándose la barba, me contestó: «Paciencia, *madre Clío*; este oficio pide mucho aguante y resignación por arrobas. La política es valle de bilis.» Dos horas les tuvo Amadeo en la antecámara. A lo mejor salía Dragonetti con recaditos: «Dice Su Majestad que si traen el programa.» Y el riojano de amarillo rostro y boca rasgada, respondía: «El programa no lo traemos; pero... Se traerá. El amigo Colmenares lo está confeccionando...» *Confeccionando*, como si fuera un pastel o una torta de dulce... Vuelve Dragonetti con dulzura oficiosa, y dice: «Que si no traen el programa no juran.» Yo disimulaba mi enojo hablando de teatros con la marquesa de Constantina. El hombre del tupé bajó al Ministerio de Estado con De Blas, y los que allí quedaron se miraban asustados de su paciencia ovejuna. Me acerqué al ministro primerizo, y le dije: «Simpático *pollo antequerano*, parece que estás triste. Te ha tocado un estreno de mala sombra.» Y él desplegando su boca y mostrando su blanco dentamen, se sacudió así la broma: «Madre, la buena sombra la traigo yo conmigo... Sea usted benigna, y dejaré memoria de mí.»

»Volvió de Estado Sagasta, con el tupé más crecido y la color más biliosa. Traía también el programa que enseñó a los amigos. Como reapareciese Dragonetti con nuevas chinchorrerías, Práxedes le dijo: «Aquí está, aquí está el programa. Mañana lo verá Su Majestad en la *Gaceta*. Le hemos dado forma de Circular a los gobernadores. Se les dice que este Ministerio es estrictamente compacto, que somos el progresismo histórico, firme columna de la Monarquía; y al propio tiempo les encarecemos la más exquisita legalidad en las elecciones. Legalidad ahora y siempre, para que el sufragio sea la exacta expresión de la voluntad del país...» Amén. Pasaron a la Cámara Real; hicieron arrumacos de juramento...

»Yo lo vi; hice cuanto pude para ponerme seria. Di una vuelta en derredor de todos; pasé delante del Rey casi tocándole las narices, y ni él ni sus desaprensivos secretarios me vieron. Fuertemente dirigidos hacia los senos de su egoísmo tenían los ojos del alma, y los del cuerpo estaban ciegos. «Si me vierais, hijos del aire —les dije—, no seríais lo que sois.» Bajé corriendo a quitarme el calzado, que torpemente llevé a las alturas. No merecen los de arriba mis tacones de plata... Y ahora, buen Tito, acompáñame. Quiero espaciarme, alegrar mi pobre espíritu ansioso de verdad. Vámonos a la Fuente de la Teja, y allí veremos a los soldados bailando con las criadas. Aquello, en su humildad, es más noble que esto. De allí puede salir algo grande, de aquí no. Iremos también a ver a los chicos jugando al toro o a la tropa, en la Virgen del Puerto. De allí saldrán hombres de poder, ciudadanos, trabajadores, mártires, héroes. Aquello es la sal y el fuego de la vida... Aquí no hay más que hombres de humo que burla burlando asfixian a su patria.

Ya estábamos en la puerta con ánimo de no parar hasta la Fuente de la Teja, cuando llegaron don Hilario y el conde de Rius, que bajaban de las habitaciones de Su Majestad la reina doña María Victoria. Hablando pasaron junto a nosotros, como si no nos vieran. Creímos entender que había sido mala inteligencia del conde la designación del señor Peña para la Capellanía de Lavanderas.

«Le han llamado —me dijo *Mariclío*— porque a esta buena señora le ha dado ahora por hacer obispos. Cree con esto desarmar a las damas católicas que le han declarado la guerra. Equivocada está de medio a medio, porque aunque propusiera una hornada episcopal de sacerdotes virtuosos y entendidos, el Papa no los aceptaría... Así lo dije ayer a doña María Victoria, y ella me aseguró que secretamente, y sin que lo supieran don Amadeo ni Víctor Manuel, había tendido un hilo de inteligencia con el Vaticano, y por este hilo le habían dicho que sí, que propusiera... ¡Ay, no sabe esta buena señora con quién trata! Yo le dije: "No te fíes. Suponiendo que Pío IX entre por el aro, no te preconizará más que obispos carlistones, afectos a él más que a ti y a tu marido... Hija mía, no te metas con Roma, ni creas que amansarás a las apostólicas damas, poniéndote todos los moños del catolicismo y del papismo...". Y este bienaventurado Hilario Peña no se calará nunca la mitra. Es hombre bueno, sabio y caritativo. No tiene ambición...; no quiere *obispar*. Ya sabes que pertenece a la militar orden de *Santiago el Verde*, quiero decir que *es de Caballería*.»

XIV

No sé cómo escapamos de aquel antro, que tal me parecía... Salimos oyendo la voz lejana de don Hilario que decía: «No, no; nunca.» En la calle nos encontramos *Mariclío* y yo, y apenas tomamos la dirección que ella indicara, noté que su persona se iba despojando de la dignidad señoril, y su vestimenta desluciéndose hasta tomar las apariencias humildísimas con que la vi en la gruta de Graziella. Pero a medida que envejecía y se vulgarizaba, era mayor su agilidad, y su paso tan vivo que no podía yo seguirla sin sofocarme. Yo me preguntaba: «¿Cómo ha podido cambiar tan pronto de traje y facha?... ¿Y dónde demonios lleva escondidos los zapatos de medio lujo?... ¿Y cómo salimos de Palacio sin pasar por ninguna de sus puertas?... ¿Y qué se le habrá perdido a esta buena señora en la Fuente de la Teja?»

Por Caballerizas, Cuesta y Puerta de San Vicente, Puente del Manzanares llegamos al popular sitio de recreo. Hormigueaba en él la descuidada plebe; sonaban en estridente algarabía los organillos, los pregones y el gozoso runrún de los merenderos. Por entre la turbamulta paseamos; *Mariclío* habló con dos aguadoras, yo con un mendigo lisiado a quien llevaban en un carrito... Llegamos a donde militares y muchachas habían armado el incansable baileteo. Daba gusto ver el entusiasmo con que ellas zarandeaban sus cuerpos en aquel ejercicio, agarrándose al hombre o brincando frente a frente y haciendo graciosas figuras. «El baile —me dijo mi compañera de paseo— es la primitiva manifestación del arte y del amor. En su ritmo verás el aleteo con que la especie humana dice: "No quiero morir, sino vivir y reproducirme".»

Contemplando los enardecidos grupos danzantes, y luego las parejas que entre los espesos olmos se alejaban buscando la soledad, *Mariclío*, con lenguaje que solo entendíamos el viento y yo, les decía: «Divertíos en la edad gozosa... Soldaditos y criadas, chicos y chicas que comenzáis la vida en la sana esclavitud de las obligaciones, no os detengáis, y de estos devaneos inocentes pasad a mayores devaneos... Casados o sin casar, cread españoles, traednos ciudadanos, que es menester venga nueva generación a enmendar a esta, desvaída y decadente. Traed acá nuevos hombres de quienes yo pueda referir acciones altas y nobles.»

Seguimos andando... Yo era un autómata... En la Virgen del Puerto y la Puente Segoviana, nos cruzábamos con parejas a quienes *Mariclío* hacía la misma recomendación de aumentar a toda prisa el censo de España... «Nueva gente... y pronto, pronto... Hombres que traigan cerebros machos, corazones grandes y ternillas a la medida de los corazones...» Pasamos luego por la *Tela*, donde vimos enorme caterva de chiquillos jugando a la tropa con palos, banderitas y morriones de papel. Los más audaces se disputaban el mando: *Yo soy Plim*, chillaba uno, y otro gritaba: *Pues yo Napolión. Límpiate...* Un tercero venía dando zancajos y vociferando así: *Quitaos, gallinas, que yo soy mi abuelo, y mi abuelo se llamaba el Tío Pecinado...* Formaban batallones; batían marcha imitando con la boca el *rataplán* de los tambores; disparaban tiros, se acometían al arma blanca, tomaban la fortaleza de un montón de piedras... *Mariclío* se metió entre ellos y fogosa les decía: «No desmayéis, valientes chicos. Creced y dadme tela para que yo corte a vuestra patria un vestido espléndido, y dadme materia para que ese vestido salga recamado con estrellas de oro... Mandaos los unos a los otros, recompensaos, castigaos, para que aprendáis la justicia. Sed guerreros chiquitos para que de grandes seáis buenos ciudadanos.»

Otras estupendas cosas les dijo, y ellos, exaltados por tan sonoras palabras, no vieron mejor modo de expresarnos su conformidad que apedreándonos. Las peladillas silbaban en nuestros oídos... Era un disparar impetuoso y graneado que no nos hizo daño alguno. *Mariclío* se descuajaba de risa, y sin miedo a la pedrea les enardecía de este modo: «Bien, hijos: no importa que me ofendáis ahora si mañana os portáis como dignos y valientes. Seguid, seguid jugando...» Embocábamos la calle de Segovia, cuando mi brava compañera me habló así: «Tito mío, estas diabluras de los rapaces y el embeleso de las parejas de enamorados, me consuelan de la mísera vida que arrastro en esta tu decaída tierra. Veo que abres tus ojazos, admirándome sin conocerme, deseando que te diga quién soy y te explique por qué vine al mundo, y cuáles son mi abolengo y familia. Sentémonos en este sillar que aquí está como preparado para nuestro descanso.» Nos sentamos, y he aquí lo que me contó:

«Somos nueve hermanas... No te diré cuál es más joven o más vieja, pues nacimos juntas de un mismo vientre... Nuestro padre nos dedicó a diferentes artes. Cada cual escogió la más de su gusto. Una de mis hermanas se dedicó a bailarina, y ha venido muy a menos; es más desgraciada que yo, y hoy nadie le hace caso. Dos fueron cómicas: la una se dedicó a la tragedia, la otra a la comedia. Andan hoy regular; consideradas sí, pero muy discutidas...; que si eres, que si no eres... La que estudió para oradora brilla y aparenta, mas con poca sustancia. La que se aplicó a la tarea de componer versos heroicos, está por los suelos, más que yo quizás; la que hace versos alegres va viviendo..., da qué hablar, y los desocupados la festejan. La que actúa de observadora del cielo y del curso armónico de los astros, goza de gran predicamento. Pero la que ha subido más en el aprecio de las gentes y más éxitos alcanza es la que eligió el arte de la música, del dulce canto y tañer de concertados instrumentos. A mí ya me ves. No valgo para nada, por falta de materia con que pueda dar al mundo muestra y señales de mi grandeza... Las nueve hermanas nos vemos y nos visitamos a menudo para comunicarnos nuestras glorias y desdichas...»

Cuando esto decía, ya no estábamos en la calle de Segovia, sino internados en las calles más bulliciosas de Madrid. Mi interesante compañera se detuvo en un punto, donde oíamos dulcísimos acentos de violines y de humanas voces melodiosas, y despidiéndose me dijo así: «Aquí me quedo, que siento la voz de mi hermana, la que rige y gobierna los reinos de la Música, y subiré a pasar un ratito en su compañía... Vete a descansar, que bien lo necesitas... Haz por dormirte; olvida lo que conmigo has hablado y visto, que todo es figuración y embuste de tu cerebro enardecido y no muy sano...»

Dejé de verla a mi lado... Mi camino seguí claudicante y haciendo eses... Esto de las eses que yo hacía me puso en gran cuidado, pues no recordaba yo haber bebido ni una gota de licor espirituoso. Alguna cuchufleta oí referente a mis eses...; la cabeza me pesaba como si en ella se me hubiera metido todo el azogue de las minas de Almadén... No puedo asegurar cómo y en qué postura llegué a mi casa; pero es indudable que en ella y en mi cama me encontré por la mañana, como quien despierta, o más bien resucita... Apenas puse mis huesos de punta, me lié con Ido del Sagrario en agria disputa. Empezamos por sostener, yo que las Musas eran diez, y él me contradijo con burlas diciendo que no eran más que nueve, quizás ocho no más, pues una de ellas, la de la Historia, se había dado de baja por no tener ya cosa bella o grande que contar... Estallé yo en cólera; quise pegarle, y habríamos tenido en casa una tragedia si no entrara Nicanora con zorros y una estaca para restablecer la paz. ¡Cómo estaría yo en aquellos días, que no hablaba con ningún amigo sin que acabáramos poniéndonos de vuelta y media! Con Mateo Nuevo reñí tan ásperamente que faltó poco para enredarnos a pescozones. Por una palabra, por una sonrisa, desafié a Luis Blanc y a Roberto Robert. A Ramón Cala, por haberme recomendado moderación en la bebida (yo no lo cataba), le mandé los padrinos, que fueron Ido del Sagrario y Roque Barcia.

Divagando solo, examinaba lo que bien puedo llamar mi conciencia mental, y sentía que alguna pieza del aparato pensante no se hallaba en perfecto engranaje con las demás. Yo quería pensar una cosa y me salía otra. ¿Cómo restablecer la ordenada función de mi cerebro? Consulté el caso con Ido, muy práctico en tales achaques, y me dijo que tomase mucha tila y no leyera más libro que *Las Tardes de la Granja*, obra muy distraída, o la *Vida de Santa María Egipciaca*, que a él le había probado muy bien. En esta situación de espíritu, llegaban a mí ecos zumbantes del estruendo político en las Cortes y en la Prensa. A Sagasta y Romero Robledo, *el gallo de Cameros y el pollo de Antequera*, les traían locos por la transferencia de dos millones, que la gente maleante dio en llamar *Los dos apóstoles*. Traviesos eran Sagasta y Romerito, y no reparaban en pelillos para engrasar la máquina electoral. Y aun así no pudieron impedir que trajeran acta treinta y cinco carlistas. Estos se preparaban en el Norte para obsequiarnos con otra guerra civil... ¡Bueno se iba poniendo esto...!

Mis amigos políticos y particulares huían de mí, o me trataban como un caso patológico. La vagorosa Delfina se presentó en mi casa un día, luctuosa y con un negro velo por la cara, y en tono dulzaino y lúgubre, revelándome su doble procedencia confitera y funeraria, me dijo: «Tito de mi alma, tus amigos no hacen más que compadecerte; yo te compadezco y trato de curarte. Ya escribí a tu familia. Tendrás pronto remedio. La vida campestre te probará muy bien. Yo, cuando me quedé viuda, estuve también algo tocada, y con dos meses de andar al zancajo en una dehesa, pastoreando vacas y subiéndome a los alcornoques, sin cuidarme de que los zagales me veían las piernas, me puse buena, y tan fuerte que al volver habría podido levantarte en vilo para darte azotes, como lo hice después... bien lo sabes.»

A los tres días de esta visita, hallábame yo recién salido del lecho, sentadito en incómodo sillón de gastados muelles y desiguales pelotes. Trájome Ido mi desayuno, y apenas lo tomé con menos que mediano apetito, me sumergí en hondísimas reflexiones. ¿Adónde iría con mi cuerpo aquel día? Estando en los senos cavernosos de esta meditación, la mirada en el suelo, el dedo en la frente, oí ruido de voces que venían del recibimiento... Alcé los ojos, y en la puerta de mi cuarto vi un bulto, una persona que allí apareció como clavada. Era tan semejante a mí, que creí ver la reproducción de mi figura en un espejo... El sujeto que suspenso me miraba era chiquitín como yo, con mi propia cara más curtida, cabello gris y... Lo diré de una vez. Aquel señor era mi padre.

La inesperada presencia del autor de mis días sacudió todo mi ser, privándome del habla por un mediano rato... Y el pobre señor, más envejecido que viejo, se conmovió intensamente al verme tan alicaído, si bien su pena no tardó en dulcificarse, pues por la carta angustiosa de Delfina, temía encontrarme en un manicomio. Pasada la efusión primera, y dada cuenta de toda la familia, mi padre planteó la cuestión secamente. Había venido por mí. Yo no dije nada; me sentía máquina rota. ¿Y cuándo nos iríamos al pueblo...? Aquella misma tarde. «Bueno... pues vámonos.» Así dije, y mi padre dio las órdenes a Ido para que aprontara mi ropa y todo mi bagaje, con excepción de libros, pues no consentía que llevase conmigo las causas de mi desarreglo mental, que eran la vida loca de Madrid, el hervidero de las ideas disolventes, y las lecturas de obras perversas que inducían a la inmoralidad y al crimen... Él no tenía nada que hacer en la Corte, que odiaba y maldecía... «Yo no me separo de ti —me dijo—. Tomaremos un bocado al mediodía...; yo con un caldo me arreglo. Hoy es vigilia de precepto.»

Fuimos a visitar a Delfina, y largo rato platicó mi padre con ella, recordándole sus bondades con mi familia. Y entre otras remembranzas de gratitud, sacó de la oscuridad del pasado la siguiente: «Usted, Delfina, ha sido muy buena para nosotros. Cuando vino a Madrid el año 67 mi hermana Bonifacia con su marido, a consultar a los médicos su enfermedad del pecho, estaba usted recién casada. Acompañó a mi hermana en el visiteo de doctores; le regaló una magnífica torta de dulce, y cuando el pobrecito Manuel murió, no quiso usted cobrarle nada por el ataúd y hachones... Esto no lo olvida mi hermana, que ahora vive en Burgos.» Con estas y otras finezas nos despedimos, y Delfina me dio un escapulario y una cajita de bombones de chocolate para que me entretuviera por el camino... Dos horas después, estábamos ya en la estación del Norte, con una hora de anticipación a la de la salida del tren, pues mi padre temía que este se le escapara, dejándole un día más en este Madrid, objeto de todo su asco y aversión.

En marcha el tren, llevando en nuestro departamento de segunda tres compañeros y dos compañeras de camino, mi buen padre, libre ya de la inquietud del regreso, y gozoso de llevarme consigo, me franqueó sus cariñosas intenciones. «Hijo mío, creo que solo con sacarte del laberinto de ese Madrid arrastrado y disoluto, te curarás de tus murrias y del desvarío de tu cabeza. Te inficionaron los miasmas del vicio y de la corruptela, ¿no entiendes lo que te digo?...; pues corruptela quiere decir el burlarse de las leyes de Dios, el no amarle ni temerle, el andar en el tole tole de libertades, que yo llamo licencias, y el querer meternos a los españoles en un fregado de ideas pestíferas y, como quien dice, republicanas. Te lo diré más claro... En los aires limpios del pueblo soltarás toda esa podredumbre, y serás otro hombre... Echarás de tu cabeza todo el maleficio, dejando que entre poquito a poco, como ave que busca su nido, la paloma del Espíritu santo.»

De esta figura que de su boca salió envuelta en seráfica sonrisa, debió de quedar muy satisfecho el buen señor, pues con ella puso punto final, y apoyando su venerable cabecita en la palma de la mano, se durmió como un ángel. Era mi padre, don Matías Liviano y Pipaón, un hombre bueno y simplísimo, incapaz de hacer daño a una mosca, de ideas petrificadas, patriarcales, resultado del vivir estrecho en pueblos de corto vecindario, sustrayéndose sistemáticamente a todo contacto con el vivir que irradia de las grandes ciudades del reino. Alavés de nacimiento, se estableció desde muy joven en Oña, patria de mi difunta madre, doña Pascuala Zurbano y Calomarde. En Oña, el Cubo y Medina de Pomar poseían mis padres algunas tierrucas y dos o tres casas de mala muerte con que disfrutaban de un pasar modesto, insuficiente para los hijos que aspirábamos a mejor vida. Mis dos hermanas casaron, la una con un bigardo vizcaíno, bien cubierto del riñón, vamos al decir, rico; la otra con un viudo joven de Miranda de Ebro, que traficaba en vinos de Rioja. Yo, el más chico de la familia en edad y estatura, pues a mis hermanas les tocó la talla que a mí me faltaba, anhelé desde niño horizontes más amplios, y cuando pude valerme solo, me fui a Vitoria en busca de alimento con que saciar mi apetito mental. No hallándolo en la capital de Álava, planteme en Madrid, desde donde anudé relaciones con mi padre, ofreciéndole villas y castillos, y pronosticándole mi próxima, indubitable celebridad.

El sueño no quiso apagar mis arrebatados pensamientos. Mi desvelo fue parte a que me fijase en una señora que a mi vera estaba, la cual durmió hasta más allá de Ávila, y poco después, volviéndose a mí, me preguntó que cuánto faltaba para llegar a Bribiesca. Al contestarle que allá iba yo también, vi que era de agradable rostro, lozana y risueña. Al instante reapareció en mi ser el caballero galanteador, sentí mi cabeza despejada, y mi corazón henchido de amor a toda la humanidad femenina. Empecé por acometerla con discretas finuras, sondeando hábilmente su receptividad galante. Mantúvose firme un buen rato, ni admitiendo ni rechazando las varas que yo quería clavarle; mas yo saqué las armas retóricas de mi arsenal persuasivo, y a poco de medirlas con la recatada concisión de la dama, supe que era viuda sin hijos, y que tenía fincas en la Bureba... Poco a poco fue entrando en el nimbo de simpatía que sé formar entre mi persona y una blanda hembra. Desde Medina a Valladolid la dama recompensaba mi rendimiento con sonrisas, y un juego de ojos que fue como si las estrellitas del cielo se colaran en la penumbra del coche. Más animado yo en cada estación, pues por estas contaba yo las etapas de mi aventura, rompí a cantar, cerca de Burgos, la cavatina de mi declaración, con la mala pata de que en los primeros compases despertó mi padre, y estirándose y bostezando exclamó: *Alabado sea el Santísimo Sacramento del Altar.* Al terminar la frase, hizo la señal de la cruz sobre su boca, y sacando el rosario se puso a rezar... Me había cortado el resuello... ¡Ay, si no fuera mi padre...! Entre dos avemarías, pronunciadas a media voz, me dijo: «Tito, ¿te encuentras bien? ¿Has podido dormir?»

—Sí, padre; he dormido. Estoy tan bien, tan bien, que ya se me han quitado todos los males, y me siento tal y como fui en mis días de fuerte salud, enteramente *conmutativo y bilateral*.» El pobre señor no me entendía, y siguió despachando su tercio de rosario.

XV

A poco de pasar de Burgos, envainó mi padre su rosario suspirando ya por la llegada, y aunque sobraba tiempo, diome prisa para que recogiera nuestros bultos y paquetes. «Por Dios vivo, Tito, no se nos quede algo.» La señora guapa se arregló la cabeza y toquilla dirigiéndonos una mirada que me pareció precursora de inteligencia. Sin duda le supo mal el quedarse a media miel cuando el despertar de mi padre cortó bruscamente la volcánica declaración que yo empecé a espetarle. «Hasta que pase Santa Olalla no hay prisa» nos dijo; y en su acento creí notar cierta dulzura que a mí solo dedicaba. Llegamos, y al ponerse en pie la señora para salir vi con espanto que era coja, pero de una cojera de solemnidad, pues tenía una pierna de palo, y se ayudaba de un bastón... En ninguna de mis conquistas, tuve tan *mala pata*... Hice como que no me enteraba, y extremando mi finura y prodigando las expresiones más corteses, la ayudé a bajar del coche. Los demás viajeros seguían durmiendo profundamente. El frío era intensísimo... De mi brazo pasó la dama coja a los brazos de personas que la esperaban... Mi padre saludó a un cura, y luego al dueño de los coches que llevaban diariamente el correo desde Bribiesca a Medina de Pomar, pasando por Oña, nuestro pueblo... Descansamos; amaneció, y ¡al coche...! Antes de las diez estábamos en la risueña y monacal villa de Oña, donde me crié, y con las primeras travesuras realicé mis primeras infantiles conquistas.

Declaro que me rejuvenecí y me fortifiqué con solo pisar el suelo de aquella villa guardadora de mis dulces recuerdos. El convento de benedictinos con su iglesia y claustros y frondosas huertas, que conservaban aún a mi parecer la huella de mis zapatitos agujereados a poco de estrenarlos, renovaron en mi espíritu las alegrías de la niñez. Con placer indecible me recreaba en las verdes orillas del río y en los embalses de cristalinas aguas que los frailes tenían para sus recreos de natación y pesca... La menguada población me divertía menos. En el tiempo que yo faltaba de allí, aumentado había el rebaño de curas; la beatería del vecindario era ya un estado epidémico... Para mí, pasar de Madrid a Oña era como saltar de un planeta a otro. Mi padre, que con tanto desprecio y horror hablaba de los *miasmas* de Madrid, no se daba cuenta del aire espeso de fanatismo que allí respirábamos. Felizmente, corta sería nuestra estancia en Oña, y cobrados unos cuartejos de la renta de dos casuchas y tierras pobres, seguiríamos hasta Durango, donde mi padre, desde su viudez, vivía con mi hermana Trigidia (nombre de una santa oñense), bien casada y establecida.

Con mal tiempo y buen humor, metidos mi padre y yo en vehículos que variaban de lo malo a lo pésimo, emprendimos la peregrinación hacia Frías; de allí por el valle de Tobalina seguimos a Miranda de Ebro, donde nos detuvimos para pasar un día con mi hermana Pascuala. De Miranda seguimos en tren hasta Vitoria, y otra paradita, pues mi padre no pasaba por allí sin visitar a sus parientes los Pipaones y Suredas, todos redomados carcundas. La última etapa fue de Vitoria a Durango, por Ochandiano, paso de la Peña de Amboto... Y heme aquí, lectores que bondadosos me seguís de mazo en calabazo, heme incrustado en una sociedad de sentimientos y pensares tan opuestos a los míos, que me tuve por transportado, no digamos que a otro planeta, sino al más lejano de los mundos siderales. Vivía mi hermana en casa holgona, del tipo más patriarcal. Su marido, Ignacio Zubiri, estaba ausente. Guardábase en la familia cierto misterio, que al fin descifré suponiéndole en la facción. Fruto lozano de este matrimonio eran tres chicos sonrosados y mofletudos. Trigidia se alegró mucho de verme; como mi padre, celebraba que me hubieran traído del infecto ambiente de Madrid a la sanidad de los valles risueños entre montañas. Halagado de la buena vida material, yo simulaba un apego mansurrón a la verde Vasconia.

La verdad, yo comprendía y admiraba las sólidas virtudes de la raza, su contumaz apego a la tradición, cualidad meritoria cuando sirve de punto de partida para el progreso, como acontece en Inglaterra; me agradaba la lealtad de los hombres, la lozanía de las mujeres; los alimentos eran muy de mi gusto: la rica ternera, el pescado que los más de los días traían de

Mundaca o Elanchove, las gallinas, patos y abundancia de verduras que mi hermana recibía diariamente de sus caseríos. Las borrajas, las habas, nabitos, y cuanto constituye la nutrición castiza en el país, satisfacía mi paladar y me restauraba el estómago, tan necesitado de vida nueva. Lo que no me entraba ni con escoplo era el habla. Toda mi atención no era bastante para entenderla, y ni el oído ni la mente podían habituarse a tan archiengorrosa cháchara. Mayormente me afligía ver en el vascuence un valladar, un tremendo aislador para todo amoroso intento. Siempre que inicié la conquista de alguna garrida hembra campestre o frescachona criada, el maldito lenguaje me descomponía y me desarmaba, pues ni yo les entendía una palabra, ni ellas a mí más que si les hablara en lengua chinesca.

En aquel pueblo y en ambiente tan apropiado a un espíritu enteco, vivía mi buen padre como si estuviera en las antesalas del Paraíso. Desocupado y con sus cortas necesidades satisfechas, vegetaba y dormitaba como un bendito a la sombra del dogma, que en aquel país es como una bóveda solemne que protege y abriga las almas. En su credulidad candorosa, el pobre don Matías Liviano y Pipaón no veía nada más allá de su vivir cómodo, en lo material, y de su pensar estrecho dentro de la elemental esfera religiosa. «Así lo encontramos y así lo hemos de dejar, hijo mío», era su única réplica cuando yo me permitía deslizar en su oído alguna observación conforme a mis ideas. Viéndole tan tranquilo, tan feliz dentro de su redoma, me parecía crueldad impertinente contrariarle. Si le hubiera dicho que no creo en el Infierno, le habría ocasionado tal vez un catarro gástrico, tal vez un ataque a la cabeza; que su flaca salud pendía de cualquier disgusto. Si yo le hubiera dicho que el Purgatorio no es más que un establecimiento industrial y mercantil, de cuyos pingües rendimientos se nutre el cuerpo de la Iglesia, el choque de mis ideas con su inefable quietud le habría quizás provocado un torozón que le llevara al otro mundo. Y aunque él creía tener asegurada la gloria eterna, por el pronto le iba bien aquí con las borrajas, las habas, la merluza en salsa verde, los pichones y las sabrosas sardinas de Elanchove.

Por esta causa, yo no me metía en discusiones con él ni con mi hermana, ni con ninguna de las personas que a casa concurrían. Y aun le guardaba la fina consideración de acompañarle en sus frecuentes visitas a Santa María, seguidas de inmersiones larguísimas en la casa del cura, vicario o arcipreste que en aquella santa iglesia gobernaba, con otros, las almas duranguesas. Para sobrellevar tan fastidiosos plantones no tenía yo paciencia, y esperaba al santo varón paseándome en el espacioso atrio de la iglesia, donde me entretenía viendo salir y entrar chicas guapas, no por beatitas menos interesantes.

Buena parte del tiempo que allí me sobraba, invertía yo en pasearme por las anteiglesias o pueblecitos que rodean la villa. A todas las mujeres que encontraba les pedía plática, con idea de ejercitarme en el vascuence, lengua preciosa, les decía yo, que deseaba poseer...; como que mi estancia en Durango no tenía más objeto que aprender el idioma vasco. Ya poseía veinticuatro lenguas, entre ellas todas las orientales, y además el catalán y el chino. Con estas y otras sutilezas iba entrando en la confianza de ellas, y como ya sabía no pocas frasecillas éuskaras, me divertía, bromeaba, y con alguna logré asomos de intimidad, que andando días llegaron a mayores, proporcionándome sabrosos ratos a la sombra de espesos laureles o nogales.

Fuera de estos experimentos harto arriesgados y de compromiso, vivía yo confinado en la desabrida normalidad de la casa y sociedad de mi hermana, rezando el rosario con mi padre, oyendo la cancamurria de los ojalateros que le hacían la tertulia, o el relato de lo que ocurría en la facción lejana. Mi único recreo, las más de las tardes, era jugar a la pelota con mi sobrino mayor y otros chicarrones del pueblo, en el trinquete próximo a *Barrencalle*, donde vivíamos.

Por las noches, arrimados a la lumbre si hacía frío, o reunidos en la sala baja, había de aguantar el chaparrón de la ojalatería carlista, que ni poco ni mucho me importaba. Ello era como vivir en un Limbo todo tristeza nebulosa, y ya me cansaba ¡por Júpiter!, tan miserable vida. Los asistentes a la casa eran vecinos de mi hermana y amigos de su marido, algunos curas que olían a pólvora, y hombrachos aguerridos que apestaban a incienso.

Una noche vi a mis buenos ojalateros tan movidos al optimismo, que hube de prestar más atención a sus ardorosos comentarios. Según noticias mandadas con un propio por mi cuñado Zubiri desde Lecumberri, donde a la sazón estaba, el grito se daría muy pronto en la frontera de Navarra, proclamando la Monarquía cristiana y su cabeza don Carlos, *alias* duque de

Madrid, nieto del glorioso don Carlos María Isidro. Habían concluido, pues, las vacilaciones entre los consejeros del Rey; ya los Elíos, los Radas del orden militar, los Morales y Manterolas del civil y eclesiástico, habían superpuesto su opinión guerrera a la de los Nocedales y Canga-Argüelles que en los ocios de Madrid predicaban la paz. Ya el hijo de cien reyes, por la recta línea masculina, desenvainaba el acero, y seguido de sus leales, pasaba la raya de Francia, y con bravura y ardor repetía la frase guerrera del comunero episcopal Acuña: *¡Adelante mis clérigos!*

La buena sombra, que a todas partes me acompaña, deparome un amigo, cuya compañía y grata conversación suavizaban la rigidez monótona de mi vida en aquellos días de mayo. Era el tal un donoso cura, don José Miguel Choribiqueta, rector de la iglesia de San Pedro de Tavira, viejo ya el hombre y cascado, algo enfermo de los ojos, que recataba con vidrios verdes, carácter jovial, ameno y comunicativo. Asistente por rancia costumbre a la tertulia de mi hermana, se aburría como yo de las ojalaterías enojosas, y me hacía el favor de sacarme de paseo por las alegres campiñas. En cuanto le traté, vi en él a uno de esos hombres que, habiendo realizado en la plenitud de la vida lo que le imponía su conciencia, llevando a la esfera de los hechos su fe, su valor y su buen criterio, miraba con desdén a los que imitar querían en peores tiempos los mismos actos y las mismas virtudes, o lo que fuesen. Don José Miguel, héroe de la *otra guerra*, no podía desechar la idea de que lo pasado fue mejor, ni admitía que hubiera dos epopeyas en un mismo siglo.

«A solas con usted, señor don Tito —me decía en castellano corriente, aunque un poco turbio—, me reiré de estos majaderos, que quieren repetir... ya, ya... para repeticiones estamos. Aquellos eran otros tiempos, aquellos eran otros hombres... Dígame usted, señor don Tito, qué guerra pueden hacer, ni qué lauros conquistar Fulgencio Carasa y Jerónimo García...»

—No les conozco, amigo mío, y esos nombres escucho ahora por primera vez.

—Pues no pierde usted nada con no conocerles... Como si el mandar tropas fuera cosa de juego... Oiga usted. Yo mandé tropas desde el 33 hasta el convenio de Vergara, que Dios confunda; yo tengo mi cuerpo lleno de agujeros, cicatrices y costurones. Yo...; no es que yo lo diga... Ahí están los partes de la campaña, desde el gran Zumalacárregui hasta el bribón de Maroto...; en algún archivo estarán...; véanlos... Pero no hablemos de mi humilde persona. Yo le pregunto a usted si puede esperarse algo bueno de Jiménez de Rada, que fue liberal y conspiró con Prim para traer la Revolución llamada de septiembre... ¿Se concibe, pregunto yo, que Valdespina pueda hacer algo? ¿Y de Calderón qué me dice? ¿En Elío tiene usted confianza?

—Yo, ninguna. No les conozco siquiera...

—Y puesto a comparar, mi señor don Tito, diré a usted en confianza que entre este reyezuelo y aquel otro respetable y sentado cristianísimo monarca don Carlos María Isidro hay alguna diferencia... Me parece a mí... Y dígame ahora, hágame el favor, dígame: ¿Dónde tenemos un Zumalacárregui, un Villarreal, un Gómez, un Zariátegui, un Cabrera?... En cambio, veamos los que han salido a la palestra... ¿Pero no se ríe usted? Yo me descuajo de risa. Han salido armados de punta en blanco, Canaelechevarría y Solís, dos cleri-gachos guerniqueses, que no pueden ni con el hisopo... Le digo a usted que esto es un paso de comedia... También ha ido el danzante de Urraza, síndico del Ayuntamiento... Y ahora, mi buen don Tito, no se enfade si le digo que su cuñado de usted, el marido de Trigidia, Ignacio Zubiri, que anda no sé por dónde haciendo el papelón, es un calzonazos que se asusta de ver pasar un conejo... ¡Bonita guerra nos traerán, bonita! Yo barrunto que estos van a su negocio... Guerra y guerra de figurón, para luego venderse al Gobierno de Madrid, y pescar grados y galones. Otra vez el infiel Maroto que vendió como carneros a los hombres de fe, a los guerreros cristianos de España... ¡Oh, España! ¿Quién te sacará de esta miseria?... Los leones que pelearon en aquella soberbia campaña, o se han muerto, o están como yo con una garra en la sepultura. Nuestro galardón no está aquí sino allá —añadió con solemnidad señalando al cielo con su cayada—. Dios nos acoge en su santo seno, y dice a estos malos imitadores: «Mequetrefes, no intentéis lo que es superior a vuestra flaqueza. Dejad las armas hasta que me plazca resucitar a mis hombres, y les mande a defender mi causa.»

En otro paseo, oyéndole los mismos o parecidos razonamientos, le dije: «Según veo, esto será nube de verano, y todo acabará en corto tiempo, por la poca lacha de la gente nueva y el abandono del Gobierno...»

«No se duermen, no, los fantasmones de Madrid. Ya tiene usted a Serrano en campaña. Ayer estaba en Tafalla... ¡Por mi patrón San Miguel, que no me dieran a mí más trabajo que hacer polvo a esos Serranos y a esos Moriones, generales de teta, que aún no han llegado a la dentición militar! Oiga usted, amigo: En uno de los encuentros que tuvimos con los cristinos al retirarnos de Peñacerrada, no copamos a Espartero porque el general Guergué, que entonces nos mandaba, no hizo caso de mí, que a cada momento le advertía sus errores tácticos. Y a pesar de ello, supe arrollar al entonces coronel don Juan Zabala, matándole mucha gente, y al maldito Zurbano le tuve cogido... Fue cuestión de minutos, señor don Tito...; debió la vida suya y la de su tropa al socorro que le dio de improviso el general Rivero... Pues verá usted otra: Días adelante, mandaba yo la Caballería del general don Julián Alzaa... No tiene usted idea de las palizas que le di a Zurbano en Arechano, en Gamarra y en otros lugares de Álava... Pues digo, también el general León me conocía... Menudas cargas nos dimos, y si los falsos historiadores le dicen a usted que en Belascoaín quedó vencedor el Leoncito, no lo crea usted. El vencedor fue este cura.» Dijo esto puesta la mano en el pecho, parándose, con lo que dio a su figura un aspecto estatuario.

—Ha sido usted un héroe, señor Choribiqueta —le dije poniendo en ojos y boca todas las formas de admiración—. He oído que también estuvo usted en Ramales y Guardamino.

—Allí estuve... ¿Cómo no? Bien armada se la teníamos a Espartero. Pero la cobardía de Maroto nos birló la victoria... El tal Maroto, desde los fusilamientos de Estella... y yo fui de los que escaparon de milagro... venía tramando su infame traición al Rey legítimo. Bien nos la jugó a todos. Yo he servido a la causa de Dios desde sus comienzos hasta que Maroto nos vendió miserablemente en el llano de Vergara. En el Infierno está pagando su culpa... Yo he servido a las órdenes de Zumalacárregui, de Villarreal, de Cástor Andéchaga, del conde de Negri, de Guergué y de otros guerreros abnegados y valientes; serví y luché sin ambición, despreciando ascensos, despreciando pagas, comiendo un pedazo de pan y unas habas mal cocidas después de veinte horas a caballo, o de medio día de combate; yo no miré jamás a ninguna ventaja temporal; no miraba más que a Dios y a su santa doctrina... Cuando salí de mi casa para entrar en la facción, llevaba en mi cinto sesenta y cinco duros, y cuando a mi casa volví después de la traición de Vergara traía dos pesetas en plata, y otra, o poco más, en calderilla...

—¡Bien por los hombres valientes y honrados —exclamé— que sacrifican a una finalidad altísima la conveniencia personal y la propia vida!... Y ahora, don José Miguel, me va usted a permitir que le haga una pregunta: Cuando, terminada la campaña, dejó usted la existencia militar para restituirse a la eclesiástica, ¿no sintió en su alma los efectos de transición tan violenta?... Yo me figuro que usted no sabría ya ser cura...; vamos... que se le habría olvidado hasta la misa, el modo de decirla... y el rosario y las preces más usuales.

—Le diré a usted. Cuando a mi pueblo y hogar volvía, con la pena del convenio, deshecha y arrojada en el polvo la causa de Dios, venía yo pensando eso mismo que usted dice, que se me había olvidado todo el ritual... Pues verá usted, señor don Tito: yo fui siempre especial devoto de la Purísima Concepción. La Dulcísima Señora, San Miguel Arcángel y el Señor San Pedro fueron y son mis abogados así en la guerra como en la paz. A la reina de los Ángeles me encomendaba yo en todos mis aprietos, y con su amparo y el de los santos que nombro, salí felizmente de todos los peligros... Como digo, venía yo mustio y desconsolado en un jamelgo que me proporcionó el cura de Placencia, y al divisar la torre de mi pueblo querido, se me ensanchó el corazón..., me entró en el alma una luz celestial, y volviendo toda mi voluntad hacia la Purísima Señora, le pedí que a la memoria de su siervo humilde volviera todo lo que pudo olvidar en los trajines de la guerra... Fue para mí aquel momento el más solemne de mi vida, puede usted creerlo, momento en que me sentí comunicado con la Virgen Santísima y con mis celestiales patronos... Esto no lo comprenderá usted, esto no está al alcance de las personas de fe poco ardorosa. Pues bien, llego, me desmonto del rocín, me quito las espuelas, y entro en la iglesia. Lo mismo fue verme bajo la bóveda oscura, que recordar de golpe lo que había olvidado. Mi memoria se vació de todo lo de la guerra, y se llenó de todo lo eclesiástico. ¡Virgen Inmaculada, qué cosas! Lo que usted oye... A la media hora de mi llegada, me revestí y salí a decir mi misa.

XVI

Me entretenían lo indecible las conversaciones con el amable cura, tipo singular del más violento hibridismo que puede ofrecernos la naturaleza humana. Solo España, fecunda en ingenios, en héroes, en santos y en monstruos, nos da estos engendros de la razón y la sinrazón, de la fe mística y el orgullo marcial fundidos dentro de un alma... Y debo añadir que el bravo veterano Choribiqueta era en su vejez un venerable padre de almas, que cumplía sus deberes escrupulosamente y ejercía la caridad con verdadera efusión cristiana.

Tanto como me agradaba la épica historia del clérigo y su franco carácter, picante mixtura de lo divino y lo humano, me entristecía la sociedad de mi casa, donde se oía tan solo el áspero zumbido de los ojalateros, y el comentar de verídicos o fantásticos incidentes de una guerra lejana. Iban y venían emisarios, llevando masas de juventud y trayendo noticias de las gestas de Navarra. También se hablaba de política o sucesos de Madrid, afeándolos con groseras burlas. Había caído el Gobierno de Sagasta, por la porquería de dos millones que el Sagasta y un tal Romero habían sustraído de la caja del Tesoro público para llevárselos a sus propias cajas. Decíase que si los gastaron en elecciones; que en Madrid, el dinero es el mejor cebo para pescar votos; que si los gastaron en comilonas y regalos a señoras guapas, cosa en Madrid corriente por ser pueblo de continuos festejos y cuchipandas... En las Cortes se armó tal rifirrafe por este alivio de dos millones que hicieron al Tesoro los indignos administradores del procomún, que el Gobierno se tuvo que retirar, lavándose las manos con el agua del río Manzanares, que es agua muy sucia... Naturalmente, vino otro Gobierno, con el indispensable Serrano al frente, llevando de compañeros a Topete, a un señor Ulloa, a otro que llamaban Candau, a un tal Elduayen y a otro que respondía por Balaguer. Estos señores, salvo Serrano y Topete, que con Prim componían la trinidad revolucionaria, eran para la gente duranguesa muy conocidos en sus casas.

Corrió Serrano a Madrid a tomar posesión del mando político, y encargando al Topete que le hiciera la vez, como cabeza del Consejo de ministros, se volvió al campo de la guerra... En tanto, mi padre, mi hermana y otras personas que por su metimiento en la casa eran como de la familia, apartaban a ratos su atención del grave negocio bélico para ocuparse de mí. Queriendo resolver de golpe y porrazo el problema de mi vida y asegurarme la felicidad, decidieron casarme... ¿Con quién? Con una zagalona, más alta que yo en media vara, llamada Facunda, hija de un pariente de mi cuñado Zubiri, y heredera de cuatro caseríos de valor, según dijeron, situados en la risueña vega que fertiliza el río Durango. La que me destinaban para compañera de mi existencia en todo lo que esta me durase, era... Dejadme tomar resuello, que esto es muy grave.

Era una muchachona desgarbada, más sosa que las calabazas que a mi parecer crecen a la puerta del Limbo; tan cerrada en el habla vascuence, que apenas podía decir en castellano frases premiosas, trabucando los casos, descoyuntando la sintaxis como lo harían los mismos demonios. Desde que la vi, me fue atrozmente antipática, por su ceño displicente, la sequedad de su trato, y algo que en ella noté, como sombra o trasluz de un brutal fanatismo. Casándome con ella, según me manifestó mi padre en una sesuda conferencia, sería yo poseedor de cuatro caseríos, dos de ellos en Santa Polonia, lo más hermoso de la vega de Durango; otro en Malespera, y el cuarto en Leguineche. El cuidado de mis tierras y ganados acabaría de limpiar mi cabeza de los *miasmas* cerebrales, que me habían puesto al borde de la locura en la mil veces endemoniada Villa y Corte. Aunque estos proyectos y augurios me desconcertaban, fingí conformidad con la idea paterna, esperando que algún inopinado quiebro de mi destino me sacara de aquel compromiso sin oponerme derechamente a los planes del pobre viejo.

Los padres de mi novia eran admirable pareja para presentar como maniquíes vestidos al tipo éuskaro en un museo etnográfico. Con ambos hablaba yo mediante intérprete, pues solo jirones desgarrados del idioma castellano les habían entrado en la mollera. El padre pareció mirarme con simpatía y alegrarse de tenerme por yerno: dijo que, siendo yo persona de mucha lectura y escritura, podía enseñar algo a la chica que se conservaba cerril. No le habían enseñado más que a rezar y a escribir y leer torpemente. Era un ángel, eso sí, muy buena y obediente; sabedora de todas las artes caseras, y tan excelente labradora del campo que valía por dos hombres de los más fornidos. La madre no fue, a mi parecer, tan propicia, y puso el reparo de mi corta estatura, por lo cual no haría buen ayuntamiento con la yegua que el Cielo le había deparado por hija... También la chica, mi novia o prometida, Facunda Iturrigalde (allá van nombre y apellido), me motejaba por chiquitín;

la risa no iluminaba su rostro inexpresivo y mofletudo sino cuando se hablaba de mi corta talla, y algo decía en vascuence que hacía reír... Era sin duda un concepto semejante al de *La Niña boba*, de Lope, cuando le presentan el retrato de medio cuerpo del novio que le destinaba su familia: *Eso es no tener marido —siquiera para empezar.*

Esto me ofendía. Pues una tarde... Dejadme tomar otro aliento, que esto es gravísimo. Una tarde, digo, iba yo acompañando a mi novia desde Durango a Santa Polonia. Una fatalidad benigna nos dejó solos, pues los padres iban delante con el carro cargado de aprestos de fábrica, herrajes, maderas, para una obra que habían emprendido en la mejor de sus casas. Charloteaba yo con Facunda, dándole lección de lengua castellana, y obligándola, con insistencia de dómine, a repetir temas y conceptos de uso constante en la conversación. A propósito estiraba yo mi acción escolar para retrasarnos en el camino y ponernos a mayor distancia de los padres. Dos criados que nos seguían con un borrico, cargado también de material, pasaron delante de nosotros, y en esto, atardeciendo, atravesamos un grupo de nogales que con su sombra anticipaban la noche y convidaban al descanso. Díjome Facunda que aquellos nogales y otros que más allá se veían eran suyos. Entrome con esto un vivo afán de posesión de la tierra y de lo que no era tierra. Y pues esta y los ganados, el fruto vegetal y la carne animal habían de ser míos, bien podía tomar posesión de todo en aquel instante.

Apenas pensado el propósito mío de hacer efectivos mis derechos, acudí a la práctica, declarando a Facunda la pasión violentísima que el lugar sombrío y apacible, el sosiego del campo y la hermosura de ella levantaron al modo de tempestad en mi alma. Observé que mis palabras ardientes en castellano declamatorio, parodia de las famosas endechas de don Juan Tenorio en el sofá, la impresionaron hondamente y la movieron a estupor y curiosidad seguida de infantiles risotadas. Estimando la actitud de Facunda como un principio de consentimiento, me lancé de las palabras fogosas a los actos atrevidos... Echele los brazos, y ello fue como si el algodón quisiera ceñir y sujetar el acero. Facunda, sin dejar de reír como una chicuela, se defendió de mí con rápida zancadilla. Caí al suelo en postura poco airosa... Quise levantarme... Facunda, con vivo juego de infancia campesina, me volvió a dejar tendido y sin gobierno de mis piernas, y cuando yo, vencido y maltrecho, pedía misericordia, me increpó y vilipendió con horroroso traqueteo de frases de burla en vascuence. Comprendí que jugaba conmigo, y que celebraba con algazara jocosa el triunfo de su fortaleza sobre mi debilidad miserable... Terminó el juego desliándose de la cintura un cordel y atándomelo al tobillo sin que yo pudiera evitarlo... Me ayudó a levantarme, y arreándome con su varita, me llevó por delante. No me quedaba otro recurso que aceptar el juego y seguir la broma. De la boca de Facunda salió una frase que me dolía más que la caída y los varetazos. Haciéndome el tonto, y fingiendo alegría, traduje a mi modo la frase. Creo que no era infiel esta versión: «Vean, vean el cochinito que he comprado en la feria... A mi casa lo llevo... Tres duros me costó... Engordarelo para San Martín. Cochinito, arre...; arre, *charrichu.*»

Llegué al caserío renegando de las bromas de la zángana Facunda, aspeado de la prisa con que me llevó haciendo el *charrichu*. Quisieron los padres que me quedase a cenar con ellos; mas yo, pretextando quehaceres en casa y órdenes de mi hermana, me volví a Durango por el mismo caminito llano, a trechos sombreado por nogales corpulentos. Si aquellos hermosos árboles no me fueron propicios, otros más arrimados al monte habían sido mis sagrados bosques citereos, y váyase lo uno por lo otro. Yo podía vanagloriarme de más de tres y más de cuatro conquistas en la soledad nemorosa.

Añado ahora, como dato interesante, que después de mi frustrado ataque a la virtud de Facunda, esta empezó a mostrarme afición, y a gustar de mi compañía y lecciones; ya no se burlaba de mi estatura mezquina, ni me daba a entender que era poco hombre para su corpulencia. Esto me envanecía; mas no cambiaba mi invencible repugnancia de hacerla mi esposa, por incompatibilidad o desproporción muscular y sanguínea. Bestias había yo conocido que no me desagradaban. Bien vengas, bestiezuela, para el amor, mas no para el matrimonio.

A los tres días de hacer yo el cochinito, supimos que en un lugar de Navarra llamado Oroquieta, había dado el general Moriones un tremendo palizón a los carlistas, echándolos a la frontera con su iluso rey, desvanecido por la adulación de sus prosélitos montaraces, y por el estímulo de las plumas y voces que en Madrid movía la turba de neocatólicos y tradicionalistas hidrófobos, explotadores de la religión como resorte de absolutismo.

El desconsuelo y turbación que tal noticia produjo en la villa de Durango, y marcadamente para mí en nuestra tertulia o cabildo de ojalateros, ignorantes de cuanto concierne a gobierno de pueblos y al fuero de ciudadanía, no es para referido. Unos clamaban, otros gruñían... Llegó mi cuñado Zubiri, desarmado, rabioso, sin que la vista de su hogar y de su familia le consolase del porrazo recibido en lo más delicado de su amor propio y en lo más duro de su barbarie.

Por no desentonar en el coro, yo me mostré afligidísimo, como si la derrota de Carlitos VII me quitase la breva de ser su ministro universal; mi padre era la imagen de la consternación paralítica y estupefacta, cual si oyera el son terrorífico de las trompetas del Juicio final. Todos se hallaban igualmente cariacontecidos, incluso el cura Choribiqueta, aunque este lo hacía por comedia, pues cuando salimos, y a discreta distancia de mi casa nos hallamos, rompimos los dos en la misma exclamación: «¡Tenía que suceder!» Sin disimular su alegría, el valiente clérigo me dijo: «¿Estaba yo en lo cierto, querido Tito? ¿Se puede esperar algo de un Carasa, de un García, de un Urraza? ¿Cabe en lo humano que nos traigan la Monarquía de Dios las cabezas más vacías que tenemos en nuestra tierra?... Amigo, cada día me encontrará usted más aferrado a mi tema. Dios no quiere que haya dos epopeyas dentro de un siglo.»

—En el otro será, don José Miguel.

—En el siglo XX resucitaremos..., lo creo como si lo estuviera viendo...; resucitaremos los soldados de la fe para traer a España el Reino de Dios.

Por la tarde fui con mi padre a visitar al amigo Choribiqueta, que a la hora de ritual nos dio chocolate con exquisitos bizcochos. Y tomando los tres el Guayaquil, repitió don José Miguel los solemnes conceptos sibilíticos que había expresado ante mí... Entusiasmado quedó mi buen viejo, y no sentía sino que él no fuera también resucitado para ver la maravilla del siglo XX. Al volver a casa, le vi engolfado en soliloquios que eran destellos de la misma idea consoladora... Llevándome a su cuarto a la hora de acostarse, tomó el tonillo más patético y dulce para decirme: «Tito, hijo mío, ya que trayéndote a esta tierra de la virtud y de la fe, te hemos curado de tus desvaríos, yo te ruego que apliques tu ingenio y dotes oratorias a ilustrar a estas buenas gentes sobre aquel punto de la venida del Reino de Dios. Tus ideas han cambiado de una punta a otra del pensamiento. Eras hereje, y herejías y locuras y pestilencias predicaste. Hoy eres creyente y acatas la ley divina. ¿Qué trabajo te cuesta regalarnos con un buen discurso que instruya y consuele? Yo me he cansado de decir a todos los amigos de acá que eres un verdadero pico de oro, que en Madrid entusiasmas, y que alguna vez te sacaron en hombres tus oyentes. Pues si tales triunfos obtenías cuando predicabas la mentira, ¿qué tendrás ahora, reformado y arrepentido, proclamando la verdad? Yo, sin esperar tu consentimiento, he dicho que mañana por la noche nos darás una conferencia en la sala de esta casa, que es bastante capaz... No, no me vengas con repulgos, ni arrumacos de falsa modestia. No, Tito...; yo he anunciado la plática tuya, y no has de dejar mal a tu padre. Di que sí. Tienes la noche y todo el día de mañana para prepararte. A más de los amigos, que ya están en el ajo y esperan la función como pan bendito, convidaré a las personas principales del pueblo, sacerdotes, señoras..., señoritas...»

No dijo más. Lo pensé un instante, y accedí, representándome la sala, mi sermón, mi triunfo...

XVII

A continuación verás, oh lector amable y socarrón, mi formidable discurso, precedido de un ligero introito descriptivo... Mi hermana y mi padre se encargaron de colocar a los caballeros y señoras en ringleras de sillas puestas en tres lados de la sala, dejando la cabecera de esta para las personas de más viso, y para desahogo del orador. Yo improvisé una tribuna con tres sillas cuyos respaldos me separaban del público, ofreciéndome apoyo y resguardo. Con cuquería teatral me abstuve de aparecer ante mi auditorio hasta el momento de comenzar mi oración. Desde la puertecilla por donde había de entrar miré y examiné a mi público, conforme se iba instalando. Vi señores acartonados, predominando los narigudos sobre los chatos, serios todos como si estuvieran en misa; vi a la derecha, en el término más lejano, señoras gordas, señoras flacas, algunas de buena presencia y aire aristocrático dentro del tipo lugareño. En la primera fila lucía un grupo de tres damas, una de ellas muy aventajada de pechos, la cara bonita. Vestían todas de negro, con excesiva honestidad, pues apenas dejaban ver el cuello carnoso. Sobre la oscura vestimenta se destacaban escapularios y medallitas. Gente aldeana de ambos sexos ocupaba las filas menos visibles, pues los sitios delanteros eran para el señorío y los curas...

Tal era mi público, arcano cuyo seno guardaba la rechifla o el aplauso. Aunque nunca me ha faltado el valor en casos semejantes, sentía ligero escalofrío, y mis ideas se acobardaron, refugiándose en lo más hondo del cerebro... Pero llegaba el instante en que el pundonor y el sentimiento del deber habían de arrollar al miedo y a los falsos escrúpulos con que el alma desconfía de sí misma... Tendí mis ojos sobre el apretado concurso. El aleteo de los abanicos me infundió ánimos, no sé por qué. Tras de cada abanico, adiviné un corazón de mujer... ¡Ah!, mujeres. ¡A ellas!, me dije, y salí. Acogido fui por un murmullo; que allí no se estilaban los aplausos. Puse las manos sobre el respaldo de las sillas, que eran mi tribuna, y con firme aliento, y plena conciencia de mi triunfo ante las damas y mujeres, solté las primeras palabras: «Señoras..., señores...»

Una pausita, y seguí: «Soy un pobre peregrino que ha venido de la región del pecado a esta comarca de la inocencia y las virtudes. Salí de aquel infierno agobiado por el peso de mis culpas; pero la voz de Dios me alentó en los primeros pasos; la voz de Dios me iluminó el alma; en el áspero camino lloré mis errores, y una vez llorados y aborrecidos, el arrepentimiento me dio nueva vida... El ambiente puro de esta tierra completó mi regeneración, y el ejemplo de vuestras virtudes me da valor y alientos para dirigiros la palabra. Soy un alma que ha conocido el mal, y ahora se espacia en el bien, sintiéndose hermana de las almas buenas, y aspirando a perfeccionarse viviendo entre vosotros con familiares lazos de amor. Os entrego mi corazón, os entrego mi alma toda, para que la fundáis con las almas vuestras. Vuestro pensar es el mío. No me falta más que poseer vuestra lengua, la más antigua y la más hermosa del mundo, para poder con ella cantar en voz baja las bellezas de vuestra tierra y en voz muy alta, pero muy alta, el nombre de Dios y las glorias de su santa causa.»

Circuló murmullo de aprobación. Adelante. «Dios me ha dado el singular galardón de traerme a su campo, a su solar amado y predilecto, donde prepara la redención de la mísera España, que sería, como sabéis, su nación preferida, si ella se organizase a la usanza vuestra, y desechando sus vicios y desnudándose de la costra leprosa de sus herejías, se vistiera del esplendor de vuestra fe y de la gala de vuestras resplandecientes virtudes... Pero ¡ah!, la redención de España está lejos, queridas hermanas, queridos hermanos; y está lejos, porque la vuestra, que ha de preceder al salvamento de todo el pueblo ibero, no está cerca, no. Mucho tendréis que hacer aún, ¡oh gloriosos vascos!, para poner el problema en su verdadero estado de intenso desarrollo. Permitidme que os exponga las ideas, fruto de mis largas meditaciones en esta tierra bendita. Oíd el parecer de un férvido creyente que en largas noches, invocando el auxilio de la Divinidad, ha estudiado el presente, adquiriendo la clara visión del porvenir... La causa de Dios triunfará en Vasconia, y en Vasconia tendrá su principal asiento, cabeza de todos los reinos católicos de nuestra España... Habréis visto, amadas hermanas y hermanos, que la guerra encendida para restablecer el imperio de la fe se ha visto frustrada. Abrid los ojos y ved bien claro, como lo veo yo, que Dios no quiere traeros la verdad por mano y designios de reyes grandes ni chicos, ramas una y otra de un árbol podrido. No; no esperéis nada de los reyes, que conquistan el suelo para hacerlo suyo y llenarlo de formas de tiranía. Yo no distingo de reyes, ni disputo por legitimidades que solo son juego de palabras. Todos los reyes son ilegítimos, todos llevan en la cimera de sus cascos estos o los otros signos; en la redondez de sus cabezas, estos o los otros sombreros.»

Estupor en el público... En él se oiría el vuelo de una mosca... Sin perder el hilo de mi razonamiento, observaba yo las caras de mi auditorio, y en ellas vi asombro, terror... Pero no me importaba. Tomé aliento, bebí un poco de agua, que me habían puesto en una mesilla cercana, y seguí muy sereno preparando la bomba cuyo estallido debía ganarme la voluntad de todo el concurso. Seguí: «Mi declaración os causa sorpresa, y alarma por un instante vuestras conciencias honradas. Pues si a todos los reyes, decís, debemos declararlos ilegítimos; si ninguno de ellos ha de traernos la luz celestial; si no debemos luchar por reyes ni príncipes ni fantasmones más o menos coronados y galonados, el orador quiere que instituyamos una república, y esa república será el ara santa donde se consagre la unión de todos los católicos pueblos, la paz, el bienestar, la dicha... Sí, hermanos queridos, la república es nuestra salvación.»

Inmensa ansiedad expectante en el público. Hice una pausa. Paseé mis miradas arrogantes por las caras de señoras y caballeros, y como había tomado ejemplo de *Fray Gerundio* para producir los grandes efectos oratorios, les dejé en el tormento de sus dudas, y cuando me pareció bien, tomado otro traguito de agua, proseguí: «¡Sí, la república...! Pero no es aquella bacante semi-desnuda y escandalosa, hija de Satán, que trastorna con su bello nombre y su infernal doctrina a los pueblos y ciudades de Castilla; no es la bestia roja, sanguinaria, ebria de vino y de mentirosas filosofías; no es esa, no. Esa república será barrida como los despojos de Carnaval que ensucian las calles el Miércoles de Ceniza; esa república tendrá sus altares en los manicomios, donde expirarán todos los que la profesan, y donde se extinguirán sus alientos con rugido de fieras moribundas. La república que yo preconizo y anuncio es otra, es la que lleva en sus sienes, por corona, la luz del Espíritu santo, la que en los bordes de su clámide lleva bordadas las inscripciones *Fe, Esperanza y Caridad*, la que en su seno purísimo agasaja la paz, la que con sus labios imprime el beso del ardiente amor de Dios...; esa república, hermanos queridísimos, es... la Iglesia.»

El enorme efecto se produjo, y aguzando mi voz para dominar los murmullos de entusiasmo, remaché la frase: «La *Iglesia católica, apostólica, romana...*» «Ya veis, cómo al arrancar de vuestras opiniones la figura borrosa y descolorida de estos reyes de faramalla, os presento la imagen de Cristo, rey de los pueblos católicos, Cristo, rey de España... Y siendo Vicario de Cristo, y su cabeza visible el Romano Pontífice, os digo: Durangueses, pueblo todo vasco-navarro, derribad los ídolos dinásticos, usurpadores de la autoridad, y poned en el trono vacío la excelsa soberanía del Papa... Oídme ahora este argumento decisivo: ¿No nos gobierna el Papa en lo espiritual; no es él quien nos impone el dogma y vigila su cumplimiento? Pues si gobierna en lo espiritual, que es lo más, ¿por qué no ha de gobernar en lo temporal, que es lo menos? ¿No se os había ocurrido este razonamiento? ¿No pensabais que el gobernador espiritual debe gobernar también en el terreno de las menudencias de la vida? ¿Qué es lo espiritual?: la vida infinita. Pues englobad lo finito en lo infinito, mirad lo finito como cosa baladí al lado de lo infinito.»

Entusiasmo loco. La convicción ganó todos los ánimos. Me aplaudieron. La señora gorda y guapa más visible entre las damas, me miraba no ya con admiración, sino con arrobamiento. Mi padre, sentadito en forma de ovillo no lejos de mí, tenía ya el pañuelo tan mojado de sus lágrimas que se las bebía por no poder secárselas. Adelante con mi bravo discurso: «Ya sabéis, ¿qué católico no lo sabe?, que el Santo padre tenía en el centro de Italia sus Estados, de los cuales era Rey. Donación del Altísimo eran aquellos Estados, los más felices de la tierra mientras vivieron bajo el mando, bajo el dulcísimo gobierno de Su Santidad. Pero el Infierno alborota la Italia; el Infierno coloca en el trono de un pequeño reino de Italia llamado Cerdeña a un cerdo que lleva el nombre de Víctor Manuel, y este cerdo arrebata al Pontífice sus Estados, dejándole preso en su palacio. ¿Por qué ha permitido Dios tal iniquidad? Porque previene a Pío IX mejor casa y estados mejores y reino más grande... Ya lo adivináis. Vuestros corazones se anticipan al pensamiento... El nuevo Estado Pontificio es España, y contra España pontificia nada podrá el Infierno, ni los Víctor Manueles de los cubiles de acá y de allá prevalecerán contra la voluntad de Dios... Pero Dios espera, Dios quiere que los pueblos que le son queridos se penetren de su voluntad, y den muestra de querer realizarla. Claro es que Dios puede hacerlo cuando guste; pero le agrada en extremo que su pueblo más querido se anticipe, y reclame el honor de declararse propiedad del Vicario de Cristo... Ya lo sabéis, hijos de Vasconia. Si el Espíritu santo, como creo, ha sugerido a vuestras almas la idea de la Pontificia República, no vaciléis, no durmáis, no esperéis a mañana. Id a Roma, damas y varones escogidos de Dios, y decid al Supremo jerarca: padre santísimo, si Estados os quitó la iniquidad de un Rey, tomadlos mejores y más ricos en la Península católica, donde la reina de los Ángeles tiene su más extendido y ferviente culto, en la tierra bendita, madre de los santos y fundadores más gloriosos. Por de pronto, podréis tener por vuestros los vastos dominios que se extienden desde el Roncal a Carranza, salida y puesta del Sol; por Septentrión, el Cantábrico mar y cordillera pirenaica, y al Sur montañas de Burgos, curso del Ebro...»

Sonidos guturales, ayes de admiración, palmadas... Estaban locos. La señora gorda me comía con sus ojos. En ellos y en su lozano rostro encendido por el calor y el entusiasmo fijé yo los míos, y para ella dije: «Pedid al Santo padre su bendición y os la dará gozoso, y vosotros le diréis: "Santísimo padre, mandad al punto a vuestro nuevo territorio todos los frailes y monjas que tengáis disponibles, y que sean de diferentes órdenes, sin que ninguna falte, y con la sola invasión de esa católica hueste, dad por conquistado vuestro reino, y bien asegurado contra heresiarcas y contra la peste de nefandos políticos. Los varones religiosos, astros de virtud y profesores de fe, se difundirán por toda la Península, y ya no hace falta más. Pero mandad muchos, Santísimo padre, los más robustos, los más enérgicos, los más sabios, y con ellos mandad cuantas vírgenes o esposas del Señor tengáis en vuestros sacros monasterios. No os arredre el número, que allí hay sustento y holgadas casas para todos, y dinero de largo para cuanto hubieren menester".»

El regocijo de mi público iba en aumento, y yo, creciéndome y agigantándome sin necesidad de tacones, llenaba el mundo, a mi parecer, con mi exaltada oratoria, y al cielo tocaba con mi gesto no menos elocuente que mi palabra. Para ofrecer a mi auditorio, en forma práctica y fácilmente accesible a los más obtusos, la idea de mi República Hispano-Pontificia, tracé el siguiente cuadro estadístico: «No terminaré, señoras y caballeros, sin daros una síntesis clarísima de los nuevos Estados de Dios, gobernados por su Vicario en la Tierra. Admitid que las órdenes religiosas difundidas por toda España y adueñadas de las conciencias, declaran constituida la divina República. Admitid esto y dadlo por hecho, y veréis el grandioso espectáculo de una nación organizada por el Espíritu santo. Rey ni Roque no necesitamos, porque nuestro soberano es el Papa, residente en Roma, o residente en España, en la ciudad que más le conviniere. Los ministros podrán ser siete, ocho, según lo demande el interés público, y serán escogidos entre los arzobispos y los priores o abades de las Congregaciones. Desaparecerá, pues, de un soplo la nube de politicastros que cual langosta devora toda la riqueza del país. Congreso y Senado pasarán también al estercolero, y en su lugar tendremos un Concilio permanente, que se formará con individuos del Episcopado, padres de la Compañía de Jesús, reverendos párrocos y sabios religiosos de distintas órdenes. Los funcionarios subalternos de los ministros, los embajadores o nuncios serán también obispos, deanes, arciprestes, según la categoría del cargo; los gobernadores y alcaldes se reclutarán entre los párrocos de más autoridad y circunstancias, y en cuanto a lo que hoy se llama *Tribunales de Justicia*, os diré que a la Iglesia le sobra personal para constituir, con los sabios agustinos, dominicos y jerónimos, cabildos jurídicos que vean y sentencien con recto juicio todas las causas civiles, criminales y eclesiásticas... Ya veo en vuestros rostros que mentalmente formuláis una pregunta: ¿Y Ejército? Os diré con la rudeza que pongo en mis opiniones, que el actual *elemento armado* será reconstituido después de una escrupulosa purificación, para lo cual se formará un elevado Consejo presidido por un obispo. Serán vocales de ese magno Consejo personas de acreditado conocimiento y experiencia en lo militar y en lo religioso, que de sobra tenemos, bien lo sabéis, varones doctos, guerreros y píos, que sepan desempeñar función tan delicada.»

Vehemente aprobación, y voces afirmativas... *que sí, que sí...* Y yo me encaminé sereno y majestático al coronamiento de mi aparato lógico: «Solo me falta deciros que para la realización de este divino ideal, de lo que llamaríamos *Política de Dios* y *Gobierno de Cristo*, hemos de establecer la estricta unidad de sentimientos religiosos, hemos de conseguir que en toda la Nación no exista una sola alma que discrepe del sacrosanto dogma. ¿Qué necesitamos para este fin indispensable? Pues necesitamos un órgano, un instrumento de limpieza, un salutífero purificador de las conciencias. ¿Y cuál es este órgano, este instrumento en que se combinan lo divino y lo humano? En la mente de todos los que me escuchan, en sus labios, diré con más propiedad, está la respuesta. El órgano purificante y unificante es la dulce Inquisición... Sí, la llamo dulce porque sus efectos nos llevarán a un dulcísimo estado de beatitud, porque los rigores que a veces empleara contra la herejía son cosa blanda en parangón de la paz y dulcedumbre que ha de dar a la Nación, porque si emplea el fuego para ahuyentar a los demonios, nos trae frescura y aire delicioso con el batir de alas del sinnúmero de ángeles que el cielo nos enviará para consuelo y alegría de las almas españolas.»

Delirio, palmoteo frenético, berridos de aldeanos, lloriqueo de señoras... Y yo *tenza que tenza* como el célebre mentiroso Manolito Gázquez, bailando en el aire, quiero decir que alentado por los aplausos, disponíame a terminar del modo más airoso. Con rápida visión retórica, comprendí que el final debía ser en extremo patético y dulzón. Allá va: «Ya he cansado bastante a este noble auditorio; ya debe este humilde orador católico volver a la oscuridad de que nunca debió salir, de que salió por vuestra benevolencia y caridad, digo caridad porque tal me parece el hecho de que os hayáis dignado oírme. Os debo gratitud eterna por vuestra benevolencia, y a ella correspondo diciéndoos que ese galardón de vuestras almas generosas es el más preciado que pude soñar. No veáis en mi pobre discurso primores de inteligencia, ni recursos de erudición, ni ornato de filigranas retóricas; no veáis más que ardor de fe, y sinceridad de creyente postrado ante los altares de Dios. Lo que habéis oído es fruto, más que del estudio, de la oración, de embebecer el alma en la contemplación de la Divinidad y dormir en el éxtasis como el niño inocente en el blando regazo maternal. En mí no veáis ciencia; en mí no veáis la vana sabiduría que adquiere en los libros, obra comúnmente de la superchería o del orgullo; en mí no veáis más que amor, que es la fuente de todo bien, manantial que nace en la grada más alta del Trono del Altísimo y viene murmurando suaves promesas hasta nuestras almas sedientas. El amor de Dios que me abrasa con llama inextinguible, me ha enseñado el amor de las criaturas. Mi enseñanza es amor, y entiendo que el sublime plan de República Hispano-Pontificia solo por el amor puede traerse a la realidad. Y en verdad os digo que sin amor no saldréis de la esclavitud en que vivís... Amaos los unos a los otros. Amad a vuestros enemigos, amad a vuestros amigos. Os lo dice y os lo encomienda con efusión ardiente el que, subiendo desde el error a las cimas de la verdad, aprendió esta suprema ley; el que vivió en el pecado y se regeneró en la virtud; el que fue ciego y hoy iluminado por el fuego de la fe, es todo sentimiento, todo piedad, todo amor... He dicho.»

El esfuerzo para terminar con brío, el espasmo oratorio me dejaron sin aliento. Me vi en brazos de mi padre que al estrujarme en ellos me privó de la respiración: el raudal de sus lágrimas me anegaba el rostro. Mi hermana lloraba también, abrazándome y dándome besos, mientras el bárbaro de su marido gritaba: «*Lo que saber chico, pico de oro tener hablando.*» El público en masa avanzó impetuoso hacia mí para felicitarme con palabras cariñosas y exclamaciones de entusiasmo. La señora gorda y bonita fue de las primeras que a mí llegaron, trayendo consigo dos damas flacas un tanto narigudas, de cuyos labios oí plácemes afectuosos en una jerga mixta de castellano y vascuence. En la señora simpática pude advertir una subida coloración del rostro, del exceso de entusiasmo, y un trémolo de la voz que me indicaba su modestia, como si se creyera indigna de hablar conmigo. Apretándome las manos entre las suyas calentitas, me dijo: «¡Qué sublime orador! ¡Qué gloria oírle!... Aquí no se ha conocido quien a usted iguale ni quien como usted posea el arte de conmover.» A su correcto castellano contesté con vehementes gratitudes, y ella, hecha un merengue, hablome de este modo: «Sería cosa de pedir a usted que le oyéramos todos los días. Yo he comprendido todo, tan bien lo decía usted y con tanta claridad lo exponía. Todo lo he comprendido. Solo me han quedado dudas en un punto. ¿En la nueva República, los militares vestirán el uniforme que hoy usan, o un traje como los caballeros de Calatrava y Santiago, con birrete y manto blanco?»

—Sobre ese punto y otros que no he podido explicar en esta oración sintética —le respondí muy fino—, daré a usted explicaciones latas cuando tenga yo el honor de visitar a usted para ofrecerle mis respetos.

—¡Oh!, cuando usted quiera.

—Molestaré quizás...

—¿Molestia? Ninguna. Vivo sola con dos muchachas. Mi esposo está en Cuba, empleado en la Aduana... Salgo poco de casa. De ocho a nueve todos los días voy a misa a Santa María, y por la tarde al rosario... Tendré mucho gusto...

Despidiéndola cortésmente para dar paso a otras y otros que acudían a mí, dije para mi sayo: «Conquista tenemos.» Largo rato duró el sofocante jubileo de plácemes y apretujones. Las pobres aldeanas expresaban con sencillez candorosa el deleite de haberme oído, y salían clamando: «¡Viva Dios y viva el Santo Papa nuestro Rey!» Harto expresivos fueron los padres de mi novia y mi novia misma. En los ojos de esta conocí que había llorado. Apretome el brazo hasta el dolor, muda y bestial expresión de sentimientos que parecían instintos. El padre me dijo que sabía yo por doce obispos, y la madre me soltó este requiebro: «*Tanto como chico, grande ser tú, hijo mío, de saber y sermón bonito.*»

La felicitación y el abrazo de mi amigo el cura Choribiqueta fueron también muy expresivos, si bien con un poquito de reserva, que no pudo disimular. Le invité a no escatimar conmigo su confianza, y a mis razones contestó estas, que oí con el respeto debido a su grande autoridad: «Muy bien, querido Tito, soberbio. Ha estado usted imponderable en la dicción, sublime en la idea y plan del Gobierno de Cristo, por su Vicario el Papa. Es usted un orador que se deja en mantillas a los Manterolas de aquí y Castelares de allá. Conforme en todo, menos en una cosa; y pues usted me pide franqueza, allá va mi parecer sincero. Todo me ha parecido bien, menos la idea de meternos aquí todos los frailes de la Cristiandad. ¿Para qué queremos aquí tal aluvión y acarreo de regulares? Nosotros los seculares nos bastamos y nos sobramos para todo lo que haya que hacer. Sobre que son en su mayoría un hatajo de gandules que vienen aquí con hambre atrasada, y en poco tiempo consumirían todas las subsistencias de la Nación, querrían mangonear ellos solos y nos reducirían a una servidumbre vergonzosa. En la clerecía de aquí hay bastante personal para desempeñar cuantas funciones civiles, judiciales y aun militares se nos encomienden. De mí sé decir, sin jactancia, que me creo tan apto como el primero para ser, al par que un párroco modelo, un ejemplar alcalde. Sí, Tito, sí; yo gobernaría esta villa mejor que nadie. Bien apañado estaría el pueblo, y bien derechos andarían todos mis administrados, que al propio tiempo serían mis feligreses. ¡Ayuntamiento y parroquia en una pieza! ¡Qué gusto! Pues aún me sobraría tiempo para otro cargo, por ejemplo: maestro de escuela... A los chicos los despacharía yo en dos palotadas... Conque ya sabe usted lo que piensa un hombre que siempre dice la verdad. Recorte usted eso de la traída de frailes y monjas, y en lo demás conformes, y grandemente entusiasmado de su talento, de su oratoria, de su arranque... ¡Viva Dios Uno y Trino, y la Purísima Concepción, Madre del Verbo, inspiradora de toda elocuencia!»

De los demás curas recibí enhorabuenas, no todas ardorosas, algunas bastante frías como de quien no ve con buenos ojos al que descuella demasiado pronto, y gana con un solo acto la voluntad colectiva... Avancé en la sala para saludar a los que humildemente iban saliendo sin atreverse a dirigir la palabra al gran orador. A muchos di mis gratitudes, y en uno de los grupos rezagados que requerían con apreturas la puerta de salida distinguí una cara de mujer que me dejó paralizado de estupor. O yo veía visiones, o la que vi era *Mariclío* en apariencia equívoca, medio señora, medio aldeana. Con trabajo y abriéndome paso como pude llegué hasta ella. Me miraba y reía. Cuando a su lado estuve, acercó su boca a mi oído para decirme con susurro: «Eres el granuja de más chispa que he visto en el mundo. He pasado un rato delicioso oyéndote desatinar con tanta gracia y picardía. ¡Y esta pobre gente tan consentida!... Te han tomado por el Espíritu santo.»

Interrogada por la razón de su presencia en la villa de Durango, me dijo así: «Aquí he venido creyendo encontrar algo de provecho. Me parece que nada bueno podré llevarme, como no sea tu discurso, que quizás, bajo la forma de jácara o entremés de burlas, entraña no pocas verdades para el día de mañana... Pero no hablemos más aquí. Vivo en una posada o parador, a la entrada del pueblo viniendo de Bilbao. Vete a verme cuando puedas. Estaré algunos días hasta ver en qué para esta nueva humorada facciosa... En la posada, pregunta por *doña Mariana*, o la *Madre Mariana*, que con tales nombres vengo, y por ellos soy conocida. Adiós, Tito salado.»

XVIII

Maravillado me dejó la presencia de *Mariclío*, pues aunque bien conocía yo sus naturales tendencias a la ubicuidad, no esperaba verla en aquel lugar de Vasconia, donde nada ocurría digno de los borceguíes ni aun de las sandalias de mi ilustre amiga. Hice propósito de visitarla en su posada, en cuanto tuviera un rato disponible. Viéndola escurrirse entre el gentío saliente, acompañada de otra mujer que acaso sería su posadera, pensé que mi discurso debió de causarle gran regocijo, y de ello me alabé, pues yo también de dientes adentro me reía de mí mismo, y celebraba el gracejo y socarronería con que supe tomar el pelo a los inocentes y fanáticos durangueses. Ni en aquella tarde ni en todo el día siguiente pude ver a *Mariclío*, porque en mi casa menudeaban las visitas. Tras de las visitas venían las invitaciones a comer, y hasta de las monjas de Santa Susana y Santa Clara llegaron recaditos tiernos, con la coletilla de que me verían con gusto en el locutorio.

Heme aquí de visiteo todo el santo día, sin olvidar a las monjitas, y menos a mi predilecta, la que di en llamar *señora gorda*, y ahora designo por su verdadero nombre, doña Josefa Izco de Larrea. Ya comprenderá el ladino lector que, encontrándola sola en mi primera visita, juzgué oportuno aprovechar la buena coyuntura para colocar, entre los tópicos vacíos de un vago parloteo, una pérfida declaración de amor. Díjele que por las singulares circunstancias de mi vida y por la exaltación a que había llegado, mi espíritu necesitaba un amor puro, un amor místico, y que en ella veía el único ser capaz, por su exquisita idealidad, de acoger aquel amor... Enteramente angélico, sin el menor atisbo ni vislumbre de melindre sensual. Poniéndose colorada y haciendo con su boca linda unos repliegues muy monos, contestó que siendo el amor rematadamente puro, *en toda la extensión de la palabra*, afecto espiritual, sutilísimo y sonrosado, no tendría inconveniente en... Al siguiente día, después de acompañarla a misa, le conté, como yo sabía hacerlo, la vida de Santa Cecilia y San Valeriano, que fueron novios y tuvieron el gusto de ser martirizados antes de casarse. Oíame Josefa Izco con arrobamiento, y encomiaba la castidad como la virtud preeminente para ganar el cielo. Yo decía para mi sayo: «Déjate estar. Ya hablaremos de eso dentro de ocho o diez días.»

La primera vez que pude hacer un hueco en mis preocupaciones para visitar a *Mariclío*, tuve la desdicha de no encontrarla en su casa. Díjome la posadera que había ido a Elorrio, y que ignoraba cuándo volvería. ¿Qué pasa en Elorrio? A mi pregunta me contesta la buena mujer: «No sé, señor. Solo sé que allí está el general Serrano, alojado en la casa de los señores de Urquizu... Dos hermanos muy principales. El uno fue a la facción, el otro está con Serrano. Andan sobre esto muchos decires... Parece que allá van los señores de la Diputación de Vizcaya, o que Serrano y Urquizu irán a ponerse *so el árbol de Guernica* para tratar paces duraderas con don Carlos. No sé si *doña Mariana* es amiga del Serrano; pero allí está, viendo lo que guisan. Es señora muy leída, que todo lo quiere saber, y no hay olla en que no meta sus narices...»

En tanto que esto ocurría, el éxito y fama de mi discurso, *Proclamación de la República Hispano-Pontificia*, repercutían lejos o cerca de mí con diferentes efectos. Por una parte, mi padre recibía de Madrid la noticia de que la conferencia, reproducida por la prensa neocatólica, había levantado polvareda de alegría y entusiasmo. Gabino Tejado, Carulla, Carbonero y Sol y otras encumbradas figuras del ultramontanismo, me ponían sobre su cabeza. Se decía en Madrid que en la Curia Romana era ya conocido el discurso, y que el propio Pontífice, oído el dictamen de la *Propaganda Fidæ*, lo consideró como documento digno de ser comunicado a todo el mundo católico. Esto me aseguró mi buen padre, babeándose de emoción; mas como no me mostrara las epístolas en que tan lisonjeras cosas se le comunicaban, pensé que algún ángel se lo había contado en sueños.

Por otra parte, llegaron a mí referencias totalmente desfavorables a mi persona y discurso. Mi amiga mística Josefa Izco, cuando ya sus tiernas afecciones iban derivando por suave pendiente hacia la impureza, me informó con íntimo secreteo, de que dos curánganos aviesos, el uno coadjutor en Santa María, capellán el otro de las Claras, tramaban atroz conjura contra mí. Andaban diciendo que informados de mi persona y antecedentes por sujetos llegados de Madrid, sabían que yo era un pícaro redomado, un zascandil de la literatura y el periodismo, federal de abolengo, masón y revolucionario callejero, y que mi famosa perorata fue una burla infame de la honrada inocencia de los durangueses. Creía Pepita Izco que los tales clérigos procedían así movidos de la envidia y del reconcomio de su barbarie, y que yo sufría la injusta persecución que siempre recae sobre el verdadero mérito. Pero me prevenía contra la maldad de mis enemigos, que ya se preparaban para vilipendiarme públicamente. El uno se proponía desenmascararme desde el púlpito, contando mi vida de disipación y escándalo, y mis propagandas demagógicas y ateas. El otro andaba ya en tratos con una pandilla de mozos de brío, que me obsequiarían con una somanta, toreándome por las calles y arrojándome del pueblo.

Ambas versiones archivé en mi mente para resolver, a su debido tiempo, el partido que debía tomar. Pepa Izco no me engañaba; los optimismos de mi padre me inspiraban confianza poca, y no era santo de mi devoción el ángel que le traía los cuentos de Roma. Prevenido para lo que pudiera ocurrir, volví a la morada de *Mariclío*, que por dicha mía llegó de Elorrio horas antes de pasar por Durango el duque de la Torre, con su séquito militar y civil en dirección a Zornoza. Di cuenta a la *Madre Mariana* de mis inquietudes, y me dijo que según sus noticias no tendría yo más remedio que salir por pies, antes que se descubriera la superchería picaresca del sermón con que embobé a los durangueses. Había sido yo un diablo metido a predicador y profeta, y aunque lo hice con donaire sutilísimo, tendría que pagar con el pellejo mi descocado atrevimiento... A estas severas razones añadió después otras más blandas que me infundieron cierta tranquilidad: «Hazte el desentendido de esos rumores contra ti, y esta tarde y mañana irás con tu padre a Santa María, y con Choribiqueta darás tu acostumbrado paseo. Yo me encargo de sacarte de esta rinconada en que te has metido. ¿Cómo? Por de pronto antes de media noche recibirá tu padre un telegrama del encargado de la Nunciatura en Madrid, diciéndole que el Papa desea y pide que vayas sin pérdida de tiempo a Roma...

—¡Yo...; a Roma yo!

—No te alborotes, hijo. Tú has hecho la historia jocosa, la profecía burlesca. ¿Qué otra cosa es tu *República Hispano-Pontificia* más que un divertido sainete? Pues yo, en estos días de horroroso tedio, endulzo mis amarguras dándome un paseíto por el campo de la *Historia burlesca*, de la *Historia chismográfica*, de la *Historia juguete*... De varios modos nombro estos vagos esparcimientos de mi triste vida. ¿No lo entiendes, tontín? Pues vete a tu casa, y *espera los acontecimientos*. Aunque estos sean acontecimientos de puro recreo infantil para pasar el rato, no quedarás mal servido, querido Tito, predilecto de las Musas bufonescas... Yo me iré esta noche en persecución de mi duque de la Torre. Deseo saber si hace algo que me obligue a cambiar estas rústicas alpargatas por el alto y dorado coturno. Luego volveré aquí, donde espero verte, y me contarás si te han dado la solfa y carrera en pelo que te corresponde por haberte metido a intérprete del Espíritu santo.

Obediente a su mandato, me retiré *pian pianino* a mi casa y esperé tranquilo los pícaros acontecimientos. A la hora de la siesta, llegó el telegrama en que el secretario de Estado de Pío IX..., no reírse..., comunicaba..., no sé cómo decirlo para que mis lectores no me tengan por loco... En fin, que piensen lo que quieran... Los visajes que hacía mi padre al fijar sus ojos en el telegrama, la cara que puso leyéndomelo, después de haberse enterado él detenidamente, no caen dentro del dominio de la literatura descriptiva... Yo, al menos, no encuentro palabras para expresar el trémulo acento, la..., la... transfiguración, el éxtasis final de mi buen viejo en tan sublime instante. Y para complemento de la función, llegó una hora más tarde el rector de Santa María con otro telegrama notificándole que la *Propaganda Fidæ* quería que yo explanase mi tesis ante ella...; vamos, que Roma me llamaba, Roma me reclamaba, no sé si para ponerme en un altar, o para quemarme vivo.

Corrí a llevar la noticia a Pepita Izco, que no se resolvió a creerlo, y aun indicó la idea de que en ello andaban los demonios. De vuelta a mi casa, recibí el tercer telegrama. Era del encargado de los negocios puramente eclesiásticos de la Nunciatura, diciéndome que a mi disposición tenía los fondos necesarios para mi viaje... ¿Creéis que era broma?...; y añadía que no perdiese el tiempo, pues el 25 salía vapor de Marsella para Civitta-Vecchia, y si me descuidaba no tendría vapor hasta el 31... Aquella noche nadie durmió en casa. Todos parecían locos. Zubiri, mi padre, mi hermana, se reunían en consejo de familia, y se separaban sin decidir cosa alguna. Trigidia, un tanto recelosa de la procedencia de los telegramas, inclinábase a suponerlos, como Pepita Izco, invención del mismo Infierno.

Lo primero que me dijo mi buen padre a la mañana siguiente, cuando tomaba su chocolate, fue que antes de partir para la *capital del Orbe Católico*, debía dejar concertadas solemnemente mis nupcias con Facunda, dando cuenta de ello al Sumo Pontífice en la primera entrevista que con él celebrara, para que nos concediese su santa bendición, regalo de boda el más preciado que la chica de Iturrigalde podía ambicionar. Con todo me mostré conforme. Trató luego de la necesaria provisión de dinero, y haciendo un gran esfuerzo y torciendo la boca como si algo le doliera, sacó un envoltorio de papel con cuatro monedas de cinco duros, que me enseñó diciéndome: «Esto para el viaje a Madrid, que harás en primera, para que en primera te vea el nuncio, Pro-nuncio, o lo que sea, si baja a la estación a recibirte... Ya sabes que tienes viaje pagado desde Madrid a la *capital del Orbe Católico*. Te recomiendo, hijo del alma, que no te detengas en la Villa y Corte más que el tiempo preciso para visitar al señor Pro-nuncio. Huye de los amigos malos y de toda la pestilencia de aquel pueblo corrupto.»

Por la noche me dio las monedas de oro con tanta solemnidad como si pusiera en mis manos hostias consagradas. Y al siguiente día me asaltaron los padres de Facunda con arrumacos y zalamerías, amenazándome con su enojo si volvía de Roma sin traer para su hija el espléndido regalo de la bendición papal. En tanto la mozarrona corpulenta me perseguía, como camella desmandada, por las calles y callejas del pueblo, llamándome a su lado, pidiéndome conversación de amores cual si me necesitara para inmediatas expansiones afectivas. También me acosaba mi padre, dándome prisa para emprender mi viaje; no se me escapara el vapor de Civitta-Vecchia.

Estaba yo en ascuas, pues Pepita Izco me dio noticias alarmantes de los dos clerizontes que trataban de lanzar contra mí la brutal plebe, armada de estacas. Indicios de esta ignominia observé al pasar por algunas calles. Frente a la botica de Anabitarte vi un grupo que a mi paso profirió voces chanceras acompañadas de siseos y carcajadas, y de la lonja de Basterrechea salieron chiquillos desvergonzados que me arrojaron hojas de berza y algunas peladillas... En previsión de un escandaloso conflicto, mi primer cuidado fue correr en busca de mi protectora la *Madre Mariana*, y tuve la suerte de verla entrar en su posada a poco de estar yo allí. Sabedora ya de mis afanes, y tomándolos a broma, me dijo sonriente: «¿Qué le pasa al ingenioso Tito?... ¿Quieres quedarte en esta feliz Arcadia?»

—No, Madre. Por todo el oro del mundo no estaría un día más en la metrópoli de mi República Pontificia. Se la entrego al Papa y a sus negros lugartenientes... El problema es salir de aquí sin la cabeza rota. Ampáreme usted, y si como parece abandona estos lugares beatíficos, lléveme en su compañía y séquito, en calidad de secretario, maletero, paje o como le plazca.

Sin otra forma de expresión que una sonrisa tranquilizadora, cogiome de la mano y me llevó a su habitación, que era baja, oscura. Al entrar en ella, encandilado por la luz solar, no pude distinguir si los informes bultos que allí se parecían eran muebles, baúles o personas. *Doña Mariana* me arrojó, con empujón leve, en un asiento que no supe si era sillón o sofá. Inciertas blanduras de muelles rotos y de pelotes gastados me lastimaban las carnes. La señora me habló de viajar en coche y en trenes, y cuando de mí se alejaba la reconocía tan solo por la voz, pues su figura se perdía en las tinieblas de aquel antro. Me consolaba la idea de que *doña Mariana* me llevaría consigo, y mi única contrariedad era el tener que partir sin ropa, pues ni a tiros volvería yo a casa de mi hermana para recoger mi equipaje...

Pensando en esto, mis oídos, más que mis ojos, se sintieron como sumergidos en una atmósfera de somnolencia, jugando con la ilusión y la realidad. En el charloteo murmurante de *doña Mariana* con personas no vistas, se destacó un acento que me sonaba como la propia voz de Graziella, mi hechicera y amiga en las noches febriles de la gruta de marras. El dejo italiano de la invisible parlante y su gracia voluble delataban a la ninfa; mas yo nada veía; la luz era escasa, temblorosa. Creyérase que la producían llamas moribundas de candiles colocados en el suelo de la estancia. Esta era de tal configuración, que desde mi asiento yo no distinguía su término.

De improviso, vi a la *Madre Mariana* junto a mí, no puedo decir si sentada o en pie. Su voz sonaba quejumbrosa, diciéndome lo que, por ser de ella, intento copiar *ad pedem litteræ*...

«Me vuelvo a los Madriles, porque ya he visto lo que dan de sí los últimos acontecimientos de Navarra, y el fracasado intento de guerra civil. Bien poca cosa es lo que puedo aprovechar de esta ráfaga histórica, que pudo ser incendio, y no es más que fogata o llamarada efímera. En un palacio de Amorevieta *(Dos Amores)*, he dejado a Serrano, que ayer trataba de paces con los diputados de este Señorío. Con él hablé, y sus pensamientos y los míos han coincidido en la necesidad nacional de poner cerrojos, candados y barrotes al templo de Jano... En los medios para lograr tal ventura no estamos acordes. Serrano, ya lo sabes, es un león en los campos de batalla; pero en los descansos de la guerra, toda la hiel se le endulza, y en su inocente optimismo cree que con tratos y avenencias amistosas puede desarmar a sus encolerizados enemigos. Yo le dije que solo con la guerra cruda y eficaz se puede obtener el beneficio de paces duraderas. No le convencí, y allí estuvo parlamentando con los primates vizcaínos, y entre unos y otros dejaron escritas unas que llaman *bases*, y que son montoncitos de arena movediza sobre los cuales nunca podremos asentar un sólido edificio.»

Yo quise decir algo; pero las ideas que de mi cerebro bajaron a mis labios helados, murieron en ellos sin producir el más leve sonido. *Doña Mariana* prosiguió así:

«Estaba el duque en lo cierto diciendo a los carlistas, por conducto de Urquizu, que en guerra formal jamás vencerían. ¿A qué sostener una campaña, que no tendría más consecuencias que convertir el risueño País Vasco en campo de ruinas y desolación? Algunos cabecillas, como Iriarte y Valdespina, no se daban a partido; otros firmaron en Mondragón un acta en que autorizaban a Urquizu para tratar de paces con Serrano.» De la boca de la *Madre Mariana* salieron con limpia dicción nombres de esos que se resisten a permanecer en la memoria del oyente: *Garibi, Cengotita, Arguin-*

zonis... Entendí que los dos primeros eran apellidos de cabecillas, el otro de un diputado del Señorío de Vizcaya... Luego pronunció otros nombres, que yo con atención muy afilada intenté clavar en mi memoria. Pero entraban en ella y al instante salían a perderse en el ambiente ahumado y tenebroso de aquella estancia de aplastado techo y largura de túnel.

Turbado yo y soñoliento, pude formular en mi magín este razonable juicio: «El suceso que la puntual *Mariclío* trata de referirme es de aquellos que se desvanecen en la Historia, y a los treinta o más años de acaecidos, no hay memoria que los retenga, ni curiosidad que en ellos quiera cebarse. El humo y la penumbra borran todo hecho que no tuvo eficacia, y de él solo queda un epígrafe, la etiqueta de un frasco vacío.» Yo vi el letrero: *Convenio de Amorevieta,* y ante él la *Madre Mariana* y su humilde interlocutor bostezábamos.

Pronunció luego la señora nombres vascos, que al salir de la clásica boca cruzaban el aire con ruidillo comparable al del diamante que raya el cristal... *Arguinzonis, Urquizu, Urúe.* Eran estos los individuos con quienes Serrano hizo tratos para dar la paz a la noble Vizcaya. ¿Qué convinieron? Indulto general a todos los insurrectos carlistas que se presentaran con armas, dándoles todo género de garantías para su seguridad... Los que vinieran de Francia podían quedarse en sus hogares sin ser molestados... Los generales, jefes y oficiales procedentes del Ejército, que se hubiesen alzado en armas por la causa carlista, podrían ingresar en el Ejército con los mismos empleos que tuvieron antes de su deserción. La Diputación de Vizcaya se reuniría con arreglo a fuero, a la sombra venerable del *Guernicaco arbola,* para determinar la forma y manera del pago de los gastos de la guerra... La cuestión foral se trató vagamente en una carta del duque, ofreciendo que todo se arreglaría de común acuerdo, mirando a la paz duradera...

¿Qué resultó de esto? Nada. Vinieron días de una paz artificiosa. Fue remisión de la fiebre carlista, cuyo germen permanecía latente en la sangre vasco-navarra, prolongando el descanso para resurgir con más fuerza. El tiempo no quiso hacer nido entre los papeles del *Trato de Amorevieta,* y la guerra dormida, o tan solo amodorrada, despertó y se puso en pie en los comienzos del año que venía... De esto nada puedo decir, y sigo mi cuento refiriendo sensaciones personales que no carecen de miga histórica.

Cuando menos lo pensaba, sirviéronnos comida frugal. Yo vi a la *Madre Mariana* sentada frente a mí, con la separación de una mesilla en que aparecían diferentes platos y viandas del género pobre y barato. Servían mujeres, de las que yo no veía más que las manos y antebrazos. Eran dos, pues yo distinguía tres manos, a veces cuatro; pero de esta cifra no pasaban. Sus voces sonaron como un murmullo, vago silabeo mezclado de inflexiones de jácara. «Que me maten, pensaba yo, si esta voz y estas manos no son las de la ninfa hechicera.» Confirmaron tal sospecha el olor y el gusto del vinillo blanco, en quien reconocí la poción somnífera que me dieron en la gruta señalada en mis recuerdos con la sencilla marca del *número 16*... Me dormí, mas no tan profundamente que dejara de advertir la partida, el arrastrar de baúles, la cháchara de las viajeras, que en vilo me llevaron a un coche, y en él me acomodaron como un bulto más. Rodó el vehículo con estruendo...; rodó con él el tiempo descuidado, sin señalar las horas; rodó la noche vaga, en cuyo seno las horas se dormían también olvidadas de sus minutos... y uno de estos despertó de súbito y me dijo: «Excelso Tito, estás en Vitoria.»

XIX

Y yo dije al minuto: «Tu hora ¿cuál es?» Y no el minuto sino *doña Mariana* me contestó: «Déjate llevar, bobito. Del coche pasamos al tren.» Me miré, me consideré, me vi como un niño chiquitín, que no podía valerse. Sentí hambre. Pensé que me alimentarían con biberón. Manos blandas me cogieron arropándome. Mis manecitas tocaron un abultado seno, y balbuciendo dije: «¿Verdad que eres Graziella?...» Y una mano menos blanda me azotó en los cuartos traseros, y oí dulces palabras: «A callar, a dormir... Ro...» Por el traqueteo rítmico que venía de abajo, conocí que no íbamos en coche, sino en el tren. Yo dormitaba, y mi vago soñar, reproduciendo cosas pretéritas, era cortado a trechos por el canticio melancólico que marcaba las estaciones y los puntos de parada. Los sueños que elaboraba mi cerebro eran pasajes de intensa zozobra, con opresión cardiaca y temor de inminente peligro. Mi primera zozobra fue si alcanzaría o no el vapor para Civitta Vecchia... Que no lo alcanzaba; que salía momentos antes de llegar yo... Allá va el vapor sin mí; allá va... Y en esto sonaba el triste canto: *¡Pancorbo, un minuto!*

Pensé yo que un minuto no me daba tiempo para embarcarme en otro vapor... El *traca traca* del tren siguió arrullándome, y en mi cerebro aparecía nueva inquietud opresora. En mi discurso de Durango, se me había olvidado una parte importantísima. A muchos de mis oyentes repugnaba la palabra República, aun retocada y ennoblecida con los perifollos de *Católica* y *Pontificia*. «No, queridas hermanas; no, hermanos del alma, no os alborotéis por la fealdad de una palabra, similar de todo escándalo y del delirio de la sanguinaria plebe... Callad, escuchadme: os sobra razón, y en armonía con vuestros sentimientos doy a los gloriosos Estados el nombre de *Imperio de Cristo, Imperio Hispano-Pontificio*... ¿Os satisface? ¡Viva nuestro Emperador y Rey Pío I, quiero decir *Nono*, que el número no hace al caso!» En esto la divina voz melancólica clamaba en el silencio frío de la noche: *¡Quintanapalla, un minuto!*

El espantoso ruido del tren pataleando sobre las placas giratorias al entrar en una estación grande, me hizo saltar en el regazo de la incógnita hembra que me agasajaba. Pregunté dónde estábamos, y oí que habíamos llegado a Burgos. No me tranquilicé con la idea y el honor de estar en la ilustre *Caput Castellæ*, y seguí con mis ansias y zozobras al compás del fogoso vehículo que me llevaba traqueteando a lo largo de las Españas. Vi que contra mí venían los bárbaros jayanes hostigados por dos curas impíos y soeces, deshonra de su clase. La bestial plebe me apaleó; arrastrado fui por el suelo y lanzado a un campo de ortigas ... Recogíame con dulce piedad Pepita Izco; me lavaba las heridas, me bizmaba con delicadas manos; con el bálsamo de sus caricias me restauraba el cuerpo y el alma, y llevándome a su casa en brazos de las fornidas doncellas que la servían, en su propio lecho blando y anchuroso me acostaba, ¡ay!, a punto que el cantor triste del tiempo y de la noche decía, estirando la voz: «*¡Torquemada, un minuto!*» Oyéndolo, pensaba yo que Torquemada, con sus hórridas hogueras y sus crueles suplicios, era más humano que la bestial plebe duranguesa...

Pasado este angustioso trance, volví a la primera zozobra: ¿Alcanzaría el vapor para Civitta Vecchia? No lo alcanzaría, por no llevar el tren la vertiginosa marcha necesaria para llegar a Marsella en corto tiempo. Cuando creí que el cantor nocturno clamaría *Marsella, parada y fonda*, gritó: *Venta de Baños, cambio de tren para Santander*... Pensé que siendo Santander puerto de mar, allí encontraríamos vapor para Italia... Pero no iba nuestro tren en aquella dirección que me sacaría de mis apuros. Oí cantar *Dueñas*, luego *Valladolid*; después *Arévalo, Sanchidrián...* Cuando pasamos de la patria de Santa Teresa, la *Madre Mariana* me tomó en sus brazos y me zarandeó gozosa diciéndome: «Titín, chiquitín, arroja de tu mente todas las ideas, todas las impresiones, recuerdos de aquella *Carquilandia* que ha sido para ti un destierro, en algún modo tedioso y mortificante. Pero no creas que allí has perdido el tiempo, no; en aquella tierra de hombres inocentes y bravos has aprendido más de lo que pensabas. Mucho vale, hijo mío, el aprendizaje de cosas y personas que allá tuviste; mucho vale el dato de Vasconia, documento vivido por ti, para que lo agregues a los estudios que han de darte el total conocimiento de la vida hispana.»

Con filial mirada y breves voces accedí a cuanto la cariñosa, *Mariana* me decía. En aquel punto me sentí tan extremadamente chiquitín, que al colocarme ella al amparo de su brazo derecho, pude medirme fácilmente, pude ver y comprobar que yo no era más largo que su brazo, desde el sobaco a la punta de sus dedos. Yo menguaba, yo había disminuido considerablemente de talla, y así debía creerlo mientras no se me demostrara que ella crecido había hasta un tamaño doble o triple del que tenemos por natural.

Al otro lado del vagón, dos mujeres arrebujadas y encogidas dormían profundamente. Con el tapujo de sus pañolones no se les veía el rostro. En los dos montones de arropadas carnes, inmovilizadas por el descanso, descollaban las ancas poderosas. Esto vi a la incierta luz de la lámpara cenital cubierta de un trapo verde. *Doña Mariana* no dormía. Sentada estaba en el rincón junto a la portezuela, teniéndome agasajadito en el espacio, grandísimo a mis ojos, entre su brazo derecho y el costado correspondiente. Blanduras tibias rodeaban mi mezquino cuerpo en aquel nicho sagrado.

De él me sacó la Diosa cuando habíamos traspasado el caballete del Puerto, y poniéndome sentadito sobre su muslo izquierdo, me dijo: «Pronto veremos la claridad del alba. El día nos saluda siempre en este paso de la Vieja a la Nueva Castilla. Y pues estamos, como quien dice, a las puertas de esa Villa, cueva o nidal de todas las alimañas que intervienen en la vida pública, aquí recobro la plenitud de mis funciones, y uno de mis primeros actos será tomarte a mi servicio, utilizando tu agudo ingenio y la sutileza con que te cuelas allí donde algo se guisa que pueda interesarme. Tu vista y oído son excelentes órganos de observación. Pequeño eres; más pequeño, casi imperceptible serás cuando me sirvas en calidad de corchete, confidente y mensajero.»

Respondile que desempeñaría con orgullo cuantas encomiendas quisiera encargarme, y cada palabra que salía de mis labios achicaba, a mi parecer, mi ya corta estatura. O yo padecía una horrenda perturbación de mis sentidos, o era del tamaño de un gatito en la edad juguetona. Mordía yo suavemente un dedo de la *Madre Mariana* para demostrarle mi cariño, y con sus dedos me abrazaba ella y jugaba con mi cuerpecillo blando y dúctil.

El tren descendía rápidamente. Amaneció... Oí el clamor ferroviario que nos dijo: *Escorial, cinco minutos.* Vino luego *Villalba*; siguió *Torrelodones*... Ya día claro, *doña Mariana* llamó a las mujeres durmientes, incitándolas a prepararse para la llegada. Pero ellas continuaban como piedras en el apretado envoltorio de sus mantas y mantones. La señora, puesta en pie, se cubrió de un luengo balandrán; cogiome con viva manotada, y doblándome sobre mí mismo me guardó en un hondo bolsillo de aquella prenda lujosa.

Desde mi cárcel holgona y forrada de seda olorosa, oí la voz de la que bien puedo llamar mi ama, despertando a las mujeres. Estas gruñían desperezándose... Con el canto de *Pozuelo, dos minutos*, se confundía el ajetreo de las tres féminas requiriendo sus maletas y cinchando con correas sus envoltorios de viaje. En tanto, yo me desperezaba y sacudía en mi cárcel sedosa. Nada veía; pero al tacto pude apreciar que no estaba solo y que otros seres blandos y menudos iban conmigo en la prisión... Total, que llegamos a Madrid. Claramente percibí la salida del tren, el paso por la estación, la entrada en un coche y... ya no más, ya no más. Mis sensaciones se perdieron en un sopor delicioso y rosado, tirando a violeta... No sé cómo expresarlo.

Al llegar a este punto, el más delicado, el más desaprensivo de esta historia, me detengo a implorar la indulgencia de mis lectores, rogándoles que no separen lo verídico de lo increíble, y antes bien lo junten y amalgamen; que al fin, con el arte de tal mixtura, llegarán a ver claramente la estricta verdad. A riesgo de que no me crean, les digo que me encontraba en la plena conciencia de mi yo espiritual y físico; yo era yo mismo en mi ser inmanente; gozaba la serena vida fisiológica, la vida pensante y erudita, pues todo lo que supe sabía, y mi memoria se armonizaba con mi entendimiento; yo estaba bien comido y perfectamente apañado de todas mis necesidades y estímulos; yo bebía y fumaba; yo iba por las calles saboreando la inefable dicha de que nadie me viera ni en mi diminuta persona reparara; yo disfrutaba el placer de verlo todo sin ser visto, y de ejercitar el don de la crítica, el don de la burla, más precioso aún, sin que nadie por ello me molestase; yo podía reírme a mansalva de todo ser viviente, del Rey para abajo, y no encontraba freno ni obstáculo a mi observación fisgona; ante mí no había puerta cerrada ni pared que me cortaran el paso; me congraciaba de mi suerte diciéndome: «Por San Tito mi patrón y por Santa Clío mi madre, que es linda cosa el oficio de duende.»

En calidad y funciones de tal, avanzaba yo una tarde por la Plaza de Oriente, y después de rodearla toda contemplando el caballo de bronce, me metí en Palacio por la Puerta del príncipe. En el largo zaguán, desde la puerta al patio, me encontré de manos a boca con mi amigo Quintín González, imponente y colosal portero, vestido de casacón colorado, con los aditamentos solemnísimos de tricornio y cachiporra. Ante él me planté puesto en jarras y le felicité por su hermosura monumental. Con gran sorpresa mía, Quintín permaneció impasible y tieso, sin contestarme ni fijar en mí sus miradas. En aquel momento me hice cargo por primera vez de que yo era invisible o poco menos, y sin solicitar de nuevo la comunicación amistosa con el amigo, acordeme de su mujer y de mi amoroso enredo con ella en días lejanos, allá por los fines del 70 y principios del 71.

Entráronme vivas ganas de ver a Nieves, y con resuelto paso me lancé a las alturas por la escalera de Cáceres. Recorrí alegremente todo el piso segundo, todo el tercero, rememorando alegres días. No encontré a la esposa de Quintín en la habitación donde antes moraba; tampoco encontré a mi pariente don José Folgueras, empleado en la Intendencia... Metime en diferentes casas cuyos inquilinos desconocía, y en una de ellas se me apareció la frescachona Nieves, así llamada irónicamente, pues era su persona el trasunto de los ardores caniculares. Había mejorado considerablemente de posición y jerarquía, que bien lo declaraban su compostura y traje, así como el adorno de la sala. En esta la vi sentadita frente a un alabardero, el cual, inclinado con abandono, le acariciaba las manos pronunciando las palabras galantes que inician una campaña de amor...

Yo me reía y observaba. Brincando pasé entre las piernas de uno y otro sin que ellos se percataran de mi presencia. Salté a una silla; de esta me encaramé en la cómoda; me entretuve mirando retratos colocados en esterillas, y entre ellos vi el mío, que a Nieves regalé dos años antes. La estancia revelaba un progreso enorme en el bienestar del matrimonio Quintín-Nieves. Esta no era ya planchadora de la *Real Casa*; debía de ser azafata, moza de retrete o no sé qué... De un brinco volví al suelo. El alabardero, echando hacia atrás los vuelos de su capa blanca, se aproximaba tanto a Nieves que su larga perilla rozó los labios de ella. En uno y otro, la alegría del alma mostrábase con el reír gozoso y voluble. De pronto Nieves cogió del sofá el tricornio de su adorador y se lo puso. Con rápido andar corrió a mirarse en el espejo. Tras ella fue el galán, y abrazándola por la cintura, ambos contemplaron sus rostros risueños en el espacio reproducido por el cristal. Yo me dije: «Vaya, vaya; ni aun en mi condición de invisible me resigno a presenciar la felicidad ajena, con mi gorro bien calado y mi velita en la mano. Abur, avecillas en celo; divertíos todo lo que podáis.»

Salí de estampía y conmigo salió el gato de la casa, que por efecto de la picante escena iba en busca de lo suyo. El ligero paso del morrongo guió los pasos míos y tras él seguí escaleras abajo, no sé si por la de Cáceres o por otra de las muchas que allí hay. Ya era de noche y el gas alumbraba todos los pasajes, conductos y rincones del inmenso caserón real. No puedo dar idea del sinnúmero de peldaños que descendí. En un rellano encontré a mi gato, con otros individuos de su especie, maullando y haciendo la carretilla. Su lenguaje no era para mí totalmente ignorado. También ellos y ellas jugaban, se perseguían y se enzarzaban en enredos amorosos... Descendiendo más, el olfato y el ruido de voces hondas me anunció las cocinas.

En ellas penetré, y vi la caterva de cocineros y marmitones que aderezaban la real comida. Era también la hora de servirla, y en el ancho recinto abovedado vi movimiento y barullo que me dejaron suspenso. Daba el jefe voces de mando, como general en el momento crítico de una batalla. Los hombres de blanco gorro hacinaban en las fuentes con ágiles dedos las piezas de carne, legumbres y pescado, con el adorno de mil porquerías comestibles. Otros armaban los castilletes de repostería y postres de cocina. Todo el comistraje iba pasando al pie del ascensor, por donde las copiosas bandejas subían al piso principal, como en los buques de guerra suben los proyectiles desde la bodega hasta la batería donde están emplazados los cañones.

Recorrí todo el antro, y movido de mi curiosidad intensa me metí en un grupo de marmitones, que arreglaban las fuentes catando de todo por arte o glotonería. Algunos de ellos comentaban con burletas el extraño gusto de don Amadeo. No comía más que carne guisada simplemente, que los italianos llaman *lesso*, y patatas cocidas. Uno que parecía italiano aseguró que lo mismo comía Víctor Manuel. El postre de nuestro Soberano eran guindas en aguardiente que le mandaban de Turín, aderezadas con pimienta en grado tan fuerte que cuantos lo probaban aquí escupían los hígados.

La vista del monta-cargas me atraía. Reconocida ya la oficina culinaria, me lancé a él escabulléndome entre rimeros de chuletas y montañas de hojaldre. Subí... Encontreme en una habitación donde estaba la estufa en que se colocan las fuentes para conservar el calor. Allí, los mozos, a la voz de un maestresala llevaban los manjares al comedor llamado *de diario*. Con rápido paso en el comedor me colé. Vi al Rey y a la reina en las respectivas cabeceras. Vi damas, gentiles hombres, militares de la guardia, ayudantes del Rey, y oí la festiva charla trilingüe, pues sobre el castellano, a lo largo de la mesa, flotaban frases y conceptos italianos y franceses. Exploré con alegría juguetona la hermosa estancia; contemplé las pinturas del techo, los espejos, cuadros y tapicerías que ornaban las paredes, las suntuosas mesas, relojes y candelabros... Ni encogido ni perezoso, creyendo que vistas las alturas y los medios debía investigar también lo rastrero, me metí debajo de la mesa, y la recorrí holgadamente de punta a punta por la calle que dejaban libre los pies de las dos filas de comensales.

Allí me entretuve observando los bien calzados piececitos de las señoras, las caladas medias y los bajos finísimos guarnecidos de encajes. Por otro lado vi botas con espuelas, conteras de sables, pantalones galonados... Hasta mí llegaba, repercutido por la madera que allí era mi techo, el sonido de la conversación ceremoniosa. La mesa era para mí una caja armónica que me transmitía las inflexiones más leves de la voz humana. La reina hablaba un castellano gramatical, premioso, aprendido por principios. Los entorpecimientos de su palabra revelaban el temor a equivocarse. Don Amadeo hablaba torpemente, como quien todo lo aprendía de oídas y sin estudio. Al fin de la comida me regocijó la escena en que el Rey, con galantería maleante, quería obsequiar a señoras y caballeros con las famosas guindas de Turín. Todos declinaban riendo el honor de probarlas. Una dama, cuyo nombre ignoro, dijo que una vez que cató las guindas se le abrasó la boca y estuvo enferma de estomatitis. Un caballero, ayudante del Rey, alabó a este por tener su boca indemne contra el fuego. La risa terminó con libaciones discretas de jerez y *champagne*. Todos bebieron menos el Rey que no cataba el vino.

Terminada la comida, desfilaron. Yo salí de los últimos, y pude ver a los camareros bebiéndose lo que quedaba en algunas copas. Como esto no me interesaba, corrí tras de las reales personas, y de estancia en estancia llegamos a una que llamaban (después lo supe) *Despacho del Rey*. La reina con las condesas de Almina y de Constantina formó corrillo en el testero principal, junto a la chimenea entonces apagada. Sobre ésta lucía un retrato de María Luisa, por Goya, maravilla de la pintura. Embelesado estuve un rato mirando la figura genuinamente borbónica de aquella reina frescachona, de boca hundida y ojos de fuego. El pintor, atento a destacar lo más hermoso del modelo, se había esmerado en reproducir su brazo incomparable.

Retozando sobre la blanda alfombra de Santa Bárbara, me enteraba yo de cosas y personas. La tertulia de Sus Majestades después de comer no era muy lucida. Ningún personaje de importancia, ningún prócer de primera fila, vi entre los asistentes a la real sobremesa. Toda la concurrencia era puramente palatina y del Cuarto Militar. Habló la reina del Convenio de Amorevieta, que estimaba beneficioso... por el momento... Díaz Moreu le dio detallada explicación de las bases de aquel arreglo; elogió con ardor al duque de la Torre, hombre de altas miras. Según dijo, el Convenio sería discutido en las Cortes y tendría la aprobación de todos los elementos dinásticos. Esperaba que de esta discusión saldría el Gobierno con mayor fuerza. Hablaron después de Ruiz Zorrilla, lamentando su alejamiento de la vida pública, en su retiro de Tablada. Doña María Victoria expresó tímidamente sus dudas de la eficacia del Convenio de Amorevieta. ¿Quién podía responder de que los carlistas, rehechos más allá de la frontera, no volverían con mayor furia a encender la guerra civil? Contra su terquedad nada valdría la razón, nada el interés de la Patria. Extremando su galantería, Díaz Moreu no se atrevió a disipar en absoluto las dudas de la reina y casi las confirmó diciendo: «Tal vez, Señora. Vuestra Majestad discurre siempre con admirable previsión. El carlismo es de calidad muy dura, irreductible... Con esa gente no hay día seguro.»

Por lo que después oí de labios de doña María Victoria, comprendí que esta señora se cuidaba de los asuntos públicos y en ellos ponía toda su atención. En su grande ánimo prevalecían la idea y propósito de consolidar en España la dinastía de Saboya. Manteniendo su propia persona en cierta oscuridad modesta, enderezaba su voluntad firmísima hacia el porvenir de sus hijos en tierra hispana... Hecha esta observación pasé a fisgonear en el grupo que al otro lado de la estancia formaba el Rey con los amigos de su mayor intimidad. Allá me fui ligero, resbaladizo, invisible. Lo que oí agazapadito debajo de la silla en que don Amadeo se sentaba, merece capítulo aparte.

XX

Lo primero que le cuento al lector amable y antojadizo es que nuestro buen Rey saboyano desdeñaba los riquísimos tabacos habanos de regalía, de que había grande acopio en la Casa Real. El mismo desaire que sus amigos hicieron a las abrasadoras guindas de Turín hizo él al tabaco generoso y suave de la *Vuelta Abajo*. Por hábito y gusto fumaba el hombre los apestosos cigarros que en Italia llaman *virginia*, consistentes en un luengo y nefando cachirulo que lleva en su ánima una paja, sin la cual no hay quijadas que los hagan arder. Amable y guasón, a sus amigos ofrecía las cajas de habanos diciéndoles: *Fumen eso; yo virginia*. Para evitar el continuo encender de fósforos, que sin fuego constante no hacía tiro la pajilla, Su Majestad tenía en una mesita cercana una vela encendida, y a la llama de esta aplicaba el chicote.

Junto al Rey estaba el barón de Benifayó, Montero mayor de Palacio, alto, moreno, expresivo, de arqueadas cejas, lentes de oro. Como hablaba de corrido y limpiamente el italiano, con él descansaba don Amadeo del suplicio del idioma español, que en dos años no había podido dominar. A la vera de don Amadeo vi otros señores, que no pude identificar por mi desconocimiento del personal palatino. Vestían de paisano. ¿Era uno el general Gándara o el general Rosell? ¿Era el otro don Cipriano Segundo Montesinos? No puedo asegurarlo. Reconocí a Dragonetti, a Díaz Moreu y al general Burgos, de uniforme, que dejaron a la reina conversando con las damas, el conde de Rius y otros dos palaciegos gordinflones que yo no conocía.

En el corrillo del Rey, la conversación era frívola, de temas fugaces que pasaban rápidamente de boca en boca. En un momento que a mí me pareció solemne vi a la reina levantarse. Hizo una reverencia de Corte, y seguida de las damas se retiró a sus habitaciones. Empezó el desfile de los caballeros en dirección de la Saleta, hasta que solos quedaron don Amadeo y Benifayó. Encendió Su Majestad otro *virginia*. El Rey y su Montero hablaron breve rato en italiano bajando la voz, pues aunque nadie quedaba en la estancia, temían el misterioso escuchar de las paredes. Servidores galonados pasaban por el *Despacho del Rey*. Les sentí cerrando puertas y apagando luces en las habitaciones próximas. Pensé que mis funciones inquisitivas me ordenaban no apartarme del Rey y su Montero hasta saber qué harían. A mi parecer, dejaban correr el tiempo esperando la ocasión oportuna para escabullirse de Palacio. No me engañaba.

Llegó un instante en que el silencio y la tranquilidad, tardíos cortesanos, se posesionaron de la Casa de los Reyes. Don Amadeo y su Montero se filtraron, vamos al decir, por la puerta de servicio. Pisando quedo y sin decir palabra, atravesaron un pasillo alumbrado con mecheros de gas. Torcieron a la derecha, luego a la izquierda. Ningún servidor les salió al paso, ni tuvieron otro testigo de su escapatoria que mi traviesa personalidad invisible. Llegaron, llegamos debo decir, a la escalera de caoba que llaman *de la Intendencia*. Descendimos suavemente. Gemían los peldaños alfombrados bajo las pisadas de ellos, no de las mías; que yo era poco más que un espíritu... Fuimos a parar a un pasillo: en él vi dos servidores que estaban en el ajo, y saludaron con leve reverencia. De allí salimos a la Plaza de la Armería, donde esperaba un coche de un solo caballo y cochero sin librea. Entró el Rey en el coche; tras él Benifayó. Algo noté entre el Montero y el oficial de guardia, que me indicó la connivencia de este. No necesito decir que me colé de un brinco dentro de la berlina, achantándome bonitamente en la bigotera...

El coche partió hacia la Plaza de Oriente y calle del Arenal. Era la noche plácida, de mejor temple que el día, como suele acontecer en las primaveras matritenses. Por la Puerta del Sol y calle de Alcalá discurrían los vecinos noctámbulos que salen de los teatros para meterse en los cafés. En Recoletos vimos poca gente; no faltaban los ciudadanos de la última capa social que tienen por alcoba y cama las sillas de hierro, o la escalinata de la Casa de la Moneda. Desierta estaba la Castellana. El coche la recorrió en casi todo su largo y fue a parar en un hotel próximo a la calle de la *Ese*. Alguien abrió desde dentro la verja, y la berlina penetró en un jardinillo de incipiente frondosidad. Momentos después, las tres ilustres personalidades franqueábamos corta gradería y entrábamos en una linda sala bien iluminada, donde fuimos recibidos por una dama... Espérate un poco, picaresco lector, que esto es muy delicado.

Era la tal de mediana talla, bien formada y no mal constituida de carnes y anchuras. Mi primer cuidado fue examinarle bien el rostro, que vi entonces por primera vez. Mi crítica lo declaró tan agraciado como hermoso; la tez morena, ojos expresivos, grande la boca, tan abundante el pelo que no se contenía dentro de sus límites naturales, extendiéndose por delante de la oreja como un rudimento suave de varoniles patillas. El conjunto de tal rostro tenía el encanto de la originalidad, que en arte como en belleza es poderoso atractivo. Sentáronse los tres arrimados a una mesa, la dama y el Rey juntitos, mano con mano; frente a ellos Benifayó... Yo me subí de un brinco a la consola próxima para ver bien y pescar todo lo que hablaran. La señora, que vestía luenga bata de seda blanca libremente descotada, dejando ver los linderos de un lozano busto, revelaba en sus ojos chispos y en su franca sonrisa el gozo de ver terminada felizmente una larga y ansiosa espera. Anhelaba, sin duda, comunicar a su regio amigo impresiones guardadas durante lentas horas y aun días. La ocasión de la dichosa confianza llegaba al fin. No podía contenerse, y prorrumpió en estas calurosas manifestaciones: «Ya supongo, *mon lion brave et généreux*, que no te habrás tragado el pastel que llaman *Convenio de Amorevieta*. No te fíes del duque.

143

Su intención no es mala; pero en la diplomacia militar no da pie con bola. Los carlistas tratarán ahora de rehacerse, y volverán pronto más insolentes y feroces a disputarte el Trono... Si las Cortes aprueban el *Convenio*, el duque, ¡oh Rey mío!, te pedirá la suspensión de garantías, pues sin hacer mangas y capirotes de la Constitución no podrá gobernar.»

—*Yo contrario*. He jurado (*giurato*) la Constitución. Gobernar sin ella no puede ser. *Yo contrario*.

—No debiste consentir que don Manuel, desalentado y aburrido, se retirase a Tablada. Ten presente, rey de España por los 191, que no has venido aquí a continuar la política de los malditos Moderados, de los Unionistas rutinarios y pasteleros. Por ese camino no vas a ninguna parte.

—Es cierto, Adela. *Yo conforme*.

—Ni la guerra puede ser sofocada para siempre sino con la guerra misma —dijo ella disfrazando la pedantería con mohínes graciosos—, ni la política debe estancarse o petrificarse..., no sé cómo decirlo... No has venido a España para gobernar como la pobre doña Isabel... Para ese viaje no necesitabas alforjas... Fíjate en este refrán castizo; repítelo para que se te grabe en la memoria... Alforjas...; a ver, a ver cómo nos pronuncias esa jota...

Intentó el Soberano un aprendizaje de pronunciación castellana; mas lo hizo tan desgraciadamente, que él mismo se reía de su torpeza antes que los demás riéramos. En esto entró un criado, vestido de frac, con dudosa corrección, y colocó en la mesa servicio de té, con galletitas y emparedados. A una orden de la señora, desapareció el sirviente, volviendo al punto con un mazo de los infernales cigarros *virginia*, predilectos de Su Majestad. Cayeron los dos caballeros sobre los *sandwichs*, mientras la señora servía el té, y a mí, lo confieso, me asaltó la idea de plantarme en la mesa y comer con ellos, satisfaciendo mi hambre nocturna. Mas recordando mi calidad de sabandija perteneciente al mundo suprasensible, me abstuve de tomar parte en el refrigerio. Temía que un rasgo de animalidad me descubriese, deshaciendo el artilugio que me había transformado de persona grave en duende corredor. Si una indiscreción o exceso de travesura me restituyese de súbito a mi ser propio, ¡no te arrendara yo la ganancia, pobre Tito!

Entre mordiscos a los emparedados y sorbitos de té, la dama de las patillas anudaba la serie de sanos consejos al amigo y Rey. Intervino Benifayó realzando con tímidas palabras la persona del general Serrano. Entre la dama y el barón se trabó una donosa controversia, en que salieron a relucir duques y duquesas con otras bien conocidas personas de la *crema* social. En todo lo que allí se dijo puse yo mi atención; pero mis funciones en cierto modo históricas me obligan a seleccionar los conceptos que oí, reservándome tan solo los que entrañaban algún interés público.

«Si vale el consejo de una mujer —dijo la dama poniendo su blanca mano sobre el hombro de Amadeo—, yo diría que debías mandar a Tablada un mensajero...; persona discreta y aguda tenía que ser...; un mensajero que pudiera cazar con lazo de buenas razones a Ruiz Zorrilla y... Debes tener muy presente, león de Saboya, que para remover del fondo a la superficie la vida política, las costumbres políticas, y *toda la pesca*, determinó Prim traer a España un Rey nuevo, un Rey *de fuera* que nos diese lo que no teníamos, y acabara con el tejemaneje moderado y unionista. Hacer una revolución, poner todo patas arriba, cambiar de dinastía para volver a las viejas mañas, al polaquismo, al hoy tú, mañana yo, me parece que es como si quisiéramos aplicar a la vida de la Patria el juego de las cuatro esquinas...»

En un tris estuvo, podéis creérmelo, que saltara yo desde la consola al regazo de la patilluda señora para felicitarla por su atinado consejo. ¡Qué discreción, qué talento, qué golpe de vista! Yo me decía: «De casta le viene al galgo. Ya sé que te engendró el primer escritor del siglo.» Abstraído un momento en estas consideraciones, vi que el Rey y la dama blanca se escabullían por una puerta próxima al mueble donde tenía yo mi observatorio. Advertí disminución de la luz... El bueno de Benifayó ¿dónde estaba?... Creí verle arrimado a la mesa hojeando una revista ilustrada... Creí que salía por la puerta que nos había dado ingreso. Por primera vez desde que era duende dudaba de la justeza de mi perfección visual. Pero es mi deber no interrumpir mi cuento; que para seguir con vista y oído el curso de la humana vida en estas historias me llevaron al recatado lugar donde me encontraba. Adelante, pues.

La fatalidad me obliga, ¡oh lector agudísimo y picaruelo!, a continuar en forma que sin duda no ha de agradarte. Tengo que emplear en mi escritura los signos simbólicos más discretos. Meto la mano en una escarcela bien provista que me colgó de la cintura mi *doña Mariana*, y saco un puñado de puntos suspensivos y los derramo sobre el papel para que te entretengas leyéndolos o descifrándolos. Ahí van...........................

Aturdido recorrí brincando toda la habitación; salí al jardín; no vi alma viviente. El coche no estaba. ¿Había partido en él Benifayó para volver más tarde? No lo sabía ni me importaba averiguarlo. Cerrada la puerta de hierro, trepé por las enredaderas que cubrían la verja y de un brinco me puse en la calle. Al pisar el suelo de la Castellana me reconocí en mi normal estado físico. Yo era quien era, Proteo Liviano, conocido por Tito en el vago mundo del periodismo y de las letras. Mi primer cuidado fue desandar a buen paso la Castellana, Recoletos... En la Cibeles el reloj de Buenavista me dijo que eran las dos de la mañana... Tomé el camino de mi casa, calle del Amor de Dios, hospedaje de doña Nicanora, esposa del evaporado filósofo don José Ido del Sagrario.

Agasajado en mi cama me adormecí jugueteando con estos acertijos: ¿Era verdad que mi buen padre me había llevado a Durango, que hice allí vida patriarcal y soñolienta entre carlistas fieros y curas de armas tomar? ¿Eran reales las figuras de Choribiqueta, Fabiana Iturrigalde y Pepita Izco? ¿Había yo en efecto espetado a los cándidos durangueses un discurso chancero sobre la *República Hispano-Pontificia*? ¿Era verdad que la *Madre Mariana* me había sacado de aquel atolladero, tomándome a su servicio, para lo cual hube de transformarme en duende minúsculo y gracioso, sutil espía de la historia privada?... Si todo esto fue mentiroso aparato forjado por mi exaltada imaginación y de ello puede resultar que lo verosímil sustituya a lo verdadero, bien venido sea mi engaño, y allá van, con diploma de verdad, los bien hilados embustes.

En aquellos días anduve de bureo político con mis amigos Mateo Nuevo, Roberto Robert y don Santos La Hoz, que me felicitaban por haber recobrado mi equilibrio cerebral. Fui a la tribuna de las Cortes; oí un gran discurso de Cristino Martos de fiera oposición al Gobierno; presencié los ardientes debates sobre el *Convenio de Amorevieta*, terminados con votación que dio al Gobierno formidable mayoría. A pesar de esto corrían voces desfavorables para la situación Serrano-Topete. Decíase que el duque, abrumado por las dificultades que se le venían encima, había pedido al Rey la suspensión de garantías y que don Amadeo respondió secamente con su acostumbrada fórmula: *Yo contrario*. Despiertos y animosos, los radicales corrieron en Comisión a Tablada logrando atrapar a don Manuel Ruiz Zorrilla y traerlo a Madrid. Total, lector mío cachazudo, que sobrevino la quinta o sexta de las crisis que amenizaron aquel reinado. Cayó el duque de la Torre, dejando el puesto a Ruiz Zorrilla, que formó Ministerio con Martos, Montero Ríos, general Córdoba, Ruiz Gómez, Beránger, y Gasset y Artime. Íbamos viviendo.

Engalláronse más los alfonsinos. Hablaban de la Restauración como si la tuvieran en la mano. Los federales del grupo intransigente y levantisco echaban bombas. Los Clubs y Casinos ardían en protestas, en arengas fogosas, en amenazas furibundas a todo lo existente. Me pidieron que hablara y hablé, soltando todo el surtidor de mi nativa facundia oratoria. Nadie me atajó; a nadie parecieron extremadas mis lucubraciones. La misma boca que predicó en Durango la *República*, mejor dicho, el *Imperio Hispano-Pontificio*, vociferaba en Madrid anunciando el próximo advenimiento del *Federalismo Sinalagmático y Cantonal*. ¡Abajo la Unidad centralista y corruptora, arriba el Cantón autónomo que por medio del Pacto reconstruiría la patria libre, devolviendo al ciudadano su dignidad y soberanía! Aplausos frenéticos y plácemes cariñosos recompensaban mi palabrería furiosa.

La corriente social me devolvió, entrado ya el mes de julio, al afectuoso trato de Mateo Nuevo, que generosamente me ayudaba en mis penurias. Volví a frecuentar su casa, Montera, 11, donde acudían casi todos los amigotes mencionados en los comienzos de este libro. El jacobino *Tribunal del Pueblo* ya no se publicaba; pero existía, con el nombre de Redacción, el punto de cita de los que regían las muchedumbres populares, titulándose *presidentes de los Comités de distrito, presidentes de Juntas revolucionarias*, con otras denominaciones que solo han servido para distracción y entretenimiento de los partidos avanzados. A poco de frecuentar la sala cuyos balcones caían a la oscura calle de los Negros, me dio en la nariz olor de conspiración aguda.

Al comunicar mis sospechas a un amigo candoroso, este me dijo: «Solo se trata de producir en Madrid la conveniente alarma con objeto de que el Gobierno no saque tropas de aquí para mandarlas a las plazas de provincias. Se prepara..., en confianza te lo digo..., un movimiento general en toda España. Ahora va de veras. Se alzarán Ferrol, Santoña, Cartagena, Sevilla,

Badajoz, *etc.* Ello está tan bien dispuesto que el triunfo es seguro, tan seguro como tenerlo en la mano. No falta más que una cosa, Tito, y es producir en Madrid agitación tan grande que el Gobierno no pueda sacar tropas. ¿Lo entiendes? Ello es clarísimo. Te digo esto con la mayor reserva. No hables a nadie...»

No daba yo gran crédito a tales monsergas. Mil veces había llegado a mis oídos el susurro de alzamientos generales o locales sin que los hechos correspondieran a las risueñas esperanzas. El optimismo de los revolucionarios sencillotes y pillines, que creen lo que sueñan, es un fenómeno habitual en tiempos turbados. Manteníame yo escéptico, convencido de que no había más revolución que la formulada en ardientes discursos, revolución puramente teórica y verbal. Por eso yo, sempiterno hablador, era el primer revolucionario de la época y el primer oráculo de un resurgimiento que no quería venir. La Patria no podía contar aún con la acción de sus hijos, y debía contentarse con la resonante canturía de sus oradores. Desconfiado de la eficacia de la acción, continuaba yo atento al trajín de los conspiradores, y a su chismorreo sigiloso en la vacía redacción de *El Tribunal del Pueblo*. De ello me distrajo, al promedio de julio, el hallazgo feliz de una mujer...

Tomo aliento, amados lectores, con lo cual, al contarlo, expreso mi sorpresa y turbación ante la súbita emergencia de un pasado lisonjero. La mujer que se me apareció en la calle de la Sal, junto al arco de la Plaza mayor, era la poética, la romántica Obdulia con quien compartí las venturas del amor en los comienzos del reinado de Amadeo I... Obdulia, ¡oh!... Tito, ¡ah!... Al tiempo de lanzar estas exclamaciones se juntaron en febril apretón nuestras manos, y con frase entrecortada nos dimos informes recíprocos de la salud y vida de uno y otro. La linda criatura estaba flaca, ojerosa, manchado el rostro de pecas rojizas; y el desarreglo y suciedad de su ropa indicaban pobreza, malestar, infortunio... Díjome que se había casado, por imposición de su familia, con el desagradable mastín negro Aquilino de la Hinojosa. Ya lo sabía yo. *Oí contar de un náufrago la historia.* La *náufraga* era mi pobre y desdichada Obdulia.

XXI

Ávida de referir sus cuitas, la infeliz mozuela me contó que, a poco de casarse, vio en su marido el más perverso animal de la Creación. Lo que llamamos *Luna de miel* fue para Obdulia completa desilusión del matrimonio. Ella era delicada, sensible y de finísimo trato; él grosero, brutal, insaciable en la comida y otros apetitos. Al mes de casada pensó en divorciarse; habló con un abogado amigo suyo, y como este le dijera que en las leyes españolas no tenemos divorcio, dio en la idea de suicidarse, saltando de un brinco hacia *las palmeras de Sión*. Le faltó valor para el salto mortal: ni con fósforos, ni con braserillo, supo determinarse... Pensó acudir a mí; me buscó; dijéronle que yo vivía en magnífico arreglo con una tendera de la Concepción Jerónima. Acercose allá y le salió al encuentro una señora llamada Cabeza que quiso descabezarla... En tanto, Aquilino iba de mal en peor, agravando sus defectos. No le bastaba el oficio de afinador para sostener su casa y sus vicios. Dedicose a la compra, venta y alquiler de pianos, y tales desatinos hizo y en tales enredos se metió, que fue a caer en las mallas del Código penal.

«En mi casa —decía suspirando— no entraban más que procuradores y alguaciles. Yo no vivía; el apetito y el sueño me abandonaron; consuelo de mi angustia era el llanto, consuelo también un librito de poesías de Selgas que por las noches me calmaba los nervios, y aquellos versos de Espronceda: *¿Por qué volvéis a la memoria mía...?* Hace unos meses vino a verme y a consolarme Celestina Tirado, que se metió a beata..., no sé si lo sabes..., y anda en trajines de religión. Díjome que en la iglesia hallaría mi remedio; que fuese a misa y a confesar, y que rezara mis tercios de rosario con devoción. Mi antigua señora la marquesa de Navalcarazo me llamó para recomendarme el mismo medicamento de Celestina: Religión, misas, novenas, y pronunciar a toda hora el nombre de Jesús, *que endulza el alma y la boca —más que con la miel y azúcar— con solo sus cinco letras...*»

Cogidos de la mano íbamos paseando despacito bajo los soportales de la Plaza mayor. La doliente historia de mi amiga quedaba cortada en un suceso que nos abría camino para reanudar nuestra vieja novela interrumpida. Aquilino de la Hinojosa no estaba en Madrid. Dos semanas antes de lo que se refiere, había ido a Villaviciosa de Odón a recoger la menguada herencia de una tía suya que murió en aquel pueblo. Para ciertas diligencias judiciales tuvo que trasladarse a Navalcarnero; al regreso volcó la galera en sitio de peligro; rodando cayó el afinador en una barranquera, donde le recogieron descalabrado y con una clavícula rota. Personas caritativas le llevaron a Villaviciosa, y en casa de unos parientes estaba en cura, que habría de ser larga. «Ayer —me dijo ella— recibí su primera carta después del siniestro. Está dado a los demonios. Me escribe poniendo en cada renglón una blasfemia. Le tienen bizmado y entablillado, sin poder moverse. ¡Dichosa herencia, que no es más que un melonar, cuatro almendros y una casuca sin techo! Me dice que tiene cama para dos meses; manda tres duros por el ordinario y cuatro recibos de treinta reales para cobrar alquileres de pianos. Me recomienda la economía y que no vaya a verle, pues está bien cuidado por su prima doña Melchora.»

Fáltame referirte, lector de mi alma, la última declaración de Obdulia, que es del tenor siguiente: «Vivo en el 23 de esta Plaza, allí, en un entresuelo, encima de la taberna que hace esquina a la calle del *7 de julio*. Con las pesetejas que me ha mandado *ese*, y diez duretes que me dio mi señora la Navalcarazo, vivo pobre, y solita porque he despedido a la muchacha que me servía...» No necesito decir más para que se comprenda que en aquel mismo día senté mis reales en el modestísimo y lóbrego albergue de mi antigua y moderna conquista, la señora de la Hinojosa. Los que no han vivido en un entresuelo de la Plaza mayor, con ventanas mezquinas, bajo la visera de los soportales, no saben lo que es oscuridad en pleno día. Nunca pensé yo cobijar mi persona en tal ratonera; pero la exaltada pasión y el donaire de mi socia me convertían la tristeza en gozo y las tinieblas en luz. Aderezaba Obdulia nuestras comiditas. Más de una vez, por evitarnos ir a la compra y la molestia de encender lumbre, bajábamos a comer a la taberna, donde nos servían platos de judías de *batallón*, tajadas de bacalao y otros condimentos de pobres. El tabernero era muy amable y nos ponía la mesa en un aposento interno, donde rara vez veíamos comensales.

Por cierto que una noche me encontré de manos a boca con Serafín de San José, el esposo de mi antigua barragana, la eximia señora doña Cabeza. Aquel soez vagabundo, muy mal vestido y con cara de hambre atrasada, hablaba sigilosamente con un bigardo de mala catadura, entreverando las tajadas de bacalao con tragos de tinto. De la mesa donde estaba vino a saludarme, y me dijo que su mujer se había arreglado otra vez con el zascandil de Alberique. ¡En qué distinguida sociedad estábamos! El despacho grande de la taberna hervía de parroquianos lenguaraces. Siempre que por allí pasábamos de refilón oíamos conceptos groseros, iracundos, entre los cuales saltaba, como nota picaresca, una idea política.

Ultimados mis quehaceres volví a casa, un poco tarde, en la noche del 18 de julio, y marco esta fecha porque sobrevino de improviso un suceso histórico. Hallé a Obdulia nerviosa y asustada: «¡Gracias a Dios que llegas! —me dijo, saliendo a la escalera—. Entremos; vas a saber una cosa tremenda. No te asustes; no va con nosotros. Siéntate... Recordarás que pedimos al tabernero para esta noche un pote gallego, que a ti tanto te gusta. Queriendo yo aprender cómo hacen este guiso, bajé a la cocina y estuve un rato con la *señá* Sebastiana. Luego me fui al mostrador, con el señor Tomás. De allí a la trastienda. Oí palabras sueltas de los *puntos* que bebían y charlaban... Até mis cabos... Volví al mostrador; el señor Tomás y un hombre de mala facha, que llaman *el tío Martín*, secreteaban... Pesqué alguna frase que me abrió las entendederas... En fin, chico, te diré lo que he podido traslucir: Esta noche matarán a don Amadeo. ¿A qué hora? Cuando los Reyes vuelvan de los Jardines del Retiro a Palacio. ¿Sitio? La calle del Arenal. No te rías. Verás cómo resulta cierto. Otra cosa: el pote gallego se ha pegado, y en su lugar nos mandarán unas chuletas de vaca y patatas fritas. Andan abajo esta noche muy desconcertados. ¡Qué caras he visto en la trastienda! Para mí, son los mismos que mataron a Prim.»

No di gran importancia al cuento de Obdulia; pero tampoco lo eché en saco roto. Mientras cenábamos, comentando la conjura tabernaria, hice propósito de dar un soplo al Gobierno civil para que este tomase las precauciones propias del caso. Pero a nadie conocía yo en las Delegaciones ni en las antesalas del gobernador. En estas dudas acordeme de mi pariente *Sebo*, cuyas relaciones familiares con la primera autoridad de la provincia, don Pedro Mata, me constaban de manera positiva. Tranquilamente despachamos nuestras chuletas, por cierto medio chamuscadas, medio crudas, y salimos a buscar en calles y jardines el aire y la expansión nocturna con que templábamos el ardor de los días caniculares. Después de hacer escala en la casa de Telesforo del Portillo (Olivar, 4), bajamos al Prado; dimos unas vueltas por Recoletos; descansamos en un aguaducho, y ya cerca de media noche cogimos la calle de Alcalá, y en la Puerta del Sol dudamos si tomaríamos la calle mayor, que era nuestro derrotero, o la del Arenal. Éramos como trasnochadores que no se retiran a su casa sin ver una piececita de teatro. «Por sí o por no —dije a mi señora postiza— sigamos la dirección que han de llevar los Reyes y veremos si sale sainete o tragedia.»

Recorriendo despacio la calle del Arenal vimos en la esquina del callejón de San Ginés a Serafín de San José con blusa larga. Advirtiendo que se recataba de nosotros creí sorprender en él cierto aire de filósofo pensativo. Al pasar por Bordadores dos hombres cruzaron a la acera de enfrente. Obdulia me hizo notar que bajo las blusas de aquellos tipos se marcaba el bulto de trabucos o retacos. Hacia la calle de las Fuentes creí ver al señor Tomás, con chaqueta parda y boina. Ya nos acercábamos a la calle de la Escalinata, cuando sentimos venir coches que nos parecieron de Palacio. Retrocedimos. Era, en efecto, la carretela descubierta en que volvían de los Jardines el Rey y la reina, con el general Burgos. Detrás venía otro carruaje...

No tuvimos tiempo para mayores observaciones porque de súbito sonaron disparos. Los fogonazos brillaban en un lado y otro de la calle. Encabritados los caballos (luego supimos que eran yeguas), se paró el coche. Púsose en pie don Amadeo. El general Burgos atendió a escudar a la reina con sus corpulentas anchuras... Confusión, espanto... Los transeúntes se agolpaban curiosos o corrían atemorizados. Obdulia y otras mujeres lanzaban al aire sus chillidos. Del coche que venía detrás descendió el gobernador don Pedro Mata enarbolando su bastón. Surgieron polizontes como por magia. Nuevos disparos. La carretela de los Reyes partió a escape hacia Palacio: una de las yeguas cojeaba. Entablose rápida lucha entre policías y paisanos. Estos huyeron, en veloz corrida, hacia las Descalzas y Santo Domingo... Busqué a Obdulia, que en el tumulto se apartó de mí. La encontré en la esquina de la calle de las Fuentes. Volvimos al lugar trágico y vimos entre varios heridos a uno yacente, rígido; parecía muerto. Obdulia reconoció al *tío Martín*. Allí estuvimos, atentos al ardoroso comentario del suceso, hasta que trajeron la camilla para llevarse al que todos creían cadáver. Y agregándonos a la comitiva de curiosos desocupados y chicuelos, fuimos tras de la camilla hasta la Casa de Socorro de la Plaza mayor. De allí pasamos a nuestra casa, advirtiendo al entrar en ella que había en la taberna estrecha custodia de policías.

A la mañana siguiente, atraído del febricitante interés que despierta un lugar trágico, me fui a la calle del Arenal. Gran golpe de gente había frente a una tienda de cristales situada entre la Costanilla de los Ángeles y la Travesía de los Donados. Los curiosos impertinentes no se hartaban de mirar y señalar las huellas de los proyectiles en el zócalo y en el rótulo de la tienda. De improviso, los que formábamos *el respetable público* de la tragedia fracasada vimos llegar al propio don Amadeo, acompañado de su amigo Dragonetti y de su ayudante Díaz Moreu. Rodeado de la plebe novelera miró y remiró las señales de los balazos. Muchos de los que allí fisgoneaban tenían a gala el señalar al Rey algún desperfecto que Su Majestad no había visto.

De la tienda salió una señora joven que parecía la dueña, y graciosamente invitó al Rey a que pasara, si quería descansar. Daba las gracias don Amadeo, permaneciendo en la calle, cuando se destacó del personal de la tienda una señora mayor, que ofreció al Rey un proyectil que había penetrado en el local, incrustándose en la anaquelería. Agradeció don Amadeo el obsequio y quiso gratificar a la señora, mas esta no admitió el dinero. Despidiose el monarca sombrero en mano, con su habitual cortesía, y a pie se volvió a Palacio, escoltado por un pelotón de vagos y precedido de un destacamento de chiquillos.

Acerqueme yo a la señora mayor, que en la puerta de la tienda quedaba, contemplando al pueblo soberano, y de manos a boca le dije: «He tardado un rato en reconocerla, insigne *Mariclío*, porque está usted hoy un poco desfigurada, con mayor peso de ancianidad que el que tenía la última vez que la vi. A su disposición me tiene para cuanto guste mandarme.»

—A este ensayo de tragedia —me dijo, enseñándome un pie— he venido con mis zapatos de orillo, como ves. No había motivo ni asunto para mejor calzado. Los badulaques de anoche, movidos a un acto que no tenía más objeto que producir miedo para que el Gobierno no saque tropas a provincias, han procedido neciamente. El provecho de este regicidio sin regicidio será para los partidarios del niño Alfonso. ¿Por ventura son estos los que os aconsejan y dirigen?

Nada le respondí, pues mis observaciones no habían de llegar a la altura de su autoridad. Ofrecíme de nuevo a prestarle cuantos servicios me encomendara, y con gusto la vi bien dispuesta en favor mío. Díjome que a la sazón moraba en la portería de la Academia de la Historia, porque sus cortos haberes no le permitían mejor acomodo. La *capitis diminutio* a que había llegado, en la desabrida etapa histórica del Rey saboyano, deslucía su ancianidad gloriosa. «Lo que mayormente me aflige —añadió, rompiendo conmigo la multitud para seguir juntos por la calle del Arenal— es la flaqueza femenil de los partidos monárquicos y la inconsistencia de los que vociferan en las filas avanzadas, indicio seguro de la poca virilidad del pueblo hispano. Todo lo que aquí pasa es cosa de ópera cómica, tirando a bufa. He pensado en darme de baja, como dice tu amigo Ido del Sagrario, y transferir mis nobles funciones a mi hermana Talía, que las desempeñará muy bien, encargando algunos numeritos de polka y tango a mi hermana Euterpe... El quita y pon de Ministerios que solo difieren en la medida y rumbo de sus tonterías; la conspiración de las damas católicas, con su armamento de peinetas y florecillas de lis, pertenecen al orden literario del entremés con tonadilla y ovillejos. Habrás oído, entre tus amigos, planes de levantamientos en plazas fuertes y ciudades populosas. No hagas caso, hijo. ¡Batallones que se echan a la calle, guarniciones que se pronuncian! ¡Sueños locos de paisanos ociosos, que gobiernan el mundo en las mesas de un café o la redacción de periódicos bullangueros! Todos esos que se levantan, lo que hacen es acostarse, y entre sábanas se ríen de los conspiradores de alfeñique... Hace pocos días, he visto a los niños de las Peñuelas jugando al pronunciamiento. La demagogia misma procede hoy con más simplicidad que barbarie. Los ideales exaltados son ahora instintos movidos por la imbecilidad.»

Acompañé a la señora hasta la calle del León, y me volví a casa. A mi consorte accidental referí mi encuentro con *doña Mariana*, y traté de explicarle la condición de esta y su doble calidad real y quimérica. Pensé yo que Obdulia no me entendería, pero como en la naturaleza cerebral de la bella joven prevalecían la ensoñación poética y el bello mentir, admitió como verídico el cuento de *Mariclío* y de sus inauditas transformaciones. «¡Ay Tito de mi vida —me dijo consternada— que felices seríamos si esa divina dama nos llevara por esos mundos como duendes o muñequitos que pueden esconderse, si a mano viene, dentro de una cajita de caramelos! Sabrás que en esta renegada casa estamos sobre un volcán. Apenas saliste tú para la calle del Arenal, entraron dos policías y me marearon con preguntas; que si yo, que si tú... Respondiles que no teníamos nada que ver con el atentado; que nosotros somos vecinos, pero no cómplices del señor Tomás y sus compinches. Antes te dije, querido Tito, que estábamos sobre un volcán... Son dos volcanes, dos. Porque si vuelve Aquilino mal curado de sus mataduras no pararé hasta el suicidio..., y que me entierren en un cementerio bonito, con cipreses y adelfas. En caso de que mi maridillo se quede por allá, será posible que nos prendan por el aquel de regicidas, y nos separen quizás para siempre. Eso no, Tito mío: vámonos, salvémonos.»

Fácilmente me comunicó Obdulia sus recelos, y por tranquilidad suya y mía resolví una pronta mudanza. Recogida nuestra ropa, un colchón y otras cosillas, y dejando en la casa los trastos menos necesarios, nos fuimos a mi hospedaje de la calle del Amor de Dios. De sus graves inquietudes descansó Obdulia con la grata compañía de Nicanora y del dulce filósofo don José Ido. Este mostraba paternal solicitud por la espiritual joven que llevé a su casa. Hablaron de literatura y teatros, y Obdulia le recitó con lírica declamación, versos que embelesaron al esmirriado señor... Mi compañera no pisaba la calle por temor a un encuentro desdichado. Echándoselas de médico, Ido la declaró anémica y diagnosticó los baños de mar como infalible tratamiento. ¡Buenos estábamos para viajecitos y expansiones estivales!

Pasaba yo los mejores ratos del día persiguiendo a *doña Mariana*, o en su grata compañía cuando me deparaba Dios el encontrarla. Una tarde, platicando en la portería de la Academia, me sorprendió, mejor diré, me asombró gratamente con estas inesperadas razones: «Ocioso está el gran Tito, y la ociosidad es el achaque peor que puede caerle a un hombre de ingenio. De tu listeza y de tu travesura necesito yo estos días, sin que me sea forzoso darte la condición, modo y sutileza física que te di al traerte de Durango a Madrid. Tal como eres y en compañía de esa moza chiquita y romanticuela, que es ahora tu mujer adventicia, irás a donde yo te mande. Ya sabes que el Rey Amadeo sale hoy para una excursión a diferentes ciudades del Norte. Tú irás también por allá. Mas te destino a una sola plaza, Santander. Me consta que van también para allá gentes peligrosas de uno y otro sexo. En fin, tú lo has de ver... Observa lo estrictamente verdadero; no me traigas acá mentiras adornadas.» Sacó de entre sus ropas un taleguito, y me lo mostró con estas dulces palabras: «Apurando mis recursos te doy billete de ida y vuelta para ti y para tu chiquilla, y una suma prudente para el gasto de tres semanas. Toma. No tardéis más de dos días en poneros en camino. Buen ojo, actividad y criterio. Adiós.»

XXII

Ya me tenéis otra vez, lectores picarescos, oficiando de guindilla histórico, sin conmutación de mi ser físico en entidad peri-espiritual... Lo que se alegró mi Obdulia cuando en casa le mostré el saquito milagroso, no hay para qué decirlo. Veraneo, baños de mar, costa cantábrica, ¡qué porvenir tan poético y delicioso! En dos días arregló la romántica sus trapitos por el figurín más económico, y nos largamos con viento cálido en busca del viento fresco. ¡Por qué modo tan peregrino se habían realizado los deseos emigratorios de Obdulia y su anhelo de ambiente marino, conforme a la docta indicación del filósofo-médico Ido del Sagrario! En el estado de nuestro ánimo se nos representó como un paraíso la ciudad Cantábrica, que en aquel tiempo bien podría llamarse *la ciudad harinera*, porque su hermoso puerto se veía poblado de buques de vela cargando harina, o descargando los ricos frutos coloniales. Obdulia, que nunca había visto el mar, se embelesaba contemplando el grandioso muelle, el trajín comercial, los barcos de arboladura gallarda; y cuando en nuestro primer paseo vagoroso traspusimos el cerro de Miranda, la vista del Océano impetuoso colmó el estupor de la pobre muchacha. ¡Aquello sí era poesía!... ¡Aquello era el camino de América, el camino para todo el *más allá* terrestre y acuático!

A los dos días de vagar por la ciudad y sus alrededores, probando distintos alojamientos, nos instalamos definitivamente en una casita del alto de Miranda, donde pagábamos dos pesetas por la habitación, y comíamos por nuestra cuenta. Éramos dichosos en aquella vida libre y modesta. Los dos íbamos a la compra, y Obdulia guisaba. Lo restante del día lo empleábamos en largos y deleitosos paseos: ya nos extendíamos hasta Cabo mayor, y desde lo alto del faro contemplábamos el mar en toda su majestad y bravura, o bien, después de recrearnos en las hermosuras del Sardinero,

156

íbamos a coger azucenas y clavellinas silvestres a la península de la Cerda. También dirigíamos nuestros pasos tierra adentro, revolviéndonos por toda la ciudad, entretenidos con la faena de las harinas en el puerto, o viendo el arribo de las lanchas pescadoras.

A los seis días de esta descansada vida llegó el Rey, con séquito militar y civil no muy lucido. Recibiéronle las autoridades y le alojaron en la Aduana, edificio viejo donde estaban las oficinas del Gobierno Civil y de la Administración de Hacienda. Antes o después de don Amadeo (no puedo precisarlo), llegó de Santoña el batallón de línea que debía custodiar a Su Majestad y hacerle los debidos honores. Como en la ciudad no había cuartel, por ser plaza desguarnecida y en extremo pacífica, la autoridad militar ordenó al alcalde que expidiera boletas de alojamiento para albergar a la tropa. El alcalde, señor Sañudo, era convencido republicano, y sin faltar al respeto que al jefe del Estado debía, replicó que no estaba dispuesto a molestar al vecindario y que acomodasen a los soldados en la forma militar más adecuada.

En esto ocurrió un suceso digno de la historia. Como la visita del Rey fue tan precipitada, no hubo manera de prepararle decoroso alojamiento. Elegido para este fin el local alto de la Aduana, habitación del gobernador civil, lo pintaron deprisa y corriendo para disimular su fealdad y porquería, y esto se hizo la víspera de la llegada del Rey. Pasó este una noche de perros en su incómodo albergue, apestado del insufrible olor de la pintura, y al amanecer abrió los balcones, buscando aire respirable. Ante este imprevisto contratiempo acudieron los ediles a don Juan Pombo, el ricacho del pueblo, que ofreció para morada real un lindo palacete del Sardinero, conocido por *La casa de Pepe Pombo*. Y allá se instaló el Rey, encantado de la belleza del sitio y del relativo esplendor de su nueva residencia.

Al propio tiempo fue resuelto, del modo más simple, el conflicto del alojamiento militar. En las suaves colinas verdes que rodean el Sardinero y entre los espesos grupos de pinos, se emplazó un lindo campamento con tiendas de lona. El vivir de los soldados día y noche en aquel alegre vivaque, dio al hermoso paisaje un cierto encanto de popular romería. Para embellecer más el cuadro fondeó en el abra del Sardinero la fragata *Vitoria*. Desde el ventanucho de nuestra casita, Obdulia y yo, contemplando las tiendas, los pinares, la tropa, los bañistas y la grandiosa nave, creíamos ver el más lindo nacimiento que se pudiera imaginar.

En aquel amenísimo rincón de la Montaña hacía don Amadeo vida campestre, desplegando libremente sus aficiones democráticas. A distintas horas se le veía divagando en dirección de Cabo Menor o de La Magdalena, acompañado de Díaz Moreu y Dragonetti. Por las tardes, cuando la música tocaba en *El Pañuelo* (plazoleta triangular entre la Casa de Baños, las fondas y el palacete de Pombo), le veíamos en la turbamulta de paseantes, ojeando a las señoritas guapas y charlando jovialmente con sus amigos... De la llaneza democrática del Rey oímos contar innumerables casos. Alguien le había visto llegar de noche, solo, a su vivienda y llamar a la puerta tirando de aldabón, como cualquier vecino trasnochador... Otros le sorprendieron en el interior de su palacio inspeccionando las obras de decorado. Viendo a un obrero que clavaba una guarda-malleta, subido en débil escalera, puso en esta el Rey su mano y dijo: «Cuidado con caerse, amigo. Siga usted clavando; yo mantengo.»

Una mañana, paseando Obdulia y yo por la Segunda Playa, vimos una dama guapa y melancólica, con traje veraniego enteramente blanco: «Ya tenemos aquí a la de las patillas» dije a Obdulia, que cebó en ella sus miradas. Un rato fuimos tras ella, acechándola con discreto espionaje. La vimos llegar pausadamente hasta Los Molinucos; volvió luego por la playa en baja marea, fijando sus ojos en la arena húmeda como si buscara en ella alguna inscripción borrada por las aguas. Subió después hacia Las Llamas; se sentó en un ribazo. Sin duda esperaba. ¡Qué triste es esperar, esperar al que no llega, al que no acude puntual a la cita! La espiábamos con tanta discreción que no podía sospechar nuestra vigilancia... Llegó el momento en que la belleza patilluda daba por terminado su desesperante plantón. En su rostro pálido creíamos advertir el despecho y la ira. Subió paso a paso hacia el pinar llamado de Aparicio. De tiempo en tiempo volvía sus ojos hacia el paso de la Primera Playa. Aquel mirar era el último residuo de esperanza. En la carretera subió a un coche de los que llaman cestas, y partió cuesta arriba en dirección de la ciudad...

De once a doce, me cuidaba singularmente del baño de Obdulia. Ayudábala yo a desnudarse y vestir el traje marino; con ella descendía por la playa hasta dejarla en poder de Germán, el fornido bañero; y en el límite del agua, mojándome los pies, la miraba entre las blandas olas, remojándose con toda la fe de una bañista que busca la salud. A la salida le ponía la capa, y a la caseta volvía con ella, donde quedaba sola con su felpuda sábana y su ropa. Yo me paseaba viendo el ir y venir de mujeres en remojo, y singularmente me fijaba, como los demás curiosos, en una señora inglesa, esbelta, rubia y guapísima, que nadaba como un pez. Al salir de las aguas, la recibía su marido capa en mano y, como yo a Obdulia, la llevaba derechamente al secadero de la caseta.

Un amigo que en el entretenido vagar de la playa me salió, un conocimiento de estos que se traban y se destraban en la sociedad balnearia, entabló conmigo coloquio chismográfico, del cual refiero lo estrictamente sustancial: «¡Brava mujer es esta inglesa! ¡Vaya unas hechuras, vaya una tez de rosa y nácar...! ¿Ha visto usted qué piernas? Para escultura no hay como las inglesas. Su marido es corresponsal del *Times*, el primer periódico de Londres. Celebra conferencias políticas con el Rey, y el Rey las celebra de otro género con la *corresponsala*. ¿No lo sabía usted? Viven en una de estas fondas, no sé si en *Zaldívar* o en *Barbotán*... Dicen que Amadeo y su nuevo amor se ven en una casa del Paseo del Alta.»

Camino de nuestra casa, dije a Obdulia: «Me parece que tendremos lío. En el mar proceloso se baña una bellísima nadadora, de nacionalidad inglesa y *corresponsala* del *Times*. A esta señora le hace cucamonas nuestro amado Soberano, y digo tan solo cucamonas por no dar mayor gravedad a un caso que conozco por simple chismorreo público.» Debo añadir ahora que, sin darnos cuenta de ello, Obdulia y yo nos sentíamos posesores de no sé qué poder metafísico, con el cual penetrábamos en la intimidad de los hechos y en la conciencia de las personas que en Santander y su famoso balneario vivían. Hallábame yo dotado de una facultad intuitiva, al modo de reflejo de la vida externa en mi retina cerebral, facultad que a Obdulia se comunicaba, resultando que los dos teníamos un vago conocimiento de cuanto sucedía.

Por esta pasmosa virtud anímica supimos, sin que nadie nos lo dijera, que la dama patilluda moraba en el *Hotel del Comercio*, el más decentito de la ciudad (Muelle, número 1), antigua casa próxima al edificio de la Aduana, donde el Rey habitó una noche y estuvo a punto de perecer envenenado por la reciente pintura del local. Tuvimos asimismo la visión de que Adela pasaba parte del día en su aposento solitario, atormentada de hondas inquietudes. Escribía cartas con febril mano, y las rasgaba en pedazos antes de concluirlas. Por no bajar al comedor se hacía servir en su habitación. Como Calipso en su gruta, *ne pouvait se consoler* de la partida de Ulises.

Una mañana, en el Sardinero, presenció todo el público de bañistas y curiosos una estupenda regata. La nadadora inglesa se alejó, con gallardo deporte, como unas treinta brazas. Al volver hizo la plancha, meciéndose graciosamente sobre las movibles ondas. Cuantos estábamos en la playa admirábamos su belleza y arrojo. Apenas la hermosa oceánide hizo pie para volver a tierra firme, se nos ofreció un espectáculo emocionante. De la Caseta Real, colocada del lado de Piquío, salió Su Majestad con dos amigos al recreo de su baño, que más bien era un alarde de resistencia deportiva, pues si como Rey había quien le aventajara, como nadador difícilmente se le encontrara rival. Le vimos alejarse braceando, hizo la plancha, continuó aguas adentro; a una distancia doble de la que había recorrido la bella nadadora inglesa, se volvieron los amigos del Rey y este siguió, impávido, convoyado por una lanchita que tripulaban los bañeros.

En la playa, la nutrida fila de espectadores aumentaba por momentos. Corrían de boca en boca voces de admiración y entusiasmo: «Es un pez... Hace rumbo a la *Vitoria*... Que llega... Que no llega.» A veces le perdíamos de vista por interponerse la curva de una onda; después reaparecía. Hubo momentos en que solo pudieron verle los espectadores que miraban con gemelos; por fin, estalló en el público la exclamación: «¡Que llega! ¡Que llega!» A bordo de la fragata sonaron las cornetas, anunciando la presencia del Soberano. Los que tenían gemelos vieron a los oficiales que descendieron la escala para recibirle. La nadadora inglesa, que había tenido tiempo de vestirse, era la más regocijada entre el público, la que con más énfasis aplaudía y encomiaba el arriesgado ejercicio del regio tritón, glorioso deudo de Neptuno. Don Amadeo se quedó a bordo; para llevarle su ropa y servidumbre vino la falúa de vapor de la fragata.

La misma tarde de este suceso vimos en el Sardinero a la dama blanca y melancólica. Después de voltijear en las inmediaciones de la residencia real, vino al Pañuelo, donde alguien la enteró de que don Amadeo continuaba en la fragata. Supo también que a bordo había un poquito de fiesta, merienda o refresco. La lancha de vapor iba y venía, llevando convidados. Por sus propios ojos vio Adela que entraban en la falúa el corresponsal del *Times* y su bella señora. Momentos después de este grave incidente la vimos en la playa, excitadísima, hablando con Díaz Moreu. Su palabra era tan vehemente, su actitud tan resuelta y su gesto tan vivo, que creímos que le arrancaba los cordones al ayudante del Rey. Este empleaba toda su habilidad cortés en aplacar el enojo de la dama, y sus razones discretas terminaban con una negativa rotunda: Imposible llevarla a bordo. Volvió la embarcación a recoger más gente, y se llevó a Díaz Moreu, al alcalde Sañudo y a dos o tres militares de la guarnición. La hermosa Dido, abandonada contra el fuero de amistad y amor, mostraba claramente su despecho y celosa furia cuando embarcó en la jardinera de dos caballos para retirarse a su gruta del Hotel del Comercio.

No sé decir si yo veía o si adivinaba; mas la certidumbre penetraba en mi espíritu, y continúo mi cuento seguro de llevar delante de mi pluma la luz de la verdad. Obdulia y yo veíamos lo distante; oíamos las voces lejanas... A consecuencia de lo anteriormente referido, la hermosa y desdichada señora, que por su talento y su belleza mereció los favores del Rey, se vio lanzada a extremos de pasión y venganza, si reprobables en la estricta moral, dignos de indulgencia como desahogo casi legítimo de un alma burlada. Iracunda y ciega pensó que su papel en aquel drama, medio personal, medio histórico, era responder al secreto agravio con agravio público y resonante. Pues se la despreciaba indignamente, pues se la sustituía por una inglesa extravagante y zancuda, no se retiraría de la escena sin escándalo. ¿Qué menos hacer podía que dar publicidad a trece cartas escritas de puño y letra por el Rey de España, don Amadeo I?

Aferrada locamente a esta resolución, castillo formidable de la flaqueza femenina, hizo saber al Rey lo que proyectaba. Alarma y susto en la pequeña Corte del Sardinero; mensajes, recaditos... Pronto se vio que la deidad irritada no cedía. Sonaron los primeros fragores del escándalo: la tempestad estaba cerca... Transcurrieron dos días; al tercero presentose en el Hotel del Comercio y en la estancia de la dama un caballero amigo del Rey, pidiéndole conferencia reservada. Sentose Dido abandonada junto a la mesilla donde pasaba las horas escribiendo y rasgando cartas, e invitando al caballero a sentarse frente a ella, le preguntó el motivo de su visita.

«Comprenderá usted, Adela —dijo el caballero—, que el objeto de esta entrevista no puede ser grato para mí. Confío en la discreción de usted, en su talento, en su bondad. Es usted buena. Por tal la he tenido siempre. Bien sabe el respeto y la consideración con que la tratamos todos sus amigos. Vengo decidido..., ¿no lo presume usted?..., a recoger las cartas de Su Majestad.» Desplegando toda la táctica femenil, Adela contestó que las cartas podían ser documentos históricos y que en este caso pertenecían a la Nación. No creyó el caballero que el asunto era de los que pueden tratarse con sutilezas del ingenio, y sacando de su cartera un sobre repleto de billetes de Banco, lo puso sobre la mesa y dijo así:

«Las relaciones de Su Majestad con usted han terminado, Adela. Mi opinión es que usted las ha roto, no él. Sea como fuere, Su Majestad no consiente que usted quede desamparada. Tome usted esto... Son cien mil pesetas.»

Airada respondió la señora que quizás vendería los *documentos históricos* por una palinodia del Soberano, reconociendo su veleidad y poniéndole remedio... Por dinero no los daría nunca. Entablose una breve y agria disputa. Dido enamorada se defendía fieramente contra el abandono. El mensajero del Rey, hombre que iba derecho al bulto y no gustaba de inútiles parloteos, sacó del bolsillo un revólver, y poniéndolo de golpe sobre la mesa, soltó este ultimátum: «O me da usted las cartas, o la mato a usted ahora mismo.»

Por distintos estados emotivos pasó rápidamente la dama. En el espacio de unos segundos se mostró colérica, medrosa, soberbia, humilde... Con incierto paso llegose a un maletín donde guardaba sus alhajas. Sacó las cartas, y con furioso ademán las arrojó sobre la mesa. El mensajero tuvo serenidad para contarlas. Vaciando el sobre de los billetes y metiéndolas en él, para guardarlas cuidadosamente en su bolsillo, se retiró con fría reverencia. No hay noticias del tiempo que tardó Adela en recoger la *indemnización de guerra*, última página de su historia de amor.

XXIII

En medio de la placidez de la vida campestre y balnearia, no se extinguían absolutamente las inquietudes de Obdulia. Una noche despertó sobresaltada y pegando gritos. Había soñado que hallándose en la frescura y recreo de su baño, vio venir de mar afuera un horrendo tiburón, abierta la espantosa boca con triple fila de dientes. El cetáceo no era otro que Aquilino de la Hinojosa, metido en aquel disfraz para devorar a su cónyuge infiel. Entre las mandíbulas del monstruo marino estaba ya cuando despertó de la pesadilla. El terror le duró largo rato después de despierta, y solo a fuerza de cariños pude tranquilizarla, prometiéndole además el exterminio del afinador, en cuanto le cogiese a tiro.

La partida del Rey, que embarcó para visitar otros puertos de la costa; las enojosas lluvias, que anunciaban la declinación de la temporada, y la merma fatal de los dineros de *Mariclío*, nos dieron el toque de marcha... En el tren, camino de Madrid, la casualidad nos deparó la compañía de aquel joven, no diré amigo, sino conocido, que en la playa del Sardinero me dio noticias de la *corresponsala* del *Times* y de sus amores con el Rey. Era el chismoso profesional, el hombre de las anécdotas galantes, de las historias que son el fermento de la ociosidad en casinos y cafés. Tomando pie de una frase nuestra pegó la hebra de su croniquería escandalosa, y después de referir con picantes pormenores el enredillo del Rey con la dama inglesa, nos colocó el relato de otras aventuras amadeístas, acaecidas en el último invierno.

La primera ocurrió en una casa (proximidades del Teatro Real) donde vivía un personaje que, por su elevado cargo, despachaba muy a menudo con el Rey. Esposa del tal personaje, cuyo nombre no quiso revelarnos el cuentista, era una mujer bella y arrogante a quien Amadeo conoció en un baile de Palacio. Ligerilla debía de ser la dama, pues sin gran resistencia *tomó varas* del Rey y concertaron una entrevista. ¿Dónde? En la propia casa de ella, aprovechando las largas ausencias que al marido imponían sus obligaciones burocráticas... Acudió el Soberano a la cita, no sin prevenirse contra posibles contingencias desagradables. Por si el marido se presentaba inopinadamente en su domicilio, se dispuso que un confidente del Rey se situase en la puerta de la calle, con hábiles instrucciones para cortarle el paso. La maquinación era del género más picaresco... Pues señor; llegó como se temía el confiado o desconfiado caballero, y el emisario, acometiéndole al bajar del coche, le dijo con bien fingida premura: «Estoy aquí esperándole a usted para comunicarle, de parte de Su Majestad, que en Palacio le espera para tratar con usted de un asunto urgentísimo.» Refunfuñó el marido... Antes de ir a Palacio subiría un momento a su casa. Pero el confidente le atajó con frase apremiante, angustiosa: «No, no; no hay que perder momento. Su Majestad espera impaciente. El asunto es muy grave.» El engañado personaje se dirigió velozmente a Palacio, donde preparado le tenían otro gracioso ardid. Al encuentro le salía Dragonetti, obligándole a una larga antesala. Su Majestad estaba conferenciando con Cialdini, embajador de Italia, en las habitaciones de Su Majestad la reina... A la hora larga de este bromazo recibía don Amadeo al personaje y con él trataba de un asunto administrativo, que el cuentista no dijo, y en verdad no hacía falta para redondear el cuento.

Oída y celebrada esta picante aventura, de cuya veracidad no respondo, el chismoso, sin tomar respiro, continuó la serie: En otro lance amoroso, los satélites del Rey tuvieron que simular un robo para proteger la difícil salida del *galantuomo*; en otra sacaban a la señora por una puerta secreta, o bien descolgaban al caballero desde el balcón al jardín, y en todas resultaba que el marido era tonto. Nos dijo seguidamente que don Amadeo había traído de Italia una cuadrilla de rufianes para organizar aventuras tan diabólicas. No daba yo gran crédito a esta importación rufianesca. Añado por mi cuenta que los referidos lances de seducción eran de corte italiano más que español, y en ellos se advertía el cinismo malicioso de Bocaccio antes que las artimañas sutiles de la picaresca de acá... Lo que he recogido de boca del chismoso tiene un hueco en estas páginas como documento vivo de cierta opinión insana que se proponía desprestigiar al Rey Amadeo, poniendo en circulación estas liviandades indecorosas y a veces ridículas.

Llegamos a Madrid en perfecta salud. En la casa de huéspedes no había otras novedades que un aumento molestísimo de estudiantes de Medicina, y que el gran don José, en un ataque agudo de su depresión cerebral, pasaba largas horas sumergido en hondas meditaciones sobre el misterio de la Inmaculada Concepción. Sabedora de mi llegada, fue a verme Delfina Gil, suponiendo que yo venía de Roma. Por carta de mi hermana Trigidia tuvo noticia del revuelo que armó mi discurso, y de los telegramas del Papa llamándome a *la capital del Orbe Católico*. Seguí yo la broma, y a sus preguntas acerca de la salud del padre santo, le dije que estaba bueno, sin otro achaquillo que un corrimiento de muelas que le obligaba a tomar continuamente buches de malvavisco. Le describí con frase hiperbólica la Basílica de San Pedro, y la Capilla Sixtina, donde oía yo misa todos los días frente a la pintura del *Juicio Final*. Añadí que el Sumo Pontífice me había colmado de bendiciones y finezas, dándome de añadidura una misión secreta para la reina doña María Victoria, la cual me recibiría en audiencia un día próximo. De esto no podía decir una palabra más. *Ítem*. Yo comía todos los días con mi amigo del alma el cardenal Fieramosca, de la *Propaganda Fidæ*... Los buenos católicos estábamos de enhorabuena porque la prisión del Santo padre tocaba a su fin. El bárbaro Víctor Manuel, movido de arrepentimiento y del acerbo dolor de su culpa, estaba dispuesto a postrarse de hinojos ante el solio pontificio, cubierta de ceniza la cabeza, besando sucesivamente los escalones, hasta poner sus labios en la sandalia de Pío.

Por el efecto que en Delfina causaron estas gordísimas trolas, comprendí que le faltaría tiempo para comunicarlas a los beaterios y sacristías que frecuentaba... Como mi Obdulia no se aliviara de su terror, le ordené que no saliera de casa. Yo andaba en busca de la *Madre Mariana*, sin poder dar con ella. Los porteros de la Academia de la Historia me dijeron que después de pasarse tres días y tres noches en la biblioteca, la vieron salir una noche con don Marcelino. Presumieron que habían ido a la Academia de la Lengua, calle de Valverde. Don Marcelino había vuelto; *doña Mariana* no. Ansioso de hablar con ella, la busqué en ambas Academias y en la de Ciencias Morales y Políticas, en la imprenta de la *Gaceta* y en la Armería Real. Todo inútil.

Al volver a mi casa encontré en ella a Ramón Cala y a Felipe Ducazcal, que me esperaban para que les acompañase a la guarida de don Francisco Torquemada, prestamista y anticuario, con objeto de proponerle la venta o alquiler de algunas prendas de uso mujeril, consideradas ya como arqueológicas. De buen grado les acompañé a la calle de San Blas, y, enterado yo del asunto, entablamos negociaciones con el adusto usurero, gastando los tres enorme dosis de paciencia y saliva para persuadirle de que le proponíamos un buen negocio. Tratábase de adquirir o alquilar cierto número de peinetas de carey, altas y labradas, en forma de teja. Usadas por nuestras abuelas, ya pertenecían al coleccionismo. Torquemada las tenía preciosas y pedía por ellas un sentido. Se convino al fin en que las cediera por dos días, depositando una cantidad como garantía de puntual devolución.

Colaborando en la travesura que se traían mis amigos, nos procuramos mantillas blancas y negras en diferentes casas de préstamos, y en lo restante del día y mañana siguiente organizamos la graciosa mascarada que había de desvirtuar y corromper la manifestación de las católicas damas alfonsinas. No fue empresa difícil reunir y contratar dos docenas de *mozas del partido*, bonitas las unas, atarascadas las otras, útiles todas para el efecto que nos proponíamos obtener. El pícaro Ducazcal sacó, no sé cómo ni de dónde, ocho carretelas de lujo, algunas blasonadas, con lucidos troncos de caballos.

La función resultó brillante, abigarrada, jocosa. Salieron aquella tarde las alfonsinas aderezadas con sus mantillas y peinetas, creyendo realizar de este modo una protesta muda contra la nacionalidad exótica de nuestros Reyes. Ridículo, afectado y artero resultaba el españolismo de nuestras clases altas. Las que desde el segundo tercio del siglo habían renegado de todo lo castizo, arrojando al montón de las prenderías las modas españolas, y vistiéndose, comiendo y hablando a la francesa, salían ahora con la tecla de adoptar preseas sacadas del Rastro indumentario. Bien hicieron los pícaros de la política en poner frente a ellas el manchado espejo de un Rastro moral.

La pantomima de aquella tarde fue lucida, y digámoslo claro, vergonzosa. A lo largo de la Castellana, la ilustre señora y reina doña María Victoria pasó ante la muchedumbre carnavalesca arrostrando, con severo continente, el desaire público con visos de injuria. Nunca la vi tan revestida de alta nobleza y majestad. En su rostro y actitudes no se conoció si había sabido distinguir las verdaderas de las apócrifas damas. Mis amigos y yo nos entretuvimos en actuar como puntuales cronistas de salones, digamos de sociedad, y fuimos enumerando el mujerío manifestante, en sus dos estamentos constitutivos. La fatalidad política había confundido lo más aristocrático con lo más villanesco. Y sobre la bullanga femenil oíamos una estruendosa carcajada de la Moral Pública.

166

Oficiemos de revisteros imparciales: allí estaban la Navalcarazo y la Yébenes, señaladas por su furibundo catolicismo; la Campo Fresco, de agudísimo ingenio; la Belvís de la Jara, la Ruy Díaz, ilustres importadoras de toda elegancia francesa; la Villares de Tajo y la Gamonal, flor y nata de la aristocracia burguesa; la Trastamara, la Monteorgaz, la Villaverdeja y la Tordesillas, de remoto abolengo histórico. Entre los caballeros vimos a Paquito Uclés, a Pepe Armada, Jacinto del Pulgar, Guillermo de Arancis, Manolo Montiel y otros *que sería prolijo enumerar...* De la otra banda deben ser citadas con preferencia *Paca la Alicantina, Marquesa del Cieno; la Eloísa*, muy conocida en todos los círculos... viciosos; *la Clotildona*, la Rosa Huertas, *Pepa la Sastra*, espléndida de fofas carnes; *la Napoleona, la condesa del Real Cuño, la Sílfide, la Moño Triste* y otras tales, cuyos linajudos nombres se escapan avergonzados de la pluma cuando queremos escribirlos.

Al volver yo de la Castellana con Roberto Robert y Mateo Nuevo, encontramos a Pepe Ferreras, el periodista más discreto y agudo de aquellos tiempos, hombre que sabía cual ninguno poner el dedo en la parte doliente de todo suceso político y mostrar el grave daño que padecíamos. «He visto la indigna comedia de esta tarde —nos dijo—. No se concibe mayor oprobio de un país, ni mayor torpeza de las clases altas, que nos han traído la intervención del fango social en la vida política. En el estúpido atentado contra el Rey y en esta farándula repugnante veo yo el principio del fin. La responsabilidad es de todos, sin excluir las instituciones. Queríamos un Gobierno constitucional, sensato, estable, y en dos años llevamos ya seis crisis si no recuerdo mal. En política todo puede admitirse, menos el barullo, el caos y la falta de orientación. ¿A dónde nos lleva este don Manuel? ¿Continuará la marcha emprendida en su primer Ministerio, o nos precipitará de tumbo en tumbo hacia lo desconocido? Digamos con don Salustiano: *Dios salve al Rey*. A la reina no hay que salvarla, que bien alta está en el concepto público. Si ella gobernara, tendríamos Saboyas para rato. Pero no nos caerá esa breva. Lo peor del caso es que todo esto, y principalmente lo que esta tarde hemos visto, resulta en provecho de los Borbones... Y yo pregunto a ustedes, señores republicanos tibios y calientes, señores demagogos y socialistas de la Internacional, ¿harán ustedes algo duro y hondo, algo que no sea esta labor de tontería y aturdimiento? Si no cambian de tocata, la

Restauración viene; vendrá traída por todos, y principalmente por ustedes; la tendremos aquí después que armemos el gran barullo..., el gran barullo... Y si no, al tiempo, al tiempo... El gran barullo.»

Repitiendo la frase última, rutinaria muletilla en él, se despidió de nosotros, y yo seguí sopesando en mi mente las palabras proféticas del sutil periodista y augur Pepe Ferreras.

XXIV

En lo restante de aquel Otoño, esta Nación sin ventura, como cuerpo en que circula sangre viciada, se llenó de granos, manchas eruptivas y forúnculos, síntomas de la enfermedad o *gran barullo* pronosticado por Ferreras. En todo el territorio del Norte, alta Cataluña, Maestrazgo, provincias de Levante, apareció la sarna de las partidas carlistas, y tras ellas vino el picor y desazón de las partidas republicanas. No sabía el Gobierno a dónde acudir primero: aquí salía del paso rascándose; allá se aplicaba emolientes; nos contentábamos con ir viviendo, con ir tirando, mientras el mal estuviera limitado a la fea y desapacible afección dermatológica... Continuaban infructuosamente mis diligencias para encontrar a la *Madre Mariana*. Si por una parte me dolía mi orfandad, por otra tuve algunas satisfacciones de carácter doméstico. La intranquilidad en que Obdulia y yo vivíamos se calmó con las noticias que de Villaviciosa trajeron el ordinario y otras ordinarias personas. Lejos de mejorar, Aquilino iba de mal en peor, por la falsa soldadura de la clavícula, y aún tenía camastro para otros dos meses o más. Eso íbamos ganando.

Con los dinerillos que dio a mi mujercita la marquesa de Navalcarazo, por ciertas labores de aguja, y algo que yo ganaba escribiendo en *El Diario del Pueblo*, fundado por mi amigo Valero de Tornos, pagábamos nuestro pupilaje, y aún nos restaba para menudencias y honestos placeres. Debo decir, entre paréntesis, que en mi Obdulia se armonizaba el romanticismo con las cualidades del perfecto economista. Gracias a ella podíamos regalarnos diariamente en *La Perla*, yo con mi café, ella con su vasito de leche merengada.

Los billetes del periódico nos permitían el goce del teatro: en el Circo de *Paúl* nos entreteníamos oyendo a la Williams, actriz bonita y salada que con el gracioso Rosell representaba el *Mambrú*, pieza de circunstancias llena de picardía. En el *Teatro Circo* vimos dos o tres veces el famoso zarzuelón *Barba Azul*; en *Capellanes* nos descuajábamos de risa con la desvergonzada revista *Los prófugos de Ultramar*, sátira del escándalo de los Dos Millones que, según la gente maliciosa, afanaron Sagasta y el pollo antequerano.

Pero lo que más nos encantaba y divertía era el arte maravilloso de la célebre prestidigitadora Benita Anguinet, en *Variedades*. Titulábase la función *Los milagros de la brujería*, y como yo había sido un poco brujo hallaba singular deleite en aquel espectáculo de escamoteos, sorpresas, juego de luz y tinieblas, que confundían la mentira con la realidad. Era la Anguinet una señora simpática, gorda sin menoscabo de su agilidad: encontraba yo en ella un parecido notable con Pepita Izco, heroína de mi breve idilio místico y sensual de Durango. Por esta razón eran más calurosos mis aplausos a la mágica de opulentas carnes y sortilegios diabólicos. Una noche, estando Obdulia y yo en segunda fila, vi en la primera a mi pasado amor María de la Cabeza Ventosa de San José. Estaba con Alberique. A la salida nos miraron con desdén olímpico, como diciendo *adiós pobreza*. Les pagamos en peor moneda, riéndonos descaradamente de su inflado empaque burgués.

Entrado ya diciembre, el buen pueblo republicano de Madrid agregó al interés de los teatros un motincillo callejero, nuevo síntoma de la grave dolencia hispana. Hallábase una noche deliberando la *Junta Suprema del Consejo de la Federación Española*, cuando sonaron tiros en la Puerta del Sol. ¿Qué ocurría? Que los Comités de los distritos habían acordado, por sí y ante sí, lanzarse a la calle. Corriose la trifulca a la Plaza de Antón Martín, tradicional baluarte republicano, y allí fue sofocada por las tropas que llevó el general Pavía. Entre los revolucionarios figuraban el famoso *Espiga*, el comandante Decref y Carlos Caro, Cerrudo y otros paisanos. Hubo bastantes heridos y un solo muerto, el lacayo del coche de Ruiz Zorrilla, víctima inocente del celo de un diputado, señor Boceta, que se empeñó en recorrer el *campo de batalla* en el propio carruaje oficial del presidente del Consejo.

Los treinta y cinco prisioneros de aquella descabellada intentona fueron puestos en libertad a la mañana siguiente... A mi parecer, produjeron aquel fugaz movimiento *Las Hojas Revolucionarias* que, a falta del periódico

Tribunal del Pueblo, publicaban mis amigos de la calle de la Montera. Entre aquellas *Hojas* obtuvo enorme circulación la titulada *El Rey se va*, escrita por la propagandista republicana Modesta Periú. No era ella la única hembra que valerosamente luchaba por la Causa, pues otra, llamada Guillermina Rojas, anduvo a tiros con las tropas de Pavía en la plaza de Antón Martín.

A los pocos días de esta zaragata, los buenos y sencillos revolucionarios se las prometían muy felices. Hallándome yo una noche en la redacción de *El Diario del Pueblo* escribiendo mi *Crónica del día*, vino a darnos plática un amigo, jovenzuelo y candoroso, el más activo satélite de don Juan Contreras y del *Consejo Federal*, que forjaba los rayos de la revolución. «Ya la tenemos armada, querido Tito —me dijo con sigiloso misterio—. Ahora va de veras. Será cuestión de días el triunfo de la República Federal. Sevilla, Barcelona, Cádiz, Cartagena, están a punto de pronunciarse. La *Junta Suprema* y los prohombres han discutido largos días, triunfando al cabo la idea del levantamiento general. Esto que te digo lo sé por el propio García López...

»Puedes estar seguro, como si lo hubieras visto, de que anoche salió para Andalucía Nicolás Estévanez. ¿Crees que va de paseo o a echar discursos? No, chico. Lleva la sagrada misión de cortar todos los puentes de Despeñaperros, de levantar partidas, sublevar las poblaciones de Linares, Andújar, Bailén, La Carolina, cerrando al Gobierno toda comunicación con las plazas de Andalucía. Tú conoces a Estévanez; comprenderás lo que puede esperarse de su capacidad y audacia. Nicolás es el águila de las guerrillas. No te digo más... Dentro de algunos días podremos decir, no *El Rey se va*, como nuestra brava heroína la Modesta Periú, sino *El Rey se ha ido*. Día de júbilo tendremos. ¡Con qué gusto veré partir a don Amadeo, al Dragonetti y a los rufianes que ha traído de Italia para sus trapicheos amorosos! Lo sentiré tan solo por la reina, francamente lo digo. Esta doña María Victoria es tan buena y simpática que no parece reina, sino una señora cualquiera. Yo me quito el sombrero al verla pasar, y le perdono el ser italiana. Ya sabes que cría a sus hijos. Me consta que este verano, paseando por las inmediaciones del Escorial, encontró un niño abandonado que chillaba pidiendo teta. Pues lo recogió y le dio de mamar, no con biberón, Tito, sino a sus propios pechos. Tú que sabes tanto de Historia, me dirás si has leído algún pasaje de reinas o emperatrices que hayan hecho esto...»

Tomé nota mental de los cuentos que me trajo aquel majadero inocente, y seguí observando los acontecimientos que marcaban la fiebre y el creciente malestar de la Madre España. Entre domésticos goces y fáciles trabajos transcurrieron los días de diciembre, hasta la placentera semana de Navidad y Año Nuevo, que fue para nosotros alegre y descansada por lo que voy a referir. Se hospedó en nuestra casa por pocos días un rico labrador toledano, residente en Bargas, que nos invitó a pasar las fiestas en su campestre vivienda, holgona y bien abastada de cuanto ha menester la vida. Aceptamos con gratitud, y allá nos fuimos con él en un galerín que salía de la Cava Baja. En el viaje y en el pueblo todo nos pareció delicioso: el campo totalmente desnudo de árboles, nos encantaba; la morada de nuestro amigo y anfitrión se nos antojó palacio principesco; cuanto veíamos era reflejo del gozo de nuestras almas.

En don Casiano vimos el más cumplido, el más gallardo y obsequioso hidalgo campesino; en su mujer, doña Dulce, la más bella, la más airosa y afable dama labradora de estos reinos; en sus cinco niños, cinco ángeles que reproducían la hermosura y simpatía de sus padres. La casa, enorme y toda de planta baja, era el ideal de la humana vivienda: anchurosas estancias, patios y corrales poblados de alimaña volátil y de toda cuatropea cerdosa, ovejuna y caballar. Completo la figura del gran don Casiano diciendo que militaba en el republicanismo federal, y que tanto en él como en su linda consorte reconocimos las ideas más amplias y generosas. Estábamos, pues, Obdulia y yo en el Paraíso terrenal, y nuestra única pena era que antes de Reyes tendríamos que salir de él.

No hay que hablar de la opulencia de las comidas, del diario consumo de pollos, palomos, conejos y cabritos. Lo que digo: aquello era más que el Paraíso, era Jauja. Tenían los niños, en una de las principales habitaciones, un magnífico Nacimiento con la mar de figuras, montañas de corcho, nubes de algodón, sin fin de pastores, Reyes Magos, y un escuadrón de Húsares. Obdulia, que era maestra en artes infantiles, les completó la decoración con ramaje de carrascas, un lago cristalino, en que patinaban elefantes y camellos, y un ferrocarril que comunicaba el Cielo con la Tierra. La Nochebuena, iluminado el altarejo con innumerables candelas, brillaba como ascua de oro. Niños de la vecindad agregados a los de casa, nos regalaron con el concierto angélico de panderetas, zambombas, rabeles, cánticos y alilíes de entusiasmo.

A la mañana siguiente, los ciegos, que recorrían el pueblo cantando villancicos, vinieron a la casa, donde se les aseguraba copiosa limosna. Eran mendigos astutos y oportunistas que variaban el sentido de sus coplas, acomodándolas a las ideas de las personas cuyo aguinaldo requerían. Y como el buen Casiano gozaba en toda la comarca fama de republicano ardiente, los ciegos cantaban de este modo el natalicio del Hijo de Dios: *Camina la Virgen pura — con San José liberal — para el Santo Nacimiento. — República Federal.* Venía luego el estribillo, que era el *Me gustan todas*, con música de *El joven Telémaco*.

Otras coplas copio que nos hicieron mucha gracia: *En la mitad del camino — iba San José cansado. — Fue a llamar a una posada — y le salió un moderado. — A otra posada llamó, — ya fatigado de andar, — y le dijo el posadero: — entra, Pepe federal.* Por aguinaldo recibieron, con la calderilla, un pan y un chorizo por barba. En la calle les encontré luego, cantando también en forma libre para halagar al pueblo cuyas ideas liberales conocían: *Vinieron los pastorcitos — a besarle pies y manos; — Jesucristo muy contento — porque eran republicanos.* Me contaron que en la casa del párroco, tachado de carcunda, cantaban así: *Viva Jesús Nazareno, — juez de nuestra Religión. — Viva Jesús Nazareno — y don Carlos de Borbón.* Frente al cura, como en todas partes, terminaban con el estribillo: *Me gustan todas, — me gustan todas, — me gustan todas — en general...*

Con la llegada de los Reyes Magos, día triste para los escolares, nos despedimos de nuestros espléndidos anfitriones. Trance amarguísimo era dejar las ricas ollas, y el trato exquisito de doña Dulce, su digno esposo y agraciada prole. Pero no había más remedio. Proponiéndome yo no volver a Madrid sin pasar unos días en Toledo, para que Obdulia pudiese dar un vistazo a la Catedral y demás monumentos, el propio don Casiano nos llevó en un cochecillo a la Imperial Ciudad, instalándonos en la Posada de la Sangre, donde nos pagó una semana de hospedaje. Hombre tan bueno y dadivoso despertaba en mí tal admiración y gratitud, que hube de considerarlo como un enviado de Dios.

El tiempo húmedo y ventoso no nos estorbó para recorrer y registrar las maravillas toledanas, desde la inmensa Catedral, relicario de todas las artes, hasta los últimos rincones arqueológicos, como el Cristo de la Luz y el Cristo de la Vega. Rendidos de nuestras caminatas por las empinadas y torcidas calles, nos acogíamos a nuestra Posada, al amparo de la sombra del amigo Cervantes. Una noche, cenando en anchurosa cuadra junto a la cocina, vi a la *Madre Mariana* que hacía por la vida en una larga mesa, poblada de arrieros y caminantes. Dos mujeres estaban a su lado, y todos los comensales departían alegremente. Con respeto supersticioso me acerqué a la Señora y le besé la mano. Ordenó ella que Obdulia y yo nos agregáramos a su compañía, y así lo hicimos gozosos. «Celebro encontrarte, querido Tito —me dijo—. Aquí me tienes descansando en esta ciudad que es uno de mis solares predilectos. Me distraigo remembrando cosas de tiempos muy lejanos. Es dulce y confortante hacer revivir los Concilios de Toledo, las cuitas del Rey Sabio, el Rito Mozárabe y charlar con los cardenales Mendoza, Cisneros, Cilíceo, Carranza, y con mis buenos amigos Juan Guas y el Greco.»

Oyendo a la Señora creí encontrarme en los senos vaporosos de un mundo quimérico. Las dos mujeres que acompañaban a la divina Clío atrajeron poderosamente mi atención. La una, bella y altiva en su madurez, era la mismísima Viuda de Padilla; la otra, joven y bonita, Santa Leocadia... Entre los hombres, todos de vigorosa complexión goda o castellana, de rostros enjutos y tallas procerosas, vi al Rey Wamba, a San Ildefonso, a Jiménez de Rada y Jiménez de Cisneros, a Illán de Vargas, al Pastor de las Navas, y a otros, extranjeros españolizados, que eran sin duda Copín de Holanda, los Borgoñas y Theotocópuli. También creí reconocer al poeta Garcilaso y al comunero Padilla.

XXV

Cenamos diferentes manjares castizos; se oscureció la estancia, y al volver en tropel a nuestros dormitorios, *Mariana* me estrechó la mano diciéndome: «Descansa un poco, que en el primer tren de mañana nos iremos a Madrid. No sé si sabrás que está a punto de estallar un huracán político por susceptibilidades y resquemores de los caballeros de Artillería. No te digo más por esta noche...»

En efecto, reunidos en el tren, a temprana hora, *Mariclío* prosiguió de esta manera sus graves informes: «El ventarrón nos ha venido por el nombramiento de don Baltasar Hidalgo para el mando de una división en el Ejército del Norte o de Cataluña... No estoy bien segura: lo mismo da. Recordarás la parte que se atribuye a Hidalgo en los trágicos acaecimientos del cuartel de San Gil (1866). Fuera o no culpable el entonces capitán de Artillería, sus compañeros le tomaron entre ojos. Apartado del Cuerpo, Hidalgo ha prestado servicios en Cuba; ha merecido y obtenido ascensos: hoy es Mariscal de Campo, sin que sus compañeros de Arma hayan protestado de verle en tan alta jerarquía. El disgusto de ahora se funda en que los artilleros no quieren ser mandados por don Baltasar. Distante de Madrid he formado el juicio de que esto es un aparato político para derribar al Gobierno y poner en graves apreturas al pobre Amadeo. Sé que los llamados Constitucionales andan en este enredo y que los oficiales de Artillería se reúnen nocturnamente en casa de Ulloa. Pronto se sabrá la verdad. Hoy se abren las Cortes, allí parirán estos montes y veremos sí sale ratoncillo inocente o dragón infernal.»

Mientras hablaba la Señora examiné a las dos mujeres que iban en su compañía. Ya no vi en ellas las poéticas facciones de la viuda de Padilla y Santa Leocadia, sino, antes bien, vulgares rostros de dos criadas, que al propio tiempo eran marisabidillas capaces de escribir al dictado sendos tomos de Historia. Con una de ellas charlaba Obdulia, refiriéndole sus impresiones de Toledo, y la otra me dio noticias del nuevo incendio de guerra civil en el Norte y Cataluña. Las facciones de Guipúzcoa, mandadas por Lizárraga, pisoteaban el *Convenio de Amorevieta*; Durango ardía en pasiones belicosas; Pepita Izco, olvidada de mí, bordaba banderas para los batallones de la Fe, y mi amigo Choribiqueta, dando de mano a su atavismo, presentía ya que podían caber dos epopeyas dentro del espacio de un solo siglo. Horizontes teñidos de sangre cerraban la vista por el Norte y parte de Levante. La pobre España, arrullada en los brazos de la Fatalidad, aguardaba su sentencia de muerte o vida con expectación pavorosa.

Al llegar a Madrid, *doña Mariana* concertó conmigo lugar y ocasión para comunicarnos; podía yo prestarle ayuda en la grave crisis que el Destino elaboraba en su profundo taller histórico. Conforme a estas advertencias,

174

una mañana, entrado ya febrero, me llamó a la casa del reverendo sacerdote don Hilario Peña, a quien hallé trabajando en su biblioteca, algo aliviado de la gota, metido en el laborioso afán de terminar su magna obra del *Clero Mozá-rabe*. Frente a él, en la misma mesa atestada de librotes y papeles, escribía rápidamente la *Madre Mariana* en largas hojas de papel pergaminoso. Apenas me acerqué a ellos para saludarles, vi entrar a Graziella, trayendo servicio de café con leche y tostadas para los dos, mejor dicho, para los tres, pues me invitaron a participar de su desayuno. Entraba y salía la ninfa, diligente y cuidadosa, como ama de llaves sobre quien pesa el gobierno de una casa. No hablaba más que lo preciso. Pasado un rato, cuando el cura, la *Madre* y yo hablábamos de los asuntos públicos, reapareció con bayetas calientes para defender del frío las piernas y pies de su amado señor.

«Hemos sabido —me dijo la *Madre*— que el Rey de Italia ha escrito a don Amadeo ordenándole que a todo trance se sostenga en el trono, para lo cual es indispensable que se ponga al lado de la oficialidad de Artillería, y que no consienta la disolución de un Cuerpo tan noble y fuerte. Tenemos, pues, que Amadeo se coloca frente a su Gobierno. Si prevalece el criterio del Rey, veremos a Ruiz Zorrilla y a sus radicales hechos polvo. Volverá el duque, volverán los unionistas con los resellados del progreso. ¿Qué ocurrirá después?... Ven acá, Graziella: tú, que eres el numen de la nueva Italia, traído a nuestra tierra como un soplo vivificador, dinos lo que te inspiran tus hermanas las ninfas del Arno y Tíber.»

La vivaracha Graziella, que en aquel momento acababa de poner bajo los pies de don Hilario una estufilla con brasas de carbón de encina, apoyó sus codos en la mesa, y en el tono jovial y picaresco que tan bien se armonizaba con su liviandad, nos dijo: «Víctor Manuel teme a los Carbonarios, teme a los sectarios de Mazzini y a los venecianos que han heredado las doctrinas de Manín. No quiere que se pase más allá de la Monarquía democrática. Le asusta la República; cree que si su hijo flaquea en España y se deja arro-llar por el radicalismo, tengamos aquí un ensayo de Gobierno popular con gorro frigio. La dichosa monterita es para él como para mí la mala sombra, la *getattura*. Le dice a su hijito que se arrime a los cañones. Sin cañones no se puede vivir. Lo mismo pienso yo, que también soy de artillería. Como venga el gorro colorado, el Rey *galantuomo* ve perdido el trono de Portugal, donde tiene a su hija María Pía, perdido el trono de España, en peligro también el suyo, aunque asentado en la popularidad.»

—Si es verdad lo que nos cuenta esta loca —dijo don Hilario—, tenemos resuelta la cuestión. El Rey se va con los caballeros de Artillería; Zorrilla y Córdoba se meten en sus casas; vuelve el duque... Resulta que aquí siempre estamos lo mismo. Entran y salen los eternos perros sin tomarse el trabajo de cambiar sus collares.

—Lo que yo veo, mi buen don Hilario —dijo *Mariana*—, es que aquí andan sueltas todas las pasiones menos la del patriotismo, única pasión que da salud y vida a los pueblos enfermos. Ya sabemos quién es el Ginés de Pasamonte que mueve los hilos de este retablo. Al pobre Amadeo le ponen en un dilema de mil demonios: de una parte su juramento de Rey constitucional; de otra la conservación de un trono que unos y otros han convertido en mueble de guardarropía. Aquí despuntan acontecimientos dignos de mí. Graziella, sácame del arca grande mis borceguíes de tacones de plata...

En la segunda visita que días después les hice, me recibió Graziella sola, luctuosa y suspirante. Don Hilario estaba en cama, con ataque agudísimo. *Doña Mariana*, que había salido a sus menesteres y a visitar a sus hermanas, no tardaría en volver. Decidime a esperarla para comentar con ella el suceso corriente. Las Cortes habían discutido la disolución del Cuerpo de Artillería, aprobando la conducta del Gobierno por ciento noventa y un votos.

«*Gettatura, gettatura* —exclamó la ninfa, llevándose las manos a la cabeza—. ¡Los ciento noventa y uno que le trajeron, ahora le despiden!» Desapareció la hechicera voluble y yo me quedé solo en la biblioteca, sin otra distracción que leer los tejuelos de los libros y curiosear en los rimeros de papeles. Llegó *Mariclío*; hablamos un rato; volvió a salir presurosa. No sabré dar medida del lapso de tiempo que permanecí solito en la silenciosa estancia. Anocheció; me adormecí en la holgada blandura de un sillón. Conservo la vaga idea de haber visto a Graziella entrar con una triste lamparilla de catacumbas. La tenue claridad nocturna se fue trocando en luz de claro día, y cuando mi cerebro se despejó de las nieblas del sueño, advertí con espanto que no estaba en la biblioteca del docto don Hilario, sino en la quimérica gruta de aquella casa del número 16, tragada por la tierra en Maravillas o Monteleón. Entró la diablesa itálica desgreñada y en paños menores a traerme café con leche; y poco después llegó *doña Mariana*, de cuyos labios, para mí divinos, oí la grave relación que a la letra copio:

«El nudo se ha roto ya, y a estas horas el arduo conflicto artillero ha pasado al montón de los hechos consumados. Las consecuencias serán por algunos bien vistas, por otros lloradas... Los jefes y oficiales, doloridos por el agravio que a tan noble Cuerpo se infería, presentaron, como sabes, solicitudes de cuartel, retiro o licencia absoluta según la situación de cada uno. Como era natural, el Gobierno las admitió. Paralelamente a esta moral de los ofendidos, los generales palatinos Gándara, Rosell y Burgos, en connivencia y contacto secreto con Serrano Bedoya, el duque de la Torre y todo el patriciado constitucional, preparaban un acto de audacia política que bien podría llamarse *golpe de Estado*. Del Rey te diré que patrocinaba el movimiento conforme a las ideas, planes y temores de su señor padre. La Casa de Saboya se asusta del radicalismo y pretende afianzar en las dos penínsulas la Monarquía democrática.»

—Ya lo sabemos, *Madre* —dije yo—. El numen italiano no quiere cuentas con la República. Víctor Manuel cree que está lejos aún la emancipación de los pueblos latinos.

—Así es, hijo mío —prosiguió *Mariana*—. La conjura para sacar triunfante al Cuerpo de Artillería no vacilaba en rebasar los linderos de la prudencia. No bastaría derribar al Gobierno radical; era forzoso barrer el Parlamento, en cuyo seno convulso *ciento noventa y un votos* aprobaron la reconstitución del Arma de Artillería, elevando a los sargentos a la categoría de oficiales y substituyendo los jefes con individuos técnicos de otros Cuerpos. Para dar eficacia positiva al pensamiento de los conjurados se acordó el siguiente plan: Enganchadas las baterías en el cuartel de San Gil y en el del Retiro, con su oficialidad y jefes naturales a la cabeza, saldrían a la calle con la marcialidad que es de rigor así en las paradas como en los pronunciamientos. Los de San Gil debían detenerse en la Puerta del príncipe, donde se les incorporaría el Rey con el escuadrón de su Escolta. Dado este paso, ¿qué faltaba ya? Seguir adelante, disolver las Cortes y crear la dictadura interina, de donde saldría un nuevo artificio constitucional, impuesto por las circunstancias... Preparado estaba ya todo, cuando llegó de Palacio la contraorden. No había nada de lo dicho. A desenganchar. Quedaron los soldados en su ordinaria vida de cuartel y los jefes y oficiales se acogieron al descanso de sus casas.

—Ya me figuro el reverso de la escena, señora *Madre*; mejor será decir que lo adivino. Con el fuerte apoyo que le daba la confianza de las Cortes, Ruiz Zorrilla llevó a la sanción del Rey el Decreto reorganizando el Cuerpo de Artillería, y don Amadeo... Fue débil...

—Débil no, querido Tito. Fue consecuente con los compromisos que le impuso su dignidad al venir a España. Reflexionó; hizo exploración de su conciencia; puso fin con solemne arranque a sus veleidades y ligerezas. Recordó su juramento ante las Cortes. Sus ojos vieron en letras de fuego las palabras memorables con que expresó su propósito de *no imponerse a la soberanía de la Nación*, y firmó.

—Y ya tenemos a los sargentos en los puestos de los oficiales. Me da en la nariz que algunos de los agraviados ofrecerán sus servicios a Carlos VII.

—Así será, hijo mío. La Nación está en presencia de graves turbaciones y luchas sangrientas. Para salir viva de ellas necesita sacar de su ser el poder anímico que hoy parece adormecido. Fracasada la conjura de los constitucionales, la rabia del pataleo les inspira resoluciones sumamente cómicas. Entérate de esto: la duquesa de la Torre ha dimitido su cargo de Camarera mayor de la reina, y el duque renuncia a todos sus empleos, títulos y condecoraciones. La figura de Amadeo se ha crecido a mis ojos. Presumo que en su mente germina y florece la idea de la abdicación. ¿Estamos frente a un acontecimiento digno de mí?

Sorprendido quedé viendo el arrogante ademán con que *Mariana* se levantó de su asiento. La sorpresa fue pasmo y admiración cuando la vi transfigurada de vieja caduca en matrona gallarda, de rostro helénico y figura escultórica. Temblé de emoción al oír el vibrante sonido de su voz, pronunciando este imperativo llamamiento: «Graziella, ven; ha llegado la hora. Saca del arcón mi clámide más hermosa. Tráeme la diadema y el coturno... ¿No entiendes, tonta?... Mis borceguíes de tacones de oro.»

XXVI

Con potente acción de mi voluntad sobre mis sentidos logré desembarazarme de aquel mundo quimérico, y me restituí a la vida normal, volviendo a mi casa y a la comunicación afectuosa con mis amigos. Valero de Tornos, alfonsino, y Ramón Cala, republicano, me llevaron al Congreso, y en pasillos, tribunas y Salón de Conferencias noté agitación y vocerío que me recordaban *el gran barullo*, pronóstico de Ferreras. Por aquel cálido y tempestuoso ambiente corría como centella esta frase lumínica: *El Rey abdica*. Pepe Ferreras, que por su autoridad y claro sentido de las cosas formaba corrillo en cuanto hablaba, puso el paño al púlpito y nos dijo: «Don Amadeo se va; don Amadeo vuelve la espalda a este pueblo de orates y nos deja entregados a nuestras propias locuras. No creáis, como algunos dicen, que a la reina le cuesta trabajo desprenderse del Trono español. Es todo lo contrario.» Como sobre este punto se moviera ligera discusión en el corrillo, el buen zamorano, mascando un puro rebelde al fósforo y a las quijadas, prosiguió así:

«Por una dama discretísima, la más afecta a Su Majestad la reina, he sabido que esta planteó a su marido la cuestión en forma concluyente. No tenía ya paciencia para soportar los desprecios del patriciado de señoronas, que habían manifestado con descortesía su fanatismo y su inferioridad mental. ¿Querían Borbones? Pues dárselos. La santa Señora, que siente nostalgia honda de su tierra y de su casa ducal, saldrá de aquí dejando memoria eterna de sus virtudes. A cambio de esto no se llevará ni una hilacha. Huye de nosotros para librarse de los dos fantasmas que llenan su alma de terror: el carlismo y la Internacional. Anhela sacar a su esposo y a sus hijos de un país donde no hay hombres que sepan domar las pasiones, y establecer un Gobierno que sea garantía de la libertad y de la paz... Estos sentimientos y razones han ganado el ánimo del Rey, que, como ustedes saben, no tiene ambición. La Corona no le deslumbra; por conservarla y traer a la razón a los elementos que componen esta olla de grillos no quiere emplear la fuerza, ni derramar sangre española. Por tanto, es irrevocable su resolución de abdicar la Corona, y así lo ha manifestado a don Manuel Ruiz Zorrilla... Así lo ha manifestado... Así lo ha dicho.»

Más tarde, recorriendo distintas cavidades de aquel horno de pasiones y disputas, me encontré a otro corrillo donde Llano y Persi y don Santos La Hoz vaciaban en los oídos las noticias más recientes: el Rey había encargado a don José de Olózaga el mensaje de abdicación; mas no habiéndole gustado la forma y algunos conceptos del documento, encargó nueva redacción de él a don Eugenio Montero Ríos. Llegó en esto la noche, y el zumbar de colmena aumentaba en el Congreso. Metiéndome en todos los corrillos vi al propio Rivero esculpiendo, con su voz dura y su gesto autoritario, la Historia de España en aquella memorable noche del 10 al 11 de febrero de 1873. Por la voz, el ceño y el ademán, don Nicolás María Rivero era un cíclope ceceoso que hablaba dando martillazos sobre un yunque. Oponíase airadamente a la pretensión de Zorrilla que, acariciando aún la esperanza de disuadir al Rey de su propósito, intentó suspender las sesiones de Cortes. Rivero, firme y tozudo en la idea contraria, quería reunir Senado y Congreso, constituyendo así la Asamblea Nacional (llamada por algunos Convención), que al recibir la renuncia del Rey asumiría todos los poderes.

Como teníamos jarana para toda la noche, me fui a cenar con Ramón Cala y don Santos la Hoz a la taberna de la calle del Turco, donde es fama que se dieron cita los matadores de Prim. Volvimos al instante al Congreso, que estaba en sesión permanente. En las inmediaciones del edificio, por Floridablanca y Carrera de San Jerónimo, había gentío expectante. Relajada la disciplina de ujieres y porteros, entraban, salían y andaban por aquella casa los ciudadanos, en revuelta familiaridad con diputados y senadores. Corrían de grupo en grupo noticias estupendas. En uno se aseguraba que *ya no había nada de lo dicho*, que el Rey se quedaba entre nosotros, ganoso de nuestra felicidad; en otro decían que los constitucionales procuraban entenderse con el Gobierno para buscar *la consabida y tan acreditada* fórmula de concordia, que permitiera seguir turnando mansamente en los pesebres del presupuesto; más allá oímos que Serrano enviaba un recadito al general Moriones para que acudiese a Madrid con algunas fuerzas.

En estas contradicciones y resoplidos *del gran barullo* de Ferreras se pasó la noche. Me fui a dormir a mi casa, y en la mañana del 11 traté de volver a mi puesto o atalaya de la Historia. Pero a la familiar licencia de la tarde y noche anteriores para franquear el edificio, había sustituido un rigor extremado. Los ujieres no dejaban pasar ni una mosca, y hube de mantenerme en la calle observando los grupos que circundaban el templo de las leyes. Allí me encontré con las furibundas mesnadas de Mateo Nuevo, de García López y con muchos individuos de la *Junta Suprema del Consejo de la Federación Española.* Vi cuadrillas de hombres armados, inquietos y vociferantes. Busqué ávidamente entre la multitud a Nicolás Estévanez, y no le hallé ni nadie me dio razón de él. Ya perdía yo la esperanza de colarme en el Congreso, cuando mi buena suerte me deparó a Moreno Rodríguez, a cuyos faldones me agarré para romper la terrible consigna porteril. En las tribunas no se cabía. Cuando pude meter el hocico en la de la Prensa, con terribles ahogos y apreturas, ya se había leído el mensaje de abdicación de Amadeo I. Poco después conocí el documento y pude apreciar su entonación viril y el amargo lamentar de un Rey que no logró la paz y ventura de sus pueblos. Quejándose de la crudeza implacable con que luchaban los partidos, decía: «Si fuesen extranjeros, al frente de estos soldados tan valientes como sufridos, sería yo el primero en combatirlos; pero todos los que con la espada, con la pluma, con la palabra agravan y perpetúan los males de la Nación son españoles, todos invocan el dulce nombre de la Patria, todos pelean y se agitan por su bien, y entre el fragor del combate, entre el confuso, atronador y contradictorio clamor de los partidos, entre tantas y tan opuestas manifestaciones de la opinión pública, es imposible atinar cuál es la verdadera, y más imposible todavía hallar el remedio para tamaños males.»

En otro lugar se expresaba de este modo: «Nadie achacará a flaqueza de ánimo mi resolución. No habría peligro que me moviera a desceñirme la Corona si creyera que la llevaba en mis sienes para bien de los españoles...» A renglón seguido pedía, en su nombre y en el de su esposa, que se indultase a los autores del atentado de la calle del Arenal. Y terminaba, con frase patética, haciendo renuncia de la Corona por sí, por sus hijos y sucesores, y despidiéndose *de la noble y desgraciada España* con toda la efusión de su alma generosa. Suspendieron la sesión para redactar la respuesta que las Cortes debían dar al Rey dimisionario. Crecía la efervescencia en el interior del Congreso, y fuera la inquietud popular era ya imponente. Para calmar los ánimos, salió Figueras a una ventana, por la calle de Floridablanca, y pronunció una breve arenga, cuya síntesis era esta: «De aquí saldremos muertos o con la República votada.»

Encargado Castelar de contestar al Rey, redactó en breve tiempo un elocuente mensaje. Se reanudó la sesión. Presidía Rivero; a su lado se sentaba Figuerola, presidente del Senado. Los escaños rebosaban de legisladores de diferentes capacidades y cataduras. Todo lo que allí pasaba era irregular y contrario a la Constitución, según la cual no podían deliberar juntas en ningún caso las dos Cámaras. Sobre el fondo de un silencio majestático fue leído el mensaje de Castelar, un adiós ceremonioso al Rey caballero, que prefería la paz de su hogar al tumulto de una Patria hirviente y postiza. El estilo grandilocuente y ampuloso del orador poeta lucía en todo el documento. Flores y más flores arrojaban las Cortes sobre la persona del Soberano dimitente y de su augusta y amada esposa. Se les despedía con galas retóricas, lindísimas y bien olientes, ofreciéndoles, como poético galardón, la ciudadanía de un pueblo independiente y libre. *Ite, missa est.*

XXVII

Sin discusión fueron aprobadas la renuncia del Rey y la respuesta o responso que le dieron las Cortes al asumir todos los poderes. A Palacio acudió una Comisión presidida por Rivero, la cual debía poner a manos de Su Majestad dimisionaria los tiernos adioses de la *tan noble como desgraciada España*. En el acto palatino, que según me dijeron fue solemne y triste, Rivero, con la trémula voz de un cíclope conmovido, pidió al Rey y a la reina el honor de estrecharles la mano, y no hay que decir que tal honra le fue cordialmente otorgada. Los Reyes dijeron para sí: *Adiós, mundo amargo.*

Primer trámite del Parlamento después de lo relatado fue la renuncia del Gobierno, que ya estaba como el alma de Garibay. Inmediatamente se presentó la proposición pidiendo que se proclamase la República. El debate fue ordenado y serio, sin más acritud que el corto pero grave altercado entre Martos y Rivero. Este, movido de su temperamento irascible y despótico, exigió duramente a los que fueron ministros de don Amadeo que ocuparan interinamente el banco azul. Saltó Martos de su asiento, como enconada fierecilla, y con aplauso del Congreso dijo entre otras cosas: «No está bien que empiecen las formas de la tiranía el día en que se despide el poder monárquico.» Estas palabritas hirieron a don Nicolás en lo más vivo, obligándole a descender, con runflante protesta, del augusto sitial... ¡A votar, a votar! *Doscientos cincuenta y ocho votos contra treinta y dos* decidieron que España no era ya Monarquía, sino República. *Laus Deo.*

Procediose a elegir Poder Ejecutivo. He aquí el primer Ministerio de la República: Presidencia, Figueras. —Estado, Castelar. —Gobernación, Pi y Margall. —Gracia y Justicia, Salmerón (don Nicolás). —Hacienda, Echegaray. —Guerra, Córdoba. —Marina, Beránger. —Fomento, Becerra. —Ultramar, Salmerón (don Francisco). Cuatro de estos señores pasaron de ministros de don Amadeo a ministros de la República con la corta pausa de un trámite parlamentario. Martos vitoreó calurosamente a la República, a la integridad de la Patria y a Cuba española, y Figueras anunció días de ventura bajo un régimen de concordia, paz y libertad... El cambio de instituciones, que parecía mutación teatral con subir y bajar de telones pintados, fue acogido por el pueblo con alegría más expansiva que escandalosa. Las multitudes que invadían las calles próximas al Congreso se difundieron fraccionándose. El más nutrido destacamento fue a parar a la Puerta del Sol, irradiando su ardor patriótico con vítores, cánticos, músicas y desahogos inocentes, sin molestar a nadie ni llegar a las tonalidades demagógicas. En Antón Martín el tumulto fue más vivo, y aparecieron banderas aparejadas precipitadamente por ciudadanas en quien se juntaban el republicanismo y la majeza. En la Plaza de la Cebada, en Maravillas, San Gil y demás puntos estratégicos de las expansiones madrileñas, el entusiasmo no traspasó los límites de la moderación. Ello fue como un plácido regocijo lugareño, festejando *la traída de aguas* o la elección de un alcalde muy querido en la localidad.

Con puntualidad absolutamente espontánea, pues no mediaron órdenes ni avisos, aparecieron iluminados casi todos los balcones de Madrid en la noche del 11 al 12 de febrero. Obdulia y yo recorrimos algunas calles, y en las de Alcalá y Arenal contemplamos las lucecitas balconarias, haciendo de todas ellas recuento y análisis. Eran como letras, palabras y conceptos de una página histórica, escrita con hachones y farolillos. Sin más auxilio que nuestro criterio y el conocimiento en cierto modo adivinatorio que teníamos del vecindario matritense, leímos aquella página y la diputamos por vergonzosa y repugnante. Las casas de los republicanos, que eran los legítimos triunfadores en la jornada del 11 de febrero, estaban a oscuras, y en cambio los palacios aristocráticos, las moradas de las damas católicas y de los señorones alfonsinos y carlistas brillaban con espléndido alumbrado, signo de lisonjeras esperanzas. Mayormente nos escandalizó la cínica refulgencia de las casas donde se albergaban los corifeos del viejo progresismo, que hasta el día 10 fueron cortesanos y servidores de don Amadeo.

Pasando junto al Teatro Real en dirección de la plaza de Oriente, me tocó en la espalda, llamándome por mi nombre, una mujer enlutada, cubierto el rostro de negro velo. Por la voz conocí a Graziella, y rogándole que abandonara el tapujo, le dije: «Numen de Italia, ¿también tú nos dejas?»

—Bien quisiera volver a mi Patria —contestó la ninfa con voz tremante—. Esta patria postiza me rechaza. ¡Oh, España!... *Vedo l'armi, vedo le mure, ma la gloria non vedo.*

—Hechicera del Arno y Tíber, hija del cardenal Fieramosca, ¿quién te trajo a España?

—Me trajeron, diez años ha, unos pobres coristas de ópera. Era yo mocita cuando mis padres rebuznaban, en este teatrón, los corales del *Moisés* y de *La Gazza Ladra*. Ya sabes lo que fui cuando abandonada de mis padres me metí en la vida *traviattesca*. Mucho he visto, mucho aprendí en esta tierra de la donosa picardía... Dragonetti me conoce bien. Voy a Palacio a despedir a unos parientes míos que moran en las alturas, los rufianes del Rey. Quiero dar a todos mis tiernos adioses.

—Sigue mi consejo, Graziella, y vete con los de tu raza.

—No puedo, queridos amigos Tito y Tita; que en Madrid he de quedarme al cuidado de mi anciano protector y amigo del alma don Hilario. A proceder así me mueve con mi cariño la ambición intensa que me llena toda el alma. ¿Sabes lo que ambiciono?... No te rías... Aspiro a que vosotros, los locos de la Federal, hagáis obispo al sacerdote más ilustrado y virtuoso que existe en las Españas míseras. Con el oro y la plata de mis ahorros le he comprado ya la mitra y báculo... Dentro de pocos días adquiriré un magnífico pectoral que he visto en el Monte y un soberbio anillo, que espero besaréis con devoción tú y todos tus compinches... En fin, apresurad el paso, que yo tengo prisa. Si queréis entrar en Palacio, venid conmigo.

En esto nos hallábamos frente a la inmensa mole de la casa de los Reyes, huraña y oscura, contrastando lúgubremente con las luminarias de la Burguesía infatuada y de la Aristocracia enloquecida.

XXVIII

Momentos después, mi *Tita* y yo, por virtud del poder milagroso que llevábamos en nuestras almas, nos convertíamos en gatitos diminutos y recorríamos, con jugueteo y brincos invisibles, la Saleta, la Antecámara y Cámara, y otras regias estancias. Un hado benéfico, protector de nuestro sagaz espionaje, nos permitió ver el solemne desfile que era fin y principio, engarce o eslabón entre dos interesantes etapas históricas. Delante iban damas y palaciegos rodeando a las servidoras que conducían a los dos niños mayores, Manuel Filiberto, ex-príncipe de Asturias, de cuatro años de edad . En torno a esta criatura se agrupaban los Marqueses de Dragonetti y otras personas de alta jerarquía, italianas y españolas. Detrás iba don Amadeo grave y sereno, sin expresar pena ni alegría, vestido de viaje. La corona y atributos monárquicos se habían quedado en el suelo del Despacho del Rey, al pie del retrato de María Luisa.

Daba el brazo el Monarca dimisionario a su digna y santa esposa, doña María Victoria, envuelta en pieles. No se le veía más que el rostro pálido, con marcadas huellas de dolencia reciente. No parecía pesarosa de abandonar la colosal vivienda que fue para ella lugar de ansiedad y martirio. A los que fueron sus servidores despedía con sonrisa graciosa y afable. Creímos que les decía: «No me llevo más que lo mío, marido y mis hijos. Os dejo todo lo vuestro, una corona que no ambicioné y un título de reina que no fue para mí más que una palabra vana.»

Rodeaban a los Reyes personas finchadas de estas que llaman hombres públicos. No transcribo nombres porque no estoy bien seguro de acertar en mis designaciones. Había entre ellos algunos militares que en ocasión distinta enumeré en estas páginas. Confundido entre la turbamulta, y como si quisiera ocultar con su persona su desconsuelo, iba Ruiz Zorrilla, con luto y resignación en el rostro macilento. En la cola de la procesión vi a mi adorada señora *Mariclío*, tan grande que no había techo de suficiente alteza para su figura majestuosa. Vestía la clámide griega, calzaba el coturno y ceñía su frente la diadema cuyos reflejos iluminaban el Espacio y el Tiempo. Su rostro clásico, sus labios mudos y sus ojos divinos decían: «Al fin encontré la página hermosa. Ahora soy quien soy.»

El momento más triste y grandioso de aquel éxodo fue el descender de la comitiva por la Escalera de Honor, entre alabarderos rígidos, sin música ni voces que turbaran el fúnebre silencio. Solo el rumor de las pisadas marcaba el lento caminar de una época, declinando hacia los senos del Tiempo que traen la sanción de los actos y el juicio de la Historia.

Y nada más... Se oscureció la escalera, se oscureció el Palacio, apagose el ruido de las pisadas. Nos vimos envueltos en tinieblas de panteón...

Fin de Amadeo I
Santander-Madrid, agosto-octubre de 1910

Libros a la carta

A la carta es un servicio especializado para

empresas,

librerías,

bibliotecas,

editoriales

y centros de enseñanza;

y permite confeccionar libros que, por su formato y concepción, sirven a los propósitos más específicos de estas instituciones.

Las empresas nos encargan ediciones personalizadas para marketing editorial o para regalos institucionales. Y los interesados solicitan, a título personal, ediciones antiguas, o no disponibles en el mercado; y las acompañan con notas y comentarios críticos.

Las ediciones tienen como apoyo un libro de estilo con todo tipo de referencias sobre los criterios de tratamiento tipográfico aplicados a nuestros libros que puede ser consultado en Linkgua-ediciones.com.

Linkgua edita por encargo diferentes versiones de una misma obra con distintos tratamientos ortotipográficos (actualizaciones de carácter divulgativo de un clásico, o versiones estrictamente fieles a la edición original de referencia).

Este servicio de ediciones a la carta le permitirá, si usted se dedica a la enseñanza, tener una forma de hacer pública su interpretación de un texto y, sobre una versión digitalizada «base», usted podrá introducir interpretaciones del texto fuente. Es un tópico que los profesores denuncien en clase los desmanes de una edición, o vayan comentando errores de interpretación de un texto y esta es una solución útil a esa necesidad del mundo académico.

Asimismo publicamos de manera sistemática, en un mismo catálogo, tesis doctorales y actas de congresos académicos, que son distribuidas a través de nuestra Web.

El servicio de «libros a la carta» funciona de dos formas.

1. Tenemos un fondo de libros digitalizados que usted puede personalizar en tiradas de al menos cinco ejemplares. Estas personalizaciones pueden ser de todo tipo: añadir notas de clase para uso de un grupo de estudiantes,

introducir logos corporativos para uso con fines de marketing empresarial, etc. etc.

2. Buscamos libros descatalogados de otras editoriales y los reeditamos en tiradas cortas a petición de un cliente.

www.ingramcontent.com/pod-product-compliance
Lightning Source LLC
Chambersburg PA
CBHW022155240626
47153CB00007B/2665